純粹理論

狂狷丞樹的滑坡實證

秀弘——著
由風——繪

崇家軼事錄系列01

推薦序——滑坡謬誤的實證與人性的探討

美國國家衛生院訪問學者　馮啟瑞

很開心看到摯友秀弘的作品《玄靈的天平：白虎宿主與御儀靈姬》及《玄靈的天平II：蛛絲、冰晶與熾燄的大地》受到各種好評與支持，也很榮幸能有這般機會，再次受邀寫序。如果《玄靈的天平》一書被定位為正向、通俗和光明的奇幻作品，《純粹理論：狂狷丞樹的滑坡實證》則坐落於連續性光譜的另一端，是部帶有黑暗心理、人性瘋狂面和些許獵奇成分的寫實作品。

《純粹理論》巧妙地展示了滑坡謬誤的實證：每個章節都鋪陳了許多細小事件與場景，這些事件的因果關聯與人事物之間的互動與糾結，卻能造成如此深遠的影響和破壞，最終甚至成為令人費解的故事發展與殘忍無情的案件。

每讀完一個章節，我會嘗試整理已知的資訊與現在的狀況，率先推測後續的發展，嘗試思考主角為何做出一系列的決定。儘管最後得出的詮釋不見得與作者相同，或許也未必與他人相似，卻是一種讀這類作品的無上樂趣。

秀弘對於各個細節、事件與場景的描述栩栩如生，非常到位，稍加想像便能身歷其境，倘佯其中。書中對於案件內容的鋪陳更是鉅細靡遺，環環相扣，令人不禁好奇，是否現實生活真的發生過類似的案件？

除此之外，秀弘相當擅長挖掘人性的黑暗面，透過哲學、社會學和心理學加以解析與探討，使得不少情節讓我在閱讀當下勾起許多情緒反應，甚至在特定場合有歷經「理智檢定」（克蘇魯神話桌上角色扮演遊戲的SAN值檢定）的錯覺，足見秀弘鋪陳敘事與營造氛圍的功力。

儘管《純粹理論》是部與《玄靈的天平》風格迥異的作品，筆下的故事卻各有各的精彩，充分體現秀弘多方位的構思實力，和極其驚人、彷彿永無止盡的豐沛創作力。讀完之後，我不禁思考著結局的詮釋方法和可能存在的故事後續，流連忘返，無法自拔。

如果各位已經讀過《玄靈的天平》和《玄靈的天平II》，這本《純粹理論》不只將帶給你截然不同的閱讀體驗，更能帶你窺探秀弘的另一個面向，沉浸於「闇秀弘」的黑暗美學；尚未讀過《玄靈的天平》也不要緊，《純粹理論》是個風格特異的精彩作品，情節張力無須多做解釋，非常值得一讀。

推薦序——純粹精神凌駕黑暗的救贖

梭特科技股份有限公司售服課長　謝秉寰

創作是一門學問，小時候自己鎮日囫圇吞棗諸多文學雜作，埋了一腦子奇形怪想，對創作卻懵懵懂懂，只是背著同儕家人寫寫詩詞自娛自樂，羞於見人——直到認識了秀弘。他是一位在貫徹自身理念與價值同時，也善於陶染旁人的創作者，他對於創作的熱愛與堅持，最適當的形容，以我們那年代流行的歇後語大概是「小當家做料理——自帶光芒」。高中時期，秀弘老師領導含我在內的一夥人創作劇本和遊戲，在出了社會打磨多年後的現在，回想起來依然滿腔熱血，湧動不止。

我認識秀弘很久了，相較於鋪陳文字的細膩或架構故事的精巧，我佩服的是他「賦予人物靈魂」的能耐。「在寫作的過程中，筆下的角色會自己動起來，我不知道他／她等一下會做什麼事，但我很期待。」秀弘曾經如此與我分享，聽起來有點玄，但想著那些優秀作品最終呈現出如幻似真的畫面，創作之所以能夠讓人感受到生命力，原因可見一斑。

秀弘另一個讓人佩服的是擅長「考古」的精神，一幢一木都很講究，故事裡出現的地點與場景，甚至建築物本身，都是仔細走訪之後轉化為文字，嶄新的世界觀放在似真似假的「現實」之中，實在引人入勝。

我喜歡讀小說，年少時候閱讀書籍是為了短暫脫離現實，藉由沉浸在書中世界，讓自己變成另一個主角；長大後閱讀，則是因為能用很短的時間汲取他人的經驗和想法，拓展自己的人生視野。閱讀秀弘的作品，我常讀得專注乃至忘我，因為我喜歡化身為特色各異的角色並體會每一幕情緒、思考每一次事件、處理每一次人際關係，未來的發展更是往往讓人拍手叫絕；但也因此，秀弘的這本著作讓我看得很「痛苦」，美好與險惡切換得猝不及防，正邪善惡攪和在一起，最終只是瘋狂。秀弘對於人性黑暗面的刻畫之深，讓我慶幸自己是個理智成熟，能夠辨明道德價值的大人。

《純粹理論：狂猖丞樹的滑坡實證》作為第一人稱視角的黑暗寫實哥德式奇幻懸疑小說（好長），題材相當特殊，以臺灣為背景，使用熟悉的街道和地名，讓人看著文字甚至能想起曾經路過的建築和景色。每日習慣性地用新聞報導和社會案件點綴餐點，看著一件件極度悲慘或駭人聽聞的案例，我們何曾想過事件可能發生在你我身邊？若說以往看過的著作如幻似真，《純粹理論》則是真實得讓人懷疑自我，別的不提，試想今天如果自己就是新聞裡的主角呢？除卻故事情節，書中描述更多的是人心、人性，善惡道德與自我價值，諸多藏著的選擇題，讓我們讀者捫心自問：如果是我，會怎麼做？

誠摯推薦《純粹理論》的同時，也得提醒各位，故事內容純屬虛構，察覺自己心臟負荷不了時，可以放下書本，看看窗外……但可千萬別看新聞。

各方推薦

眼見不一定為憑，我們所認定的事實，並不一定真實存在，只是他人或自己刻意創造出來的面貌，真實與否，差別在於自己相信的程度為何。

秀弘的《純粹理論》巧妙地以交錯的情節和瘋狂的心理，隱藏故事核心，一步步讓毫無犯意的人物身陷過往陰影的泥淖，踏上無法回頭的不歸路，成為不可饒恕的犯罪者。洞悉人心的秀弘塑造出充滿缺憾卻又令人著迷的角色，書中的各種情緒，縫進作者刻意撕裂的情節，構築成這部如夢似幻卻殘酷寫實得讓人不忍復讀，卻又偷偷挾帶溫暖愛戀的哥德式獵奇懸疑作品。

這是秀弘筆下最瘋狂的一本書，也是最特別的故事，更是讀者們最不能錯過的「黑暗」之作。

——執業律師　張業珩

秀弘細膩的文字中潛藏太多「真實」，以及眾人心知肚明，卻不敢搬上檯面討論的社會現象。問題在於，誰是真正的「受害者」，抑或我們都是「加害者」？

《純粹理論》述說一名遭過去綁架而無法正常思考的犯罪者，描繪出每個抉擇點的多重複合因素，最終導致內心崩潰的絕望情境。其中，令人心碎的痛苦情節和希望猶存的溫暖橋段巧妙並存，只有同時身為執業律師與小說家的秀弘，才能以多重面相剖析出善、偽善和真正的惡。

強力推薦本書給大家！但因為真的太過露骨，我不會讓孩子太早看的啦！

——永安聯合會計師事務所會計師　尹崇恩

創作者會將自己想要傳播的理念及熱情加諸於藝術作品，細心刻劃、雕琢並期望觀眾在欣賞的同時，沾染與自己相同的價值觀或感受同樣的情緒，這麼一想，藝術作品或多或少表徵了作者的內在……吧？

（時間是深夜時段，於新北市新莊某間麥當勞）

「我怎麼感覺《純粹理論》這本書跟過往作品差別很大？《玄靈的天平》和《虛無的彌撒》全都不是這種調調。」我闔上秀弘的自印原稿，如此說道。

「有時就想寫寫看硬派、寫實又殘酷的主題，搭配一點價值觀衝突，玩一下敘述性詭計，給予主角立場的轉換和行為本質的矛盾，什麼都來一點，什麼都寫看看。」

「然後全部混在一起，就成了這種風格迥異、尺度大開的邪典劇情嗎？懂了。」

藝術作品或多或少表徵了作者的內在？

——或許也不一定是這樣，對吧？

——中正大學心理學系臨床心理學碩士班　沈士閔

目次

第一回　自然：先動起來的狀態

「諸多困難費解的心理學異象中，最令人激動的現象莫過於，當人們竭力追憶早已遺忘的某件往事時，常覺得立刻便能回想起來，結果卻未能如願。」

——埃德加・愛倫・坡（Edgar Allan Poe）

那是個不冷也不熱的日子，徘徊於幽暗的煉獄，殘餘的靈魂早已不再澄澈。

換上純黑襯衫與深色長褲，揹起旅行背包，從新莊的租屋處出發，驅車前往林口。為了混淆監視器影像的連續性，故意多繞幾圈，在險些迷路之前返回景美捷運站。將開了兩年的黑色納智捷停在陳舊公寓外的路樹旁，我吁一口氣。

周圍靜得彷若無人，蟬聲壓過車聲的情形在北臺灣可不常見。

下午三點，我的雙眼專注盯向邱靜祈定居的公寓。取出背包裡的辣椒噴霧，握於掌間。當然，這是添加刺激性香精的特調版，比原來的成分更具殺傷力。價格親民的辣椒噴霧，是宜家家居就能購入的低配武裝，按二姊說法，正是「便宜好用又不怕浪費」。

下午三點半，接近小學生的離校時間，也是今天最可能出錯的時段。小學，是連母親都不一定管得動的年紀，潛在的突發狀況，是這次計畫的嚴峻考驗。

不要看我，不要與我搭話，不要和媽媽說我躲在這裡！

值得慶幸的是，居於此地的小學生多半是有錢的小少爺，一個個頭也不抬，盯著名為「腕環機」的智慧型手環，完全無視我的存在。

邱靜祈通常在下午四點半回到住家，依照慣例，會由一名男性負責接送。有趣的是，短暫的觀察期間內，我發現共有三個男人輪流擔任這個不知道如何稱呼的職位——男友？朋友？工具人？似乎三者兼具，卻又極端互斥，難以定性，暫且稱他們為A、B、C男吧。A男和B男就是普通的富家公子哥，共通點為身上那些搭起來有點奇怪的名牌服飾，相異之處……大概就是一個頭髮多，一個頭髮更多；坦白說，AB二人正是所謂的異色品種，登錄寶可夢圖鑑時應該會列入同一欄。C男就麻煩多了，人高馬大，更是三人之中唯一開跑車的傢伙；看上去有定期健身，背肌和二頭肌簡直要撐破衣服了。令人欣慰的是，身為新世代女性的邱靜祈，沒讓上述任何一人進過家門，甚至連公寓門口都不讓接近。她對私人空間的重視，對自我領域的要求，是整起行動最佳的入口。

下午四點整，賓士美麗的銀白車身在不遠處的十字路口出現。呼嚕呼嚕低沉的引擎聲，凸顯一流車種的高尚與低調，被消音裝置妥善壓抑的轟隆聲，在銀色賓士來到眼前才能隱約聽聞。耳畔除了這陣有如打呼的低響，只剩我那彷彿由喜多郎歡快敲打的怦通心跳聲。

算是中了小小的下籤，今天居然輪到C男接送。

車子完全停下，副駕駛座的車門立刻打開。沒有一點贅肉的修長白腿伸了出來，來者穿了身淺藍及膝裙，純白棉質七分袖上衣，留著一頭淺褐短髮和稍微偏左的瀏海，戴了副無框眼鏡，雙眼炯炯有神，眾多精巧的外觀元素，組成名為邱靜祈的少女。

下車後，邱靜祈絲毫不理C男的急切話語，直朝公寓正門走。C男一路緊隨，讓我有點緊張。倘若他追著邱靜祈到大樓門口，埋伏於此的計畫就全毀了。令人意外的是，邱靜祈猛一回頭，朝C男甩了個巴掌。啪的一聲清響，迴盪在靜謐的高級住宅區。

連我都被突如其來的發展嚇了一跳，更不用說半張臉瞬間慘白的C男。

他就這麼怔住了。邱靜祈吼了幾句話，甩頭便走，她的步伐沒有以前乾脆，顯然剛才激烈的舉止，同樣動搖著這名不夠坦率的少女。我想，她期待C男做些什麼，或者說些什麼，但兩人間只瀰漫了不溫不熱的夏初氣息，沒有變化，也沒有話語。唯一改變的是距離，邱靜祈離我越來越近，離C男越來越遠。過了半晌，C男搖搖頭，面帶苦笑地返回駕駛座，揚長而去。

邱靜祈停下腳步，沒有哭——至少沒有落下淚水，低著頭繼續向前。不一會兒，她來到公寓門前，翻找名牌提包，尋找鑰匙。眼前的短劇差點讓我忘記原始目的，嚥下一口唾沫，右手緊握辣椒噴霧。

這是分歧點。此時絕對存在一個嚴重影響未來的「旗（Flag）」，我很確定，在這之後至少會有一個極為糟糕的結局。話雖如此，現階段也看不到什麼好結局。心中不斷湧起勸退自身的思緒，費了些勁，掃開一切雜念。畢竟，早在驅車前往林口，甚或在十多天前出發觀察這群大小姐的那一刻，便下定了決心。

邁開腳步，離開陰暗的窄巷，悄聲無息地來到邱靜祈身後。她轉動大門鑰匙，開啟看上去並不安全的輕薄鐵門，我舉起右手，掌中的辣椒噴霧與她後腦同高，接著以左手食指輕點她纖瘦的肩。

邱靜祈回過頭來，在兩人視線交會之前……

噗沙——

噴霧刺耳的聲響，揭開了人生的全新分支，同時闔上可能的其他篇章。

立於最後的抉擇關口，我終究踏上通往末日的筆直道路。

自此，我的世界不再正常。

你有沒有做過明知虛假，卻真實得難以忘懷的夢？

在我繼續述說這個瘋狂的故事前，有必要先行回顧一切的開端，否則在各位眼中，我只是個做出異常行止的末路狂徒。

讓我們首先回顧最美好的時刻吧。

※　※　※

「哥。」

熟悉的叫喊從遙遠的彼端傳來。

「哥——」

那道聲音彷彿長了腳般直朝我的耳際奔襲。

「哥！」

下一秒，天崩地裂，我滾了好幾圈，重重摔在地板上。背部熱辣辣的刺痛，伴隨眼前一片眩白，右手臂輕碰某種象牙白圓柱體，柱體底部有著一雙Hello Kitty的絨毛室內拖鞋。順著這雙不明的圓柱體向上望去——我保證視線在經過柱體間那塊布料時有稍微挪開——隨即看見起伏甚微、趨近於無的嬌小驅幹，再更往上，圓滾滾的臉蛋有一雙像是憐憫瘦弱野狗般的眼眸。旁人看來或許是溫婉，在我看來只是蔑視。

「唷。」我尷尬地揮了揮手。

「嗯。」
糟糕，今天是「傲」的模式。我揉揉眼睛，「現在幾點了？」
「九點。」
「晚餐時間過了？」
「早上九點啦！哥是白癡嗎？」
「剛睡醒就被罵成這樣……」我抱住眼前那雙纖瘦的腿，「會更想睡哦。」
「啊，我忘記哥是個變態了。」
「才不是，我只是忠於自己內心的紳士！」
「那就是變態。」
「為什麼梓涵會在這裡？」
「找哥還需要理由？」她雙手抱胸，依然低頭瞪著我——不對，嚴格來說是我仍然躺在地上，被她俯視著。她說：「哥什麼時候才要起身？還是說，平躺的風景好到讓人不想起來？」
「妳以為我在跟妳大眼瞪小眼，但其實我在跟那隻……」我皺起眉頭，「那隻到底是什麼東東？」
「你說迪多嗎？」
「迪多？」盯著她棉質內褲上的圖案，皺起眉頭兀自思忖。莫非是『風之谷』娜烏西卡的寵物？定睛一瞧，還真的是。「居然是迪多，還以為是哪來的怪貓呢。妳還真喜歡那些上古時代的卡通。」
「是動畫。彩虹小馬才是卡通，宮崎駿大師出手的作品叫做動畫！」
「真是無謂的堅持。」
「哥！」

「怎麼啦，我可愛的妹妹？」
「你也看太久了吧？」她故作輕鬆的表情真是百看不厭。
「也是啦，再看下去迪多會生氣的。」
「是我會生氣啦。」
試圖撐起身子時，梓涵默默伸出左手。真是溫柔到不行的好妹妹。
站穩之後，我一邊打呵欠，一邊拉開衣櫃。「所以梓涵是來做什麼的呢？介紹迪多給我嗎？」
「當然不是。」她用力擰了我的肩膀，完全不疼。「剛剛不是說了嗎，找哥並不需要理由。」
「話是這樣沒錯，但還是有理由吧？」
梓涵鼓起腮幫子，聳了聳肩。我嘆了口氣，「爸又怎麼了？」
「就沒怎麼了嘛。」
「唉。」我拍拍她的頭。「抱歉啊，就我一個人北上唸書。」
「嗚嗯。」她嘴裡發出奇怪的應和聲。
「總之，我要換衣服了。」
「哦。」
「哦？」
「嗯？」
「就算妳圓睜雙眼、把頭偏了三十五度，也無法豁免應該出去的命運。」
「為什麼要出去？」
「我不是說了要換衣服……」

「所以說，為什麼要出去？」

真是一番死胡同的對話。我迅速脫下睡衣，套在梓涵頭上。

「嗚哦，哥！」

「囉唆，待在這裡就得套著頭。」

「好像在玩『猜猜有什麼』的黑箱遊戲！」

「手別伸過來啊妳這神經病！」

為了避免麻煩，隨手抓了桌上的曼陀珠往梓涵嘴裡塞，一次三顆。糟糕，好像太多了……

梓涵起初沒有什麼動作，幾秒後，開始瘋狂跺腳，彷彿跳起「勇者鬥惡龍（Dragon Quest）系列」中，使人MP值下降的特技——不可思議的舞蹈。趁著空檔，換上始終如一的黑色襯衫和牛仔褲，接著花費十分鐘的時間，解救、安撫、穩定梓涵。折騰了好一陣子，才知道她特地來此，是打算為我做飯。

「即便早餐能吃妹妹的愛心料理非常幸福，但我沒有吃早飯的習慣。」

「不要緊，沒有飯。」

這個人是不是誤解早飯的意思了。

梓涵披上圍裙（我住的地方沒這種東西），將平底鍋（我住的地方倒是有這種東西）放上瓦斯爐，哼起艦隊收藏的片頭曲，將橄欖油倒進鍋內。

伴隨滋滋滋的聲響，梓涵問：「哥怎麼會買平底鍋？」

「很奇怪？」

「非常奇怪，哥明明是家裡唯一不下廚的人。」

「大哥也不下廚啊。」

「大哥離家出走了。」

「……二姊也不下廚啊。」

「二姊過世了。」

「小妹——」

「小妹才十一歲！我知道有既會下棋又會下廚的小學生，但那只存在於設定中。」

「梓涵小學四年級時不就既會下棋又會下廚了？」

「我、我不算啦……」

「我們祟家最大的問題就是專出瘋子和怪胎。」

「而且姓氏常被寫成『崇』！」梓涵將四顆蛋打進平底鍋。「作祟的祟和崇拜的崇有很難區別嗎？明明一個很不吉利，另一個很梁靜茹，哪裡難了。」

「用寫的當然很難區別。再者，梁靜茹的《崇拜》已經老到不行了啦。」

「『八年七班祟梓涵同學，聽到廣播請到教務處領獎～』這種話能聽嗎？真是越想越可怕。」

「覺得自己能夠領獎的妳也挺可怕的。」

「我是模範生呢。」

「抬頭挺胸說這種話，會長不出胸部哦。」

「嚇——！收回，我要收回！太可怕了吧！」

立刻被這種鬼扯唬住的梓涵也是百看不厭。

她將半熟的蛋打散，攪在一起的瞬間，我已搞不懂她想做什麼了。

「為什麼妳今天不用上學？」

「哥不也一樣？」

「哪有大學生乖乖上學的。我可是『絕不出席派』呢！」

「那我就是『國中生偶而不出席派』！」

「給我滾回學校去。」

「啊，雙重標準的沙文豬！」

「妳從哪學會這麼貼切——不對，這麼惡毒的話？」胡鬧的同時，她也不忘將攪成一團的蛋分成左右兩個部分。我說：「為了替我做這頓早餐，連學校都蹺了？」

「我給自己放了一天榮譽假。」

「妳當自己是二哥嗎……老說蠢話，會變得跟他一樣哦。而且榮譽假是怎樣，國中頂多放喪假吧。」

「那就喪假。」

「誰的？」

「哥的。」

這個「哥」絕對不是我。梓涵什麼沒有，就是哥哥特別多，再者，大哥可能真的需要一場喪禮，畢竟誰也不曉得他是死是活。

梓涵打開冰箱，把扔在裡頭、吃剩一半的土司丟進平底鍋。原來在我恍神的瞬間，她已將整理成可愛圓餅狀的蛋團，擺盤在旁。若說大姊的特長是滿漢全席，那梓涵就是蛋料理。將土司烤出一點橙黃之後，將其擺上另一個盤子裡。煎完火腿，則著手處理豬肉片，前前後後耗費十多分鐘，才將一個堆疊整齊的健康三明治遞給我。

「啊，」她朝咖啡機的方向小跑幾步。「忘記哥的咖啡了。」

真是周到。明明已有兩年沒有同住，梓涵仍然記得我「沒有濃縮咖啡絕不清醒」的怪癖。望著她的背影，驀地覺得有些陌生。明明是親妹妹，不過兩年未見，竟能產生如此遙遠的距離感。她長高不少，也開始裁短裙子；白皙的腿上不再穿起高過腳踝的襪子，頭髮也不再是鬼太郎似的筆蓋頭。

崇家的女孩總在某個時期變得很美，彷若鮮花現於一瞬，令人措手不及。

將她親手做的早餐吃得一乾二淨時，她悄聲開口。

「哥，我們出去走走好嗎？」

沒有拒絕的理由，就算有，也不覺得此時該說出口，只能含著食物點點頭。

和梓涵並肩走在人行道上，她一邊踢著地上的石子，一邊富有節奏地向前走。我跟在後頭，學起數年前叱吒風雲的護妻狂魔虎騎士，抬起下巴裝模作樣，自以為是地守護著眼前的女孩。

租屋處所在的新莊區福德二街本就不甚熱鬧，上班上課時段更只有屈指可數的老人蹤影。

我想不起來今天到底有什麼課，也想不出梓涵可能有哪些課要上。臺灣教育最大的問題，就是無法塑造一門學生願意出席的課。每堂課都無聊得讓人想蹺，而且蹺得毫無罪惡感；反正出不出席都學不到東西，何必浪費時間呆坐在教室聽老人廢話。這種教育，只會產生兩種極端的人。一種，是像梓涵那樣不需要老師，獨自學習也能積極成長的優等生；另一種，是像我一樣毫無實學，做什麼都失敗的廢柴家裡蹲。

死咬著牙勉力在外租屋，我明白自己是個廢物的事實；即便如此，我仍不願回到那個家。

崇家，是瘋狂的惡巢，也是夢魘的居所。

「哥。」梓涵轉過身來，「我想問你一個很重要的問題。」

「我願意。」

「我沒有要跟哥求婚！也拜託不要秒速答應，提出那種要求的我絕對瘋了，請救救那時的我好嗎！」

「瘋與沒瘋，都是我的妹妹，所以——」

「都不能答應！」

「都能答應。」

「哥真的有夠扯……」梓涵止不住上揚的嘴角，「只有和三哥說話時，才有被人逆向洗腦的感覺。」

「因為我是對的。」

「因為你錯得特別離譜！」

「但我絕不說謊。」

「就是這樣才可怕，我根本不知道哪一句才是玩笑話。」

「都不是玩笑話。」

梓涵無奈至極的表情著實精彩，百看不厭。儘管特別疼愛這位妹妹，卻不曾有過超越兄妹的情感……大概啦。若以偶像團體來定性，梓涵是亮眼型的韓國偶像，而非耐看型的日本偶像。

「哥，」她圓睜大大的雙眼盯著我瞧。「我真的要問一個非常重要的問題。」

「就說了我願意——」

「哥！」

梓涵難得堅定地打斷我，太過嚴肅的氣氛使我闔上嘴巴，不再胡鬧。

「哥，如果——我是說如果哦！」

她的眼神閃爍游移，過了半晌才重新回到我身上。

那是一雙格外陌生的眸子，眼前的她，是我不認識的梓涵。

在我悄悄嚥下唾沫時，她輕聲開口：

「如果我不在了，你願意為我活下去嗎？」

※　※　※

置身血泊入睡的後果，是始終瀰漫鼻腔的鮮血鐵鏽味。

真抱歉，突然這麼說一定讓人非常困擾，請容我找個適當的切入點好好說明一切；或許需要一點時間，畢竟，這算是我對於自己的瘋狂作為，特別撰擬的告解函與答辯書。

好的辯詞都需要一句帥話，就從這裡開始吧。

「幻想是詩文的羽翼，假說是科學的天梯。」

這句名言說的真好，飽富哲理，但字裡行間沒有坦白的是，提出科學性假說之前，可能會被過於絕望的現實正面擊倒。理論成立之前必定先有假說，假說好似堆疊夢想的吟遊詩人，唱得悅耳動聽，卻虛偽得堪比一抹幻象；實證則是破除虛幻的罪惡狂徒，破壞一切美好，卻能開拓通往真理的筆直道路。

此刻，殘酷的事實擺在眼前：童韻伶、陸彩璃和九降禮杏非常難以接近，行程幾乎毫無破綻，撇開戒備森嚴的豪宅大院不提，每日更是專車接送，在外獨處的時間絕不超過三分鐘——而且這種空檔多半出現在廁所或健身房等根本無法埋伏的地點。

典型的大小姐，養於深閨、嬌生慣養、尊容華貴的反人類生命體。其中又以九降禮杏最為誇張，撇除常態性高規格的警備系統，甚至安排專屬的同齡護衛，但我最不擔心的反而是她，此點容後再提。相對「比較」鬆懈的只有在外租屋、一人獨居的邱靜祈。她的公寓位於林口體育大學捷運站附近，稍加觀察便能發現，是個安全係數較低的偏僻住處，雖有點遠，但很適合作為揭開序幕的目標。

在邱靜祈因辣椒噴霧的強烈刺激而張大嘴巴時，我掏出預先放在口袋的復健用皮球，塞進她嘴裡，隨即將她的雙手架往身後，用集線束帶扣住手腕，並多綁一條在拇指虎口處，防止指頭動作。她的雙眼因辣椒刺激不斷擠出眼淚，我則毫不猶豫地以醫療用眼罩掩住其視覺，完成束縛。

確認周圍無人，將她推進停在一邊的轎車。再次確認沒被任何人發現，我才彎腰鑽入駕駛座，發動汽車，朝臺灣的北端前進，目的地是位於新北市三芝區的旅館廢墟。

第一次在那個奇妙的地點探險，源頭來自大哥突如其來的提議。

那時，他踏進客廳便說：「去露營吧！」

「沒頭沒腦的說什麼啊？」身穿哥德式洋裝的二姊瞪著他。

「去夜遊吧！」

「……到底是露營還是夜遊？」

「去探險吧！」

砰的一聲，二姊用手中的大英百科全書第六冊，猛力狠砸大哥的天靈蓋。當然，受到攻擊的大哥一如往常地毫髮無傷，燦爛笑靨同樣不減半分。

「二妹妳看，三弟一臉想去的樣子。」大哥朝我眨了眨眼，充作暗示。

說真的，我實在懶得出門——除非梓涵也會去。

「胡說八道，人家三弟一臉無奈好嗎。」

「唉，真是不夠姊妹。」

「你是我哥，我們怎會是姊妹！」

「所以到底要去哪？」二哥突然插嘴：「露營總不會選在都市吧？難不成哥打算在家裡露營？」

那時的二哥沒有現在那麼沉默，表情也沒那麼死板，令人懷念。
「問得好，二弟。」大哥咧嘴一笑，「我們要去三芝！」
「哥，三芝沒有鄉下到可以隨處露營吧？」
「有的唷～」大姊端出一盤剝好皮的橘子，摸摸我的頭。「三芝有很多墳墓，附近特別適合露營。」
「姊……」二姊的眉毛整個垮下來了，「誰會在墳墓旁邊露營啊。」
「界大哥呀。」
「姊，妳到底站哪一邊啊？大哥那白癡是打算去露營PLUS夜遊PLUS探險耶！」
「小夜會怕？」
「怕？怕什麼怕，我有什麼好怕！鬼根本不符合現代科學理論，充其量是人類視覺出現的偏差，或是光學折射或反射產生的誤解——」
「哇！」
「呀啊啊阿啊啊！」
在天央研究院服務的二姊平時相當冷靜，唯獨碰上無厘頭的大哥和天然呆的大姊，才束手無策。
除了年紀太小的四妹、么妹和么弟外，其他兄弟姊妹全員到齊，那是至今最後一次祟家大遠遊，之後再也沒有如此陣容。出發當日，大哥因為喝了兩杯啤酒，改由大姊負責開車。一路上，二姊忙著和大哥拌嘴，鬧得口乾舌燥；說是拌嘴，主要都是大哥先犯傻，再由二姊擔任吐槽角色，化身一對奇妙有趣的相聲組合。二哥埋首於自己厚重的原文書和筆記本中，無視車內的一切。梓涵坐在我腿上，縮起肩膀忍受擁擠的空間。整趟旅程，只有大姊一人掛著滿臉歡快的笑容抵達終點。
關於這段記憶，由於過於珍貴也太過溫馨，還請容我未來再行補述。

完成束縛，我載著邱靜祈離開林口，行經壽山路，穿越新莊與泰山，來到五股。

由於天色漸晚，我在某座歇業中的鐵皮工廠邊停下車子。

邱靜祈瞇起雙眼，以滿是怒氣的駭人眼眸瞪著我。即便如此，全身受縛的她，完全不讓人害怕。

「我先把妳放到後車廂囉。」

「嗯嗯嗯！」邱靜祈猛力搖頭。

她口中的黑色橡膠球發揮出乎預料的阻絕效果，既不會被吐出來，也不會被嚥下去。

「別擔心，我沒有要對妳怎樣。」思忖半晌，覺得這句話似乎不太對。我說：「我得幫妳買些日常用品，就是食物、衛生紙、簡易廁所之類的東西。」

她眨了眨眼，沒有反應，應該是我的說明不夠到位。

「總結來說，我要把妳放在一個沒有人的地方。」

「嗯嗯嗯嗯！」

「別這麼抗拒。」我面露苦笑，「我只會把妳放在那裡，什麼事也不會做。放心，妳不是我的菜。」

其實邱靜祈的外貌和身材都很亮眼，但這一切並非為了滿足私慾，就算無視一切，忠於慾望，我也不認為自己能夠做出多沒天良的事情。

打開後車廂，我抱起被束帶綁住四肢的邱靜祈。雖是公主抱，卻毫無令人心動的元素。過程中，或許是意識到掙扎無用，她並未吵鬧，只是緊皺眉頭，撇過頭去。

小心翼翼地將她放入早已清空的後車廂，我說：「乖乖待著，我以人格保證，妳絕對不會有事。」

說完，再次覺得有點不太對勁，畢竟所謂的人格保證，對她來說恐怕沒什麼價值。管她的。

我將車子駛往淡水新市鎮的五金百貨賣場。為避免邱靜祈掙扎時發出怪異聲響，引起路人注意而導致計畫失敗，才刻意將車停到最陰暗的角落——即便如此，也無法確保百分之百迴避差錯。只能減少不在車上的時間。我鎖上車門，快步奔入賣場。

麵包，三天分應該足夠了。我隨便抓取十個品項，附帶整條土司；巧克力，不確定邱靜祈會不會吃，姑且拿個兩盒，同時抓了一把梓涵最愛的加倍佳棒棒糖；礦泉水，我挑了特大瓶的樣式，準備一打；塑膠無把手的杯子，雖不知有無危險，還是避開把手的好；女用免洗內褲，購入兩包，一共十件，男用的也買一些，避免招人懷疑；大臉盆、四條毛巾、嬰兒老人用的輕便馬桶、四張折疊椅、一組工具箱……赫然發現，執行計畫所需的物質資源比想像中龐大，然而資金有限的此刻，不能像個無底洞般胡亂購買。

結帳時，店員對我異常大量的物品感到狐疑，卻沒特別說什麼。看來下次得換一間店了。

費了九牛二虎之力將物品搬回車內，才猛然想起後車廂有個受縛的女孩。我打開後車廂，縮起身子的邱靜祈被路燈的光照得睜不開眼。

很好，還活著。再次闔上車廂蓋。

車內寂靜得很，雖說應當如此，卻仍讓人有些介意。不時察看後照鏡的我，深怕一不注意就讓邱靜祈溜進車內——真是可笑的念頭，又不是恐怖片，現在的新型轎車早就無法輕易從後車廂翻進車內了。打開收音機，好事聯播網恰好在播山塔．艾斯莫拉達（Santa Esmerald）的《You're my everything》。

突然想起梓涵。不知為何，我甚至沒想起過世的二姊，就只想起梓涵。

夜晚的臺二線——這條搞不清楚到底該稱淡金公路還是登輝大道的路上，車輛比想像中多。

遠遊那天，大姊好像這麼說過：「接近午夜的臺二線是最舒服的。」

沒頭沒尾的一句話，誰也沒有領會。她說：「全臺灣最美的日出，其實是在三貂角。特別是深夜行路之時，臺二線的夜空比日出還更值得欣賞。」

「就像蟹黃。」二哥突然應聲。

「沒錯，就像蟹黃。」大姊猛地點頭，似乎對這補充相當滿意。

坐在副駕駛座的大哥不斷打呼，偌大的聲響彷彿莒光號列車那般震耳欲聾，他正後方的二姊則是低著頭，烏黑的及肩秀髮隨著車子的震盪左搖右晃。

兩個波長不合的成員均已陷入沉睡，我懷裡的小傢伙，似乎也快不行了。

「哥，」梓涵在我耳邊悄聲說：「我好想睡。」

「那就睡吧。」

「但這樣會壓著哥，很不舒服的。而且哥也睡不了……」

「別擔心，梓涵很輕的。」我輕輕撫摸她的頭，「我會保持清醒，直到妳起床，好嗎？」

梓涵露出淺淺的微笑，在我頰上輕啄一口，便將全身體重交給了我，不久即陷入沉睡。小學生真是太棒了——不對，小學生實在太可怕了！不愧是崇家的迷魅妖精，居然讓人萌生如此駭人的念頭。

「我從以前就很想說……」坐在我左邊的二哥，依然低著頭翻閱原文書，用沉穩的聲音悠悠開口。他的聲音比一般人高了些，聽起來像特別容易激動的人，卻總是不帶一絲情緒似地，用毫無起伏的聲調發言。他說：「你們倆，是不是有點太親密了？」

「小宇不會是在嫉妒吧？」大姊笑得特別開心。

「並不是。」二哥的語調絲毫沒有改變。「我只是覺得，普通兄妹不會這麼親近。至少宮界大哥和悠娜大姊之間、我和紗夜二妹之間都沒這種狀況，唯獨丞樹三弟和梓涵三妹之間如此異常。」

「那就是嫉妒囉？」

「並不是。」

大姊特別擅長使人不耐煩，偏偏她的聲音又柔又甜，語調輕盈悅耳，沒人能夠真正對她發怒。

二哥一板一眼的個性反映在「穹宇公式」上，他會在祟家成員的名字後面加上稱謂，以我為例，二哥會叫我丞樹三弟，梓涵則是梓涵三妹，依此類推。無論如何，二哥絕對是最了解祟家族譜的人。

「我不知道你怎麼想，但梓涵三妹鐵定沒把你當成一般的哥哥。」

「真的？」聽聞此言，難掩臉上喜悅，這副表情大概被二哥銳利的目光瞥見了。

他斜眼瞟視而來，遲疑幾秒，卻什麼也沒說。

「這樣沒什麼不好呀。」大姊慢悠悠地說：「我們兄弟姊妹那麼多，年齡也參差不齊，能互相照顧當然很好囉～當然，小樹不會欺負梓涵的，對吧？」

「當然。」

「既然如此，親密、很親密、超親密、比戀人還親密，當然也不成問題囉？」

二哥的目光移開書頁，表情揉合難以置信和不可置否兩種矛盾情緒。我能理解他此刻想要撞牆的心情，大姊偶而真的會迸出這類地獄級的可怕發言。

「看來，」二哥嘆一口氣，不帶情緒地說：「悠娜大姊壞掉了。」

「確實壞了。」我點點頭。

「對唷，壞掉了，壞掉了～♥」

「姊，手不要離開方向盤！」我緊緊抱住梓涵，「也不准動次動次地在椅上跳舞！」

大姊開車，恐怕比大哥酒駕還危險。整個家族中，論喜愛的客觀數值，假設梓涵是第一，悠娜姊就是第二，第三則是穹宇哥；雖說很難掌握他的情緒反應，二哥卻對我特別包容。

「到囉！」大姊將車子停在某條鄉道的白線外，整輛車都在道路之外，壓在草叢與土壤上。

拉起手煞車的聲音，是抵達終點的信號。

記憶裡的遠遊畫面悄悄中止，乘著夜幕，我抵達位於三芝深處，既無住家也無景點的荒山廢土。將車停在多年前大姊使用過的位置後，用力踩下腳煞車。確認周圍無人，再次將已然熟睡的邱靜祈以公主抱之姿抬起，離開車輛。當然，她也旋即清醒過來，似乎判斷掙扎毫無意義，一路上安分得像隻幼犬。

周圍比想像中暗了許多，只得取出事先準備的單車照明燈，那是五金行隨處可見的廉價配備，唯獨燈頭的上半部可以轉動，非常不便，但仍堪用。我將照明燈置入胸前口袋，僅讓燈頭微露在外，我邁開腳步，朝黑得彷若原始荒地的深山行去。

這段路，上周也走過一遍。前前後後共三天，早中晚各一次，於此處探勘六回，確認無人使用，也不受周圍居民注意，才將之設為據點。這項決定，當然包含藏於內心的自我偏執。

山林間，只能聽見自己的腳步聲。邱靜祈在我偶而踩斷樹枝時會輕輕發顫，畢竟是女孩子，夜晚的荒郊野外總是讓人恐懼。腦海裡的家族遠遊畫面，始終沒能完全消散。一路上已費太多心神回憶過往，好幾次差點恍神，一不小心就會釀出意外。也不排除是我累了。十多天來，每天都在計畫，每天都在盤算，沉重的壓力與莫大的空虛，讓人以為已有數十年之久。我終究落入惡魔的陷阱，幹出魔鬼的勾當；既不是誘拐，也不是綁票，連自己都無法理解自己的所作所為。

兀自思忖之際，不住行走的腳，把我送到萬魔殿前方。隱於芝山區的荒地深處，鬼影幢幢的廢棄旅社沐浴在幽冥的夜幕之下，宛如俯視草芥的深淵惡魔，巍巍聳立。

「我到家了。」

既非山姆，亦非修奇的我，不自覺地說出這名言般的台詞。

邱靜祈瞪大雙眼，似乎對散發不祥氣息的廢墟感到害怕。

「別怕，這棟廢棄旅社就是妳未來幾天的家。」

「嗯？嗯嗯嗯！」

「迫不及待想進去看看？真是心急的女孩。我也不釣妳胃口了，走吧。」

「嗯嗯嗯——」

稱它為廢棄旅社，名副其實，萬分貼近。室內裝潢一點也不像旅館，甚至連「曾經」是旅店的感覺都沒有，整棟建築荒廢得像座鬼屋，實難想像有人會特地來此住宿。就算過去曾經華美，附近卻沒有任何可供遊賞的景點，既看不到海，也看不見山，各扇窗戶都被高聳的樹木遮掩住，什麼也看不清楚，沒有一絲吸引人的要素。毫無引人前來一探究竟的賣點，恰好是我作為據點的原因，唯一要注意的只有專門探訪廢墟的小眾團體。

將邱靜祈輕輕放在第一〇一號房的床鋪上，我扭扭肩膀，發現肌肉僵直發疼。這間位於一樓的套房，基於防盜原因加裝鐵窗，對於監禁來說是非常好的設計。

唯一的雙人床，破爛得像塊黑色泥豆腐。邱靜祈緊盯那張噁心的床，眉宇深鎖。

「妳等等，我稍微整理一下。」聽我這麼說，她的眉頭皺得更緊了。「我得加強一下房間的配置。」不待回答，我拿出手銬，將她銬在鐵窗上。手銬當然是從哥的房間偷來的，否則誰會有這種物品。雖然多餘但還是補充說下，我口中的哥，指的是二哥。

回到車上，將購入的生活用品全數搬進旅館，按照食品、日用品和清潔用品的類別分作三堆，置於房內角落。將邱靜祈的手銬解開，請她坐上擺設妥當的折疊椅。她默不做聲，緊盯著我手中的辣椒噴霧，緩緩入座。待其坐定，我用束帶將她雙手分別綁在椅背的鐵桿上，一手綁一桿，以防範不必要的危險。確認已將目標牢牢束縛，我在旅館內找了幾片木板，取出工具箱裡的全新榔頭和鐵釘，將長條木板與備用棉被一起釘入窗戶。儘管設有鐵窗，還是得避免聲音傳出，否則將會引發多餘的疑慮。雖說無法驗證，但棉被與木板組成的隔音裝置，效果應該不錯。

隨後，我從其他房間找來一張桌子，擺在她面前。矮矮的椅子，小小的桌子，端正的坐姿，此刻的她，整體模樣規矩地像等待鐘響的學生。

「我馬上就會離開，或許好一陣子不會回來。」

「嗯——嗯嗚？」

「別擔心，我會事先把水倒進臉盆，麵包也會全部拆封，妳只需要動動嘴就行了。」我將放在一旁的輕便馬桶拉過來，說：「大小便的話，就麻煩妳善用這個小工具，稍微忍耐一下了。記得，儘量別弄得太髒，畢竟我不會頻繁回來幫妳清理。」

她的眼神很複雜，不太清楚是基於困惑，抑或恐懼。

「現在，我要把妳嘴裡的橡膠球拿掉，如果妳咬我，或是叫得太大聲，我會立刻塞回去。」

她眨了眨眼，緩緩點頭。我想，這女孩無論如何都想把口中的異物吐出來。

稍加施力，一把將她嘴裡的橡膠球拔出來。黏黏的唾液和奇異的酸臭味自泛紅的嘴巴瀰漫而出，或許是因恐懼而作嘔，才有這種味道。她緊蹙眉宇，嘗試咬合，瞪視我說：「你是什麼人？」

邱靜祈異常冷靜，儘管身子輕微打顫，眼神卻絲毫不肯退縮。我對這種傢伙特別沒轍。

「我得走了，妳要好好吃飯、好好睡覺哦。」

「你到底是誰？」

我無視這項提問，轉身準備離開。

「你到底是誰！」

邱靜祈震耳欲聾的吼聲，讓我混亂的腦波變得更為破碎。

「真是的，每個人都以為大叫便能引起注意。」

我抹抹鼻子，忍住一個噴嚏。此處的空氣瀰漫粉塵和棉絮，每吸一口氣，都是莫大的煎熬。

「簡單來說，妳只要乖乖待在這裡，就什麼事也不會發生。」

「囚禁我的理由是什麼？」

「理由……？」

「我跟你無冤無仇，到底為何把我關在這裡？」

從那脹紅的雙腮得以推想，她的內心少了幾分恐懼，增添幾分憤怒。

「為了什麼……真是好問題。」

從旁側拖來一張折疊椅，擺在木桌的另一側，翹起二郎腿，與她相對。瞇起雙眼抬起下巴，我從胸前口袋取出一根加倍佳棒棒糖，塞進嘴裡。要帥的場景總該掏出香菸，但抽煙有害身體健康，只得妥協。

口中漫開的甜膩之感是草莓口味。明明是梓涵的最愛，卻被我摸中了。

「妳想聽故事嗎？一個王子與公主沒能過上幸福快樂的生活，卻意外地宰了四條惡龍的故事。」

邱靜祈凝視著我，靜默不語。

「首先回答妳的第一個問題。」

嘴裡完全充滿人工甜味之後，我用舌頭將棒棒糖從左側挪往右側。

「我叫崇丞樹，是崇家大院最平凡、最普通也最正常的三男。」

第二回　道德：自我說服的箍咒

嘟嘟嘟——嘟嘟嘟——嘟嘟嘟——

腕環機規律地震動，不是訊息，是通話。

七月某日，我老樣子躺在床上，動也不動，閉目養神。大學的課多半翹掉沒去，不知不覺就放暑假了，毫無真實感。高中還會因為暑假而跳起來喊「放假啦」等語，現在連到底有沒有放假都不確定。反過來想，也可說每天都是毫無區別的美好假期，作為一介大學生，被吵雜的電話破壞美好時光，是不能忍受的。為了躲避不肯停歇的鈴聲，我決定將腕環機留在家裡，踏出家門。

叮咚！想不到連門鈴都響了。儘管對站在外頭的人毫無想法，心底卻覺得上前應門優先於接聽電話。這不是順序問題，而是原則問題；是自小潛移默化的家庭教育，也是祟家帶來的極少數常態規範。

租屋處簡陋的大門既沒有貓眼，也沒有防盜門鍊，單純是塊擋在我與來者之間的白鐵薄片。打開門，身穿荷葉尖領白襯衫和靛藍波紋長裙的纖瘦女子映入眼簾，空無一物的頸項兩側，一字鎖骨相當醒目。純黑長髮用桃色大腸圈綁起麻花辮，越過右肩披於胸前。相對稀疏卻十分平整的右偏瀏海，以及瀏海上方的橘紅髮箍，是她萬年不變的造型與配件。

「什麼嘛，居然是禮杏。」

「不愧是丞樹，劈頭就來一句這麼沒禮貌的話。」禮杏覷起雙眼，鼓起腮幫子。「明明還待在臺北，怎麼不去上學？」

「今天沒課。」

「那是因為放暑假了。」

禮杏向前跨出兩步，將我逼退兩步。她大喇喇地踏進屋內，不容拒絕的模樣活像是屋子主人。

「所以，」她雙手叉腰，上身前傾。「丞樹為什麼不去上課？」

「妳不是說放暑假了嗎？」

「但你每天都沒去啊，又不是今天才不去。」

「姑且不管其他，這問題妳問幾百遍了，居然還不會膩。」

「那是因為你始終在蹺課。」

「慢著，暫停一下。」我伸出右掌，擋在她靠得太近的臉蛋前方。「禮杏，妳……滿十六歲了嗎？」

「滿了啦！」她皺起眉頭，「難道我幼稚得讓你看不出來？」

連番質問的管家婆行為像極了的邁入更年期的媽媽。這種大實話我不敢說，只得乖乖嚥回肚內。

見我沉默不語，她的眉頭皺得更深了。

「上不上課又沒造成誰的困擾。」我吁了口氣，躺回客廳中央的沙發椅，說：「難不成，對禮杏大小姐來說，我這個『九降禮杏的專屬護衛』真那麼重要？」

「你又說這種話！」

禮杏把我的腳抬起來，移上橢圓木桌，順勢在沙發另一角入座。

「護衛這個詞是父親和哥哥的玩笑，為什麼老拿這句話消遣我？」

「因為妳看起來的確很需要護衛。」

「才沒有呢，你看！」她從購物袋裡取出一盒沙拉。「我學會買這個了呢！等等，我把它打開——」

啵的一聲，伴隨她豪邁的開封動作，塑膠盒裡豐富的生菜四散而出，幾片葉子甚至直接飛到我身上，附贈一大坨黏膩的沙拉。

「對對對對不起！」

「看吧。」在她慌忙收拾時，我捻起幾片葉子說：「妳的確需要護衛。」

不再頂嘴的她，鼓起雙腮乖乖撿拾菜葉。

九降禮杏，來自響亮得不能再響亮的九降世家，她與同輩眾多的兄弟姊妹們是該家族的第九代子嗣。說起九降世家，就得鄭重介紹九降集團。九降集團本身就是一部極簡臺灣史，撐起政治、經濟與教育等重要國家基礎，是無人不知、無人不曉的寰宇級企業。

說起我們崇家和九降家的連結點，就不得不提大哥，但我不太想提大哥，姑且略過不提。九降禮杏雖然年紀比我小一些，卻是相當珍貴的童年玩伴。雖然中途因為就讀不同學校而稍微疏離，基於她異常聰慧的腦袋，大姊在我升高三後特地將她請來，擔任我的個人家教——沒錯，當時還是國中生的她，成了我的老師。這段難以言喻的孽緣，即便我北上唸書之後，也未曾斷絕。與她相處的時間甚至超過梓涵以外的兄弟姊妹，也遠勝任何熟識的友人。

禮杏的腕環機冷不防地響起，她點開投影畫面確認，溫柔的笑容轉瞬消失。

「對不起，我接個電話。」

她找出包包裡的筆記本和鉛筆，熟練地往書房的方向走。不消說，熟練的原因是曾經來過。

百無聊賴的我平躺在沙發上，發現天花板多了幾個破洞。猛然想起應門之前，有通堅持響鈴數十秒的惱人來電，啟動腕環機，投影而出的主畫面顯示「三十三通未接來電」和「999＋訊息」，數量可觀的通知小框佔滿整個螢幕。確認來電號碼，不禁皺下眉頭。不是大姊，不是梓涵，也不是其他人，而是老媽。

儘管百般不願意，卻只能回撥。

嘟——嘟——嘟——正以為煩人的來電答鈴將永遠持續下去時，電話接通了。

「梓涵？」媽劈頭便說：「怎麼啦，梓涵？」

「沒錯，我是梓涵——個頭啦！妳明明就看得到來電顯示。」

媽彷彿正思忖著我究竟是誰似的，不發一語，靜默幾秒才說：「原來是丞樹。」

「媽，你該不會忘記我是誰了吧……」

「找我有什麼事？」

「還問什麼事咧，不是媽打給我的嗎？」

「你還好嗎？」

「還可以。」真是胡扯。我的體重自上大學起便緩慢上升，血壓也持續攀高。

「要好好讀書、好好吃飯、好好睡覺。」

「媽，妳打那麼多通電話，傳那麼多哭臉貼圖，胡鬧了一個早上，總不會只想關心我的近況吧？」

「嗯，確實不是。」老媽停了一會兒，「我問認真的，你還好嗎？」

「我回認真的，我很好。媽，妳應該有更重要的事情想說吧？」

沒有回應。迴盪於電話兩端的沉默，活像從半世紀前一路持續下來那般長久。

手上抓著筆記本的禮杏朝我走來，臉龐不再掛著進門時的燦爛笑靨，滾滾落下的淚珠擅自過起了潑水節，白皙粉嫩的鵝蛋小臉已被淚水佔據大半。她呆立於客廳中央，直望向我，抿起唇瓣兀自輕顫。

霎時，我嗅出一股極為濃厚的異常氣氛。

「媽，為什麼是妳聯絡我，而不是梓涵？」
「梓涵？」
「而且妳一接電話就——」感覺頭有點暈，我清了清喉嚨。「梓涵她……怎麼了嗎？」
「梓涵？梓涵沒事啊，他們找到梓涵了！」
「找到？媽，妳到底在說什麼？」
老媽長嘆一口氣，彷彿我說了什麼奇怪的話。
「媽！」
「不要這樣大吼大叫，我的耳朵經不起這種聲音。梓涵很好，非常好——」
媽操起極不耐煩的語氣，碎唸幾句，才咂舌說道：
「哦，梓涵死了呢。」

※　※　※

高鐵飛快行駛，穩定的搖晃有助於沉澱思緒。
崇家大院位於臺中市霧峰區曦鳶里，宅邸周邊全是農田荒地，位置偏僻，外鄉人根本找不到前來之路。所謂的大院一詞當然是我胡謅的，我的老家只是個三進院落的老舊四合院，但這並非從未邀請朋友回家的理由。離開高鐵站，攔了輛計程車，一路往北。正規的回家之路是轉搭區間車，既省錢又方便，不這麼做的理由連自己也不明白，或許是想要更多思考時間，又或許，潛意識裡亟欲把這趟討人厭的行程走完。
崇家，還是那個崇家。兩公尺高的標誌性牆垣，是煉獄與人間的最後阻隔。未鋪灰泥而裸露在外的紅磚，是以粘土，頁岩、煤矸石等物為原料，混合捏練之後壓製成型，乾燥後在攝氏九〇〇度的溫度下以氧化焰燒製而成的燒結型建築磚塊。在臺灣中南部眼熟且常見的傳統建材，彰顯著崇家宅邸本身的古老歷史。牆上鋪有一列西洋哥德式漆黑瓦片，讓標準閩南住屋的大院，散發異樣的排外之感，極其矛盾。

跨越正門，便是孕育崇家兄弟姊妹的方形大院子，後方則是宅邸本體——崇家的萬魔殿。

甫一進門，映入眼簾的是躺在沙發上，凝視天花板，張嘴發呆的老媽。

「媽，我回來了。」

「梓涵？」

「我是丞樹。」實在很受不了。「因為妳說梓涵死了，我才回來的啊。」

「梓涵死了？」

「對啊，是妳跟我說——唉，算了！」

老媽是崇家最早發瘋的成員，至少我粗淺貧瘠的認知是這麼回事。當時大哥已然不在，二姊也是，他們的心理狀態不得而知，無法確定到底誰最先發瘋；反正老媽是瘋了沒錯，而且瘋得特別澈底。比我年長的兄弟姊妹，只剩下大姊住在宅院。

瞄了一眼鞋櫃，除了大姊最愛的黑色香奈兒包頭鞋和大哥穿好幾年卻也扔在這裡好幾年的 Timberland 經典六號黃靴外，還有幾雙較小的樣式，可能是弟妹們的球鞋。

「媽，除了我之外，有誰回來過嗎？」

「宮界？」

「宮界大哥已經神隱數百年了……算了，媽，妳休息吧。」

判斷無法繼續溝通，決定先去梓涵的房間。經過我高中畢業前長年居住的個人房，望向門板那片梓涵親手製作的杉木吊牌，上頭以工整的楷書寫有「最愛的三哥」等字。光寫三哥，外人根本不曉得裡頭住了誰。我想，梓涵大概也不打算告訴別人，到底是誰住在這兒。懶得進房的我過門不入，來到隔壁漆成一片粉紅的夢幻木門。猶豫半晌，最後還是沒有敲門，逕自扭開梓涵房門那陽春的圓柱喇叭鎖。坦白說，光是猶豫該不該敲一個理當無人在內的門，便是種可怕的病，而且病入膏肓。

整個宅院只有梓涵的房間使用喇叭鎖，只有她裝這種簡易的觀賞型門鎖。她說，喇叭鎖圓圓的模樣像極了哆啦A夢的手，我問她是哪隻手時，她答道：「門外的是右手，門內的是左手。」

右手大家都能碰，左手專屬三哥牽。她如此補充。附帶一提，梓涵是左撇子。

攤開右掌，開了又合，合了又開。不確定自己到底在做什麼，或許是種確認，或許是種感知，無意義之舉所得到的唯一發現是，此時此刻，我已全然忘記梓涵的小手究竟多大。維持扭開門把的，卻未踏過門檻的僵直姿態。應該空無一人的房內，空氣不自然的流動，讓我隱約感覺裡頭飽含一股人氣。

「你是要進來，還是不進來？」

位於視線死角的冰冷聲音嚇了我一跳。

「二哥？」我皺著眉問：「你出獄了？」

「假釋。」

「不用回去了？」

「假釋。」

他純粹重複一遍，顯然是我的問題太過愚蠢。假釋和出獄間的區別，恐怕得問大哥、二哥和大姊才知道。老爸大概也知道，但我最不可能、最不願意問的就是他。撇開大哥，眼下看來是無法從二哥口中得到答案，改天再問問大姊吧。

二哥仍是那副弱不禁風的模樣，透過薄薄的白襯衫，能看見他背脊中心異常的突起，纖細的軀幹和瘦弱的臂膀彷彿什麼也撐不起來。儘管如此，這樣的二哥卻是祟家最堅韌、最難纏、最不可能被擊倒的男人——僅限男人，祟家的女人個個牛鬼蛇神，潛在實力不容小覷。二姊曾說，倘若大哥是霸鬼，二弟定是絕鬼。那時我追問，眠鬼是誰呢？她說，是三妹，絕對是三妹。斬釘截鐵的評價讓我印象深刻。順帶一提，二姊說我是三眼童子；我沒看過，也不打算去看。

二哥端坐於梓涵的粉紅ＩＫＥＡ木椅，前方的粉紅ＩＫＥＡ木桌擺著一隻完美剖開、皮肉對稱外翻的老鼠。老鼠全身布滿粉紅肉色——雖與桌椅無關但我覺得全都是粉紅的畫面非常詭異——鼠皮向兩側整齊對開，內裡是同樣朝兩邊外翻的胸骨，軀幹間空無一物，內臟一個個陳列在旁，像個露天的生態博物館。二哥專注取出老鼠的眼珠，右手捻著尖銳的鑷子，細心挑起眼皮的組織層，左手緊握的手術刀則懸停半空，等待下一次切割。

二姊給二哥的稱號是「怪醫藍鬍子」，結合漫畫與童話的渾號，貼切至極。

「哥，為什麼特地選在梓涵的桌上做實驗？」

「這裡是空的。」

當然是空的，因為梓涵不在了。

「話說回來，二哥怎麼進來的？」

「握住門把，轉動門把，輕推門板，前進兩步，轉過頭去，準備關門。至於所謂的關門——」二哥的手並未停歇，老鼠遺體的兩顆眼珠已被完整取出。他的聲音停了半晌，抬起頭來望著我說：「半轉身子，壓住門板，輕按鎖頭……」

「對不起，是我錯了……」差點讓二哥說出整套開關門的分解動作。「二哥這次怎麼入獄的？」

「殺人未遂？過失致死？」二哥突然停手，轉過頭來眨了眨眼。「丞樹三弟，我是怎麼進去的？」

「我哪知道。」我還真不知道。「醫院怎麼辦？不回去了？」

「醫院啊……」二哥一面低喃，一面將視線移回桌上的老鼠屍體。

二哥完成實習後，在臺大總院待了一陣子，期間因為冷漠乖僻的個性和難以捉摸的脾氣，引發一場嚴重的暴力事件。那是二哥第一次入獄，出獄後聽說轉調臺大北護分院，幾年過去，幾番入獄的他讓我搞不清楚動向。三度出獄的現在，更是狀態不明。

「回去嗎……」他吊起雙眼注視空無一物的天花板，半張開嘴，思忖半晌才低聲說：「不回去。」

「這樣啊。」

「丞樹三弟回來做什麼？」

「回來確認大家的狀況，只是沒料到哥會在。」

「大家？」二哥挑起左眉，歪著頭說：「你見到誰了？」

「老媽，然後就是二哥。」

「那你等於誰的狀況都沒確認到。」

確實如此。老媽的狀況根本無從確認，二哥的則無法確認。

頓刻無語。奇妙的寂靜佔據原屬於梓涵的空間，讓我彷彿置身於極不自然的異樣空間。

二哥再次專注於老鼠肢解，我則輕嘆口氣，在室內隨意繞起圈子。梓涵的房間比我的大上一圈，這可能與祟家渾然天成的母系體制有所關聯，亦可能單純是運氣問題，偶然分到偏旁的角落隔間。梓涵的書櫃很窄，約莫鞋櫃大小，放不下幾本書。

她讀書，卻不藏書。架上只保留經典名著和實用的工具書，沒什麼有趣的通俗小說。放眼望去，發現不少料理相關的彩色圖冊，以及幾本新寫成的筆記。夾在厚重的精裝食譜之間，封皮翻得格外破爛的沙林傑（J. D. Salinger）《九個故事》（Nine Stories）中譯本讓我定睛幾秒。梓涵在第一則和第四則故事的頁面折起小角，右上折角是她專屬的閱讀方式：清晰、明確，並且挾帶微弱的破壞性。我讀過這本書，卻對這兩則短篇沒什麼想法，也不覺得有何特別。坦白說，沙林傑、海明威和費茲傑羅我都讀不下去，只對阿爾貝・卡繆、法蘭茲・卡夫卡和埃德加・愛倫・坡的作品略有共鳴——以上全是胡謅，我根本不怎麼讀書。

我和優秀至極的兄弟姊妹們截然不同。祟家子嗣的故事，亦即堪稱祟家軼事錄的系列報導，曾經登上三大報的中部地區版。當時，祟家六名兄弟姊妹參與名為《知識與常識》的電視節目，雖然因年齡參差不齊的緣故不被看好，卻在長達數週的賽程中勢如破竹地奪得冠軍，聲明大噪的「祟家」登時家喻戶曉。

參賽的成員有大哥、大姊、二哥、二姊、我與梓涵，當中最沒用、最糟糕也最愚笨的就是我，搶答單元的個人項目完全掛零。身為祟家最強悍者，大哥自然是全對；身為祟家最優秀者，大姊自然是全對；身為祟家最睿智者，二哥自然是全對；身為祟家最古怪者，二姊自然是全對；身為祟家最機靈者，梓涵自然是全對；身為祟家最瑕疵者，我，自然是全錯。

若把當時未滿七歲的四妹派出去，仰賴其精巧的推理才能大概也能全對，完美無瑕、絕對無敵的祟家隊伍，便會以毫無失分的姿態凱旋歸來。可惜人生什麼都有，就是沒有如果。

指尖輕觸《九個故事》老舊的書背，稍微拉出來些，並未取出。

「丞樹三弟。」二哥的聲音比往常還要冰冷。「梓涵三妹不在了。」

「我知道。」回答之時，感覺喉嚨有些乾澀。

「你還好嗎？」為什麼連二哥都問我好不好？

「還好。」我嚥下口水潤喉，「我覺得還好。」

二哥的手停了下來。他沒有戴手套，卻沒讓任何一滴血液沾染指間。

穹宇二哥是有史以來最偉大的外科醫師——這不是我說的，是轉自臺大醫院的年度優秀醫師評語；此處的評語並不是病人主觀的評價，是來自世界衛生組織的表揚與評述，增添幾分客觀的可信度。二哥擔任住院醫師時，接手來自主治醫師的各種爛攤子，雖是特別嚴苛的工作環境，卻得到難能可貴的練習機會。尤其輔以其與生俱來的高速學習能力，不及兩年，便把常人所能想出的手術通通列入自己的技能表，成為國內首屈一指的外科醫師。我想，突飛猛進的技術，或許與他曾在國外擔任醫療外交人員的經驗有關。

這個世界，恐怕沒有比二哥更適合拿手術刀的人，可惜他最近一次持刀大概沒用在病人身上。

「哥。」聽見我的叫喚，他抬起頭定睛瞅來，沒有應答。「梓涵是怎麼走的？」

「你不知道？」

見我點頭，他的表情依然毫無變化。二十年來，從沒看出二哥心裡在想什麼；十年前，我曾為了讓二哥露出不同表情，擅自朝他出拳，卻在三秒之內被澈底反擊並暴打一頓。他事後說，還手的當下沒發現是我，換言之，憑藉反射動作，二哥便有把人打得站不起身的物理實力。

「倘若大哥是霸鬼，那二弟定是絕鬼。」二姊的評價果然精準，崇家二哥雖非最強，卻最為恐怖。

凝望我的雙眼，二哥眨了幾回眼皮，緩緩開口。

「我覺得你不該知道。」

「為什麼？」

「沒有理由，只是個人判斷罷了。」他說：「我的判斷是，你承受不了。」

這個答案無法讓人信服。我說：「哥，你是怎麼知道的？」

「媽說的。」

「老媽？」那個發瘋的老媽能夠描述如此複雜的事？

「沒錯，就是媽。」

「哥，我沒有你想得那麼脆弱。」

「你看見路邊死貓的時候會哭。」

「那是小時候的事。況且，我哭是出於悲傷，而非無法承受。」

「二者無異。」

二哥的炯炯眼神簡直足以穿透我的身軀、灼燒我的靈魂，光靠那道銳利的視線，便能剖人肚腹。

「你沒辦法承受。」二哥微瞇雙眼，「在這世上，只有你，絕對無法承受這個事實。」

腹部深處湧起一股燥熱之感，猛地衝上心肺。

「為什麼哥覺得我不行？」注意到時，我的聲音早已脫離聲幅，宛如出自他人之口。「到底是哥不相信我，還是我真的承受不了？」

「你承受不了。」

「你不知道！」

「我知道。」

「你怎麼可能知道！」

「確實，我不可能知道。」二哥板起臉來，眼也不眨，像個沒人操作的吊線木偶。他說：「但丞樹三弟也不知道，對吧？」

外頭尖銳的蟬叫聲清晰入耳，穿透玻璃，私自佔據我們因為對峙而陷入靜默的空間。崇家大院種植許多老樹，一到夏天便會寄宿大批高砂熊蟬。不論何時，無視一切高聲鳴叫的夏蟬，總是讓我一肚子火。

真的是吵死人了這些只管鬼叫的垃圾蟲子都給我去死吧！

二哥默默移開視線，伸出右手，微調音律似地緩緩將手術刀擺正，平行置於梓涵桌上那支百樂牌三色原子筆旁。他將遍布桌面的老鼠內臟，集中擺在乾淨的衛生紙上，取出口袋裡的白色縫線。準備好基本器具後，便無聲地抬起雙手，併起五指，凜然擺出手術前的預備姿勢。我想，二哥正在用專屬於他的儀式，暗自消化梓涵死去的殘酷事實。只不過，這類方法凡俗之人永遠學不來，甚至無法想像。

幾秒之內，他按部就班地將老鼠的內臟全數塞回原位，著手整理散落的眼珠和鼻子。

「五十五天前，」他夾起一顆眼珠，說：「梓涵三妹去過你的住處嗎？」

「五十五天前？」皺起眉頭，努力挖掘深埋大腦的模糊記憶。赫然想起梓涵的手作三明治，以及短暫的並肩散步；掐指一算，那天確實是五十五天前。

見我點頭，二哥也隨之頷首。「你在臺北會看新聞嗎？」

「就算很閒也懶得看那種沒營養的東西。為什麼問？」

「報紙呢？」

「沒有看的習慣。哥，你想問什麼？」

「雜誌呢？」

「哥！」我揚起聲量，「你到底想問什麼？」

他摒住氣息，抿起唇瓣，不快不慢地穩穩拉緊縫線。一眼望去，原先開腸剖肚的老鼠，居然幾近復原。

「就算外觀看起來毫髮無傷……」二哥揪起老鼠尾巴，將屍骸懸在半空。「卻是個完全死透的殘骸。」

「即使是二哥的回春妙手，也無法挽救逝去的生命。」

「沒錯。」他點點頭，朝我投來一道略顯陌生的空洞視線。他異常冰冷的口吻，不帶一絲情感。

「丞樹三弟，你聽過『連續水泥封屍事件』嗎？」

※　※　※

到後來，我連水也不喝了。

梓涵的告別式究竟在哪天，我不知道，也沒出席，只知道她必定不在那昂貴的紫檀木西洋棺裡。我不曉得什麼人會去告別式，更不曉得那些人到底知不知道梓涵是個什麼樣的人。或許，他們只是基於各種禮義道德和社會束縛，必須抬起雙腳走進那個污穢陰翳的場域，為一名與己無關的人發出毫無誠意的祈福。

梓涵的遺體必須暫作刑事檢驗之用，短時間內無法入土或火化，因此，告別式上誰也見不到梓涵的遺體。沒有遺體，就沒有死亡。對某些人來說，梓涵依然在某個未知的角落，健健康康地活著。儘管全世界都知道她目前躺在中央政府下轄的某個機關內，卻無人得以一睹其貌。眼見為憑，看不見和沒看見的東西，等於並不存在。

隨著時間流逝，我越來越難區別自我催眠和自我修復了。

拒食超過三天，偶而會在房內看見梓涵的身影，我依稀尚存的理智非常明白那絕不是真的。

倘若我就這麼死了，會不會剛好躺到她身邊？

打從老媽透過那通毫無邏輯、莫名其妙、語無倫次的電話宣告梓涵的死亡起算，我獨自度過空虛孤寂的五天。這段期間，我沒流下一滴淚，一滴也沒有。不知為何，對於她的死去，竟連一絲悲傷也沒有；深夜的某些時刻，思及這等諷刺之事，偶而還不自覺地笑出聲來。

既有所謂樂極生悲，莫非也有悲極生樂？

連床鋪都懶得躺，就這麼癱於沙發，後腦幾乎要在上頭壓出一個圓坑。腕環機沒電也懶得充。我不認為誰會來訊聯絡，更不在乎誰想聯絡我。沙發持續凹陷，依循我的軀體，模子一般扭曲變形。

回臺北的第一件事，便是挖出所有與之關聯的新聞。

連續水泥封屍事件，幾乎是與機場捷運劫持事件同等級的駭人案件。五名被害人，五次相同的犯罪流程。無一例外，所有被害人都被拘禁四十一天，期間更是頻繁施暴、輪姦、凌遲，直到對方肉體與精神雙重崩潰。作案特徵是腹部的羅馬數字ⅣⅩⅠ，目前推測代表的是拘禁天數；另外便是腿上的正字記述，研判是彰顯犯人的「使用次數」，以及殘留在被害人體內，來源各異的白濁精液。被害人死後，犯人會折彎她的頭顱和四肢，塞進大行李箱，灌入水泥澈底封屍，並依序棄置於白沙灣海灘、淺水灣海灘、淡水漁人碼頭、洲子尾溝與新莊中港大排。由於水泥本身的重量，沉入水中的行李箱總在犯行後數周才被發現，除此之外，封屍導致的遺體破壞，更是嚴重影響檢警蒐證。

事件本身根本一點也不重要，我不在乎這些毫無意義的瑣事，只在乎輿論如何看待梓涵。網路各大社群，充斥不少貼出相片的討論串，儘管受到法令限制，設於海外的不法網站依然大喇喇地四處廣傳。相片中，她的笑顏令人難以直視。我不敢停駐於那些頁面，總是緊闔雙眼，滑動滾輪。社群的討論將梓涵的過往、學歷、成績、校外競賽和體育表現列得明明白白，各項資訊應有盡有，所有隱私一覽無遺，其中不乏夾雜連我這個近親都無從知曉的內容。

新聞媒體擅自加註的短評和簡語，則褊狹得令人憤怒：「在校表現出奇優秀」、「全國模考連霸第一」、「有望錄取北一女中」、「街坊鄰居讚不絕口」、「生前透露醫生志願」……全都是鬼扯。這些出自他人之口的荒誕評語，簡直是在死者墳前胡亂撒野。此時此刻，這些街談巷議都自以為瞭解梓涵，僅有一面之緣的路人如雨後春筍般不斷冒頭，每則廉價的善意和惋惜，在我眼裡都是令人暴怒的瘋言狂語。

看完一連串低劣的討論，我悶咳一聲，口中猛然嘔出酸臭的液體。霎時狂吐不已，眼眶紅腫，肚腹滾燙，渾身止不住劇烈的打顫。

撕爛報紙，扯破雜誌，猛力將腕環機扔向牆壁。

一群只敢躲在鍵盤後面的人渣。我知道，他們一個個都在想像，想像梓涵被監禁的四十一天中，全身赤裸遭人輪姦的模樣。他們只想知道梓涵的指甲有沒有像其他被害人一樣被全數剝下，只想知道她的腳板有沒有被滾燙的鐵塊連番烙印。他們只想知道梓涵的大腿內側，被美工刀劃出多少正字。這群腦袋裝滿殘渣的廢物，嘴上聲稱自己非常同情被害者，積極地用鍵盤打出慰撫之語，不斷送出哭臉的貼圖，卻在腦中幻想自己一次又一次地進入梓涵體內，親手劃下正字的淫穢姿態。這些人渣，這些躲在營幕後方的失敗者，世界上最低賤的畜生。不自覺中，下唇咬出了血，找不到洩憤方式，只能使勁敲打桌面，幾乎要把客廳的木桌捶垮了。

才過五天，我感覺世間一切變得越來越遙遠。意識到自己即將死亡，靈魂彷彿離梓涵越來越近，胸腔瀰漫無垠的暖意。不知道二姊死的時候，最後一眼看見了什麼。我很想問，卻找不到她，得不到答案。她和大哥一樣，莫名其妙成為我的二姊，隨後無緣無故消失在我的生命中。

我不討厭二姊，也不希望看見任何親人死去。也許二哥是對的，我承受不住任何人的死，尤其梓涵。

短短五天，便已徹底理解祟家的瘋狂本質。不是出於內心的禍根，而是流淌於血液中，專屬於我們，最深層也最邪惡的詛咒——充滿惡意的宿命性慘劇。祟家終究會毀滅，畢竟這股由不幸構築而成的骯髒血脈，終有一天會引人發狂。過去，梓涵還在，我仍能相信一切不會太糟。

不會的，沒事的，怎會有事。宿命悲劇會將自信化作虛無，根本性地消滅活在世上的勇氣。

連續水泥封屍事件，有如神之審判，毫無預警、突如其來、莫名其妙地對梓涵，對我作出死刑判決。

犯人心底的隨機，其實並不是真正意義的隨機。就連媒體也注意到，所有被害者都是在新北市被「揀選」的；即便拘禁地點尚屬未知，卻能發現「投放」的地點也全在新北市。

這一瞬間，數個令人陷入無限懊悔的選項，攤在我的面前。

如果我沒有讀北部地區的大學就好了。

如果我沒有讓梓涵自己南下就好了。

如果我沒有讓梓涵進家門就好了。

如果我沒有讓梓涵回家就好了。

如果我沒有讓梓涵走就好了。

如果我沒有長歲數就好了。

如果我沒有出生就好了。

如果我先死去就好了。

如果我先死就好了。

如果我死就好了。

如果死就好了。

如果死好了。

死就好了。

死好了。

死好。

死。

無盡的悔恨，唯一能怪罪的只有自己，即使嘗試去恨加害者，卻不知該怎麼恨一個無形無影的人。

該隱殺害亞伯，因而被上帝逐出人境，看來即使是全知全能的上帝，給予殺人者的懲處僅止於流放，身為凡人的我，是否有資格仇恨，甚或報復；我不是神，也不願意成為神。

我需要強而有力的心理支柱。梓涵曾是我的汪洋浮木，那時的我正在沉淪，沉淪於祟家世族的幽暗境地。在我小的時候，二姊常念童話故事給弟妹們聽，她的《格林童話》是初版原文書，據說是二哥送的禮物。她最常念的是〈灰姑娘〉，每次提及「鞋子裡都是血」的鳥語時，總會補充說道：「迎合表象的行為，終將換來血肉模糊的結果」。直到今日，我仍不明白那是什麼意思；然而，某人為了某種目的弄得渾身是血的深刻印象，自小便烙於腦海，始終不曾消弭。

我曾懷疑自己沒血沒淚，缺乏同理心，也欠缺情緒起伏。看著二哥切割老鼠時，我的內心波瀾不驚，面容既無異狀，心跳亦未加速，宛如一切稀鬆平常，渾身上下像個「正常」的祟家人。一直以來，總以為梓涵將是我流淚的唯一因素，但我錯了，搞老半天連一滴眼淚都擠不出來。

不想復仇，也不願憎恨的我，口口聲聲說要守護梓涵，到頭來只是充滿惡意的謊言。剎那間，猛然想起梓涵的那本藏書。《九個故事》收錄的短篇小說〈抓香蕉魚的大好日子〉，西摩・格拉斯在被瘋狂澈底籠罩之前，朝自己太陽穴開了一槍。

我是不是該去廚房拿把菜刀，架在牆上，拿自己的太陽穴去撞？

如果我不在就好了，對吧？

「……樹。」

比蟬聲還細小的聲波劃過耳畔。模糊不清的視線前方，只有沙發粗糙乾澀的假皮革。

「……丞樹。」

氛圍變得混亂，空間不住搖晃。

身子被人劇烈晃動。不願抬頭，卻也不願抵抗，滿心希望來者是梓涵。

「丞樹！」

好吵。這聲音並不屬於梓涵。很細、很柔、很美的語調，整體聽來是道悅耳的聲音。是我喜歡的聲音。揮動左臂胡亂反抗，感覺臂膀打中什麼，卻沒聽見吃痛的叫喊。儘管遲疑，我仍拚命揮舞雙手，拒絕外界的一切接觸。

臂膀接連擊中來者，無論怎麼加強力道，對方都沒因為疼痛而喊聲。略感狐疑的我，決定停止掙扎。聲音的主人在停歇之際，撐住我的雙頰，扳開我的嘴，將某種清甜液體倒了進來。喉嚨冰冰涼涼的，肚子也是。數秒過去，腦中混沌的結鬆綁不少，意識漸趨清晰。

那人用清涼的濕毛巾輕輕擦拭我的臉，動作很柔，深怕一不小心就會把人弄壞似的，擦過額頭，拂過臉頰，最後掠過眼角。轉瞬之間，宛如置身青山流水，渾身上下通透清涼。映入眼簾的清秀臉蛋，熟悉得令我誤以為返回童年。坊間惡言閒語均不能及的神聖之人，背對日光，立起崇高的身影，遮掩籠罩著我的無垠幽冥。本該隨即死去，或說業已毀滅的我，蒙受神明眷顧而幸運獲救——這個瞬間，我真的萌生了此種念頭。來者有張秀麗精緻的端正面孔，溫柔沉靜的神情彷若一泓靜水。

足以包容一切的嫻雅笑靨，其主人正是九降禮杏。

居然是禮杏……

從她澄澈眼眸的倒影中，隱約看見神情憔悴，宛如乾屍的自己。禮杏雙膝併攏跪於地面，左掌輕拂我的右頰時，冷暖之別的偌大溫差，令我不住顫抖。定睛一瞧，她的右頰、額頭和頸項略微脹紅，腮邊甚至隱約泛紫，登時明白，我激烈的反抗傷害了她；不只肉身，還有那顆溫暖的心。

「禮杏。」
「怎麼啦，丞樹？」
「禮杏……」
「我在這。」
「對不起……我弄痛妳了。」
「沒關係，不要緊的。」
「我不是故意的。」
「我知道。」
「禮杏……」
「我在這。」
「梓涵不在了。」
「我知道。」
「不會再回來了……」
「我知道。」
「我想要她回來……」
「我知道。」
「我、我——」
禮杏張開臂膀，稍加使勁，將我環抱懷中。她熾熱的體溫讓我再也無法壓抑悲傷，任憑熱氣佔據眼眶，放任視線變得模糊，容許淚水凝於眼角。她細瘦的臂膀將我牢牢環住，深怕一不注意就會滑溜出去似的。從不知道她的臂膀這麼有力，不知道她的肌膚如此柔軟，也不知道她的香味這般馥郁。

禮杏的聲音就在耳畔，聽起來卻無比遙遠。

「沒事的，丞樹，我在這裡。」

輕柔的細語澈底擊潰情緒的堤防，眼眶一股滾燙衝溢而出。

我緊緊抱住九降禮杏，第一次為梓涵流下淚水。

※　※　※

第二十一天，也是九降禮杏陪我度過的第十七天。

偌大的雙人床上，她在左，我在右，每晚伴我入睡。她會挪過手臂，輕輕靠著我，讓我用腳蜷住，以無尾熊般的攀抱姿勢進入夢鄉。幾天以來，完全沒有夢見梓涵。一次也沒有。彷彿獨自漂浮於幽暗濁水，凝望空無一物的無垠虛境，啜飲無色無味的無形清水。

起初並未察覺，直到同床共眠的第四天，才清楚意識到懷中這名女孩被窩下的裝束。那是一件薄薄的淺藍棉質連身裙，作為睡衣，凸顯過於舒適伴隨的代價，無法妥善隱藏誘人的胴體。喜愛裙裝的她，袒露更多大腿，我能清楚看見睡衣底下的腰身弧度，以及胸臀的明顯隆起。她白皙的頸項宛如乳石玉柱，胸前那痕一字鎖骨，更是深可納水。

第十天夜晚，我已無法挪開視線。那天入睡，我仍在她懷裡。不同的是，我稍微躁進，偷偷吻上她的頸項。環抱住她的雙手不再安分，上下遊走，滑落的指尖不斷接收數字以外的身體情報。她緩緩扭動身軀，無法判斷那是怎樣的反應；也許是拒絕，但過於消極的閃避，反倒更像縱容。

抬起頭來，與她四目相接。禮杏眨了眨眼，遲疑半晌，抿起薄唇靜默不語。

我緩緩挪動身軀，把整張臉湊上前去。

「丞樹，」唇瓣正要覆上之際，她突然問：「你喜歡我嗎？」

突如其來的提問讓我停下動作。

喜歡？注視著九降禮杏巴掌大的精緻小臉，我闔上雙眼，忖度這道難題。

「我好像沒想過這個問題。」

「花點時間稍微想一下，一下下就行。」

她瞇起眼，嫣然一笑，俏皮的模樣可愛極了。我真的又想了一下。如她所說，就多想了那麼一下下。

「我覺得，可能還稱不上喜歡。」

「沒關係。」她的臉上依然維持嬌甜的微笑，臂膀也依然環抱著我。

我眨眨眼，「是不是該改個答案？」

「不可以說這種謊。」

「對不起。」

「不要道歉。」

「對不——嗯，我知道了。」

她身上散發的味道特別香，宛如森林獨特的清涼氣息，一時間還以為自己懷裡抱的是精靈。當然，我是說北歐神話的精靈，不是沾水會變身的小精靈。

「唉……」我喃喃自語：「真是憑實力單身。」

「什麼意思？」

「沒什麼。」
「坦白說，沒想到丞樹會這麼誠實。」
「不誠實的話，妳願意做嗎？」
「丞樹呢，會跟我做嗎？」
「不知道。」我瞟向她鎖骨附近的肌膚，和隆起的誘人乳房。「如果對象是妳的話，大概會吧。」
「會說謊？」
「會做。」
「我該覺得高興嗎？」她輕笑時吐出的氣息很熱。
「以男性的角度判斷，名為九降禮杏的女孩，是很理想的上床對象。」
「為什麼用第三人稱？」
「我想儘量以客觀的角度描述這件事。」
「為什麼？」
「因為我正抱著妳。」
「不客觀的話，會怎麼樣？」
「會失控。」
禮杏噗嗤一聲，笑了起來。在這極近的距離，如此簡短的對話便已讓我冒出三桶冷汗。
「丞樹有做過『那個』嗎？」
「為什麼使用代稱？」
「我想儘量以客觀的角度描述這件事。」

見我皺起眉頭，她又笑了。居然明目張膽地盜用別人的罐頭答覆，真是個狡猾的女孩。

「所以呢？」她笑著說：「答案是什麼？」

「為什麼要追問？」

她大大的眼睛猶如天際懸掛的星星。「我很好奇嘛。」

「妳呢？」

「我？」她毫不遲疑地搖頭，「沒有。」

「……太卑鄙了。」

「耶咦～我可以秒速回答，丞樹卻不行？真差勁，不給你抱了！」

「沒有！我也沒有！」

八成被我著急的模樣逗笑，她纖細的肩頭微幅輕顫。她漾起微笑，重新環抱上來，撫摸我後腦的動作不禁讓人想起大姊。

「丞樹想摸我嗎？」

「可以嗎？」

「不可以，因為丞樹沒有喜歡我。」

「那妳何必問。」

「想摸嗎？」

「不想了啦。」

她嘻嘻竊笑，我則不服氣地伸手擰捏她的大腿一把。

禮杏的身體彷彿由水凝成一般，在我熱的時候讓人感覺沁涼，在我冷的時候使人感覺溫暖。她嬌弱的身體沒有一處不柔軟，活像個塞滿棉花的可愛布娃娃。冷不防地，覺得自己或許能喜歡上她，只是需要更多時間罷了；在此之前，我不打算觸摸她被睡衣遮掩的柔軟肌膚。不是無能，更不是逃避，而是原則。

第二十一天的早晨，禮杏不在家中，或許是出門購物了。

因為知道她很快便會回來，所以沒特別傳訊聯絡，加上我的腕環機早就毀了，根本無法與其聯繫。看來是時候買支新的了。

踏出房門，赫然發現客廳中央佇立著一名身穿黑色長風衣，頭戴大禮帽的瘦高男人。寬大的帽緣完全遮蓋對方的臉，只能隱約看見烏黑陰影之下，咧開嘴來的猙獰笑容。

「昨晚過得很愉快吧？」對方喀喀笑著。

這傢伙莫名其妙扯什麼『勇者鬥惡龍』一代的隱藏台詞。

「滾，否則我要報警了！」

他動也不動，反倒笑得更為開懷，緩緩把手伸進風衣。深怕對方取出槍械的我，飛快跨出兩步揮拳過去，卻被側身避開。我嘖了一聲，望向旁邊的掃把，似乎察覺我的視線，黑衣人連忙擺手說道：「抱歉、抱歉，別那麼緊張嘛！我是給你捎來好東西的，別這麼『熱情』地招呼我。」

「給我滾！」

「哎呀、哎呀……嘿嘿，我好怕哦。」他搖頭晃腦地咧嘴嘻笑，「總之，先把這個接過去好嗎？」

他遞來一個A4大小的牛皮紙袋。我接過手，掂了掂重量，比外觀看上去更沉一些，左右輕甩幾回，碰撞聲響透露出裡頭非但裝有紙張，似乎還有其他物品。

那人扶正帽緣，彷彿向我致意一般，點了點頭。

我瞇起眼問：「你到底是誰？」

「還以為你永遠不會問呢，嘿嘿嘿。」

「再笑一次，我就把你的嘴扯爛。」

「真可怕，」他依然咧開嘴笑，「總之姑且稱我為『帽子先生』吧。」

他嘻嘻竊笑，轉過身，逕自朝門口走去。我握緊那包牛皮紙袋，不知為何，並沒有追趕上前。沉重的紙袋散放出不可思議的壓迫感，猶如心理制約，讓人無法放下不管。

自稱帽子先生的傢伙離去後，我的思緒始終無法擺脫這詭異的牛皮紙袋。

十分鐘後，我將裡頭的物品傾倒出來。率先看見三片ＤＶＤ光碟，隨即是四疊分開裝訂，雙面印有密密麻麻圖文的A4紙。四份文件分別記載四個家族的身家資料，除了姓名、住居所、聯絡方式等基本訊息，連交友狀態、就讀學校與出入行蹤等隱私資訊都十分詳盡。

至於光碟……竟給人幾近窒息的異樣之感。

瞥向玄關，帽子先生早已不在，甚至連門都替我關好了。

取出過時的筆記型電腦，將ＤＶＤ放入光碟機，桌面登時彈出一個視窗。上頭寫著「是否要自動播放？確定／取消」的字樣。這是一切的開端，是至高神明給我的第一個選項。第一個決定，第一個「旗標」（Flag），同時也是不可逆轉、不可倒退、不可挽回的黑暗抉擇。

嚥下口水，咕嘟一聲，沉得宛如青蛙跳水。

游標挪向「確定」的位置，我抿抿雙唇，輕輕按下滑鼠左鍵。

咖噠一聲，影片開始。充滿雜訊的畫面，四名赤裸的男人正露齒嘻笑，搖晃袒露在外的性器。

在他們眼前的是，滿臉驚恐、瑟縮身子、不斷尖叫，一絲不掛的梓涵。

第三回　科學：天馬行空的假說

下午兩點，我把汽車停在兒三公園附近的黃線上。

周圍根本沒有像樣的臨時車位，若把車擺在停車場，不利於劫持和搬運，無可奈何之下，只能坦然承擔車子被拖吊的風險。萬一真被拖走，計畫就全毀了。單純考量周遭環境的人車數量和客觀場域的安全度，童韻伶是剩下的三人中相對容易的目標。當然，容易的程度與其他人之間相差不到百分之一。

唯一的障礙就是地點。臺北大學周邊不像三重捷運站那樣老舊，嚴格來說算是三峽區的核心地帶，想在這裡展開行動，必須詳加規劃，小心行事。

立於此地，被豪華社區團團包圍，空氣中彷彿瀰漫著噁心的銅臭味，令人渾身不自在；每片磚瓦之下都是鈔票，由錢磚堆砌而成的人骨通天塔，一棟又一棟排列並立，華而不實。

沒幾分鐘，SC Gallery 藝文空間的木製門緣和透明玻璃櫃映入眼簾。想當然爾，這不是我會造訪的高級場域，在這種文青地點被人撞見的話，必定啟人疑竇。自動門開啟時，沁涼的清風迎面撲來，裡頭淡淡的草香讓人以為置身山林野道，甫一進門，便被展示燈光照射下的無邊純白籠罩，整個空間都是低調卻耀眼的亮白色，每面偌大的白牆只展示一幅畫作。

印象中，四妹幼時的藝術展也是如此布置，浪費寬敞的空間，或許是藝術家才懂的遊戲規則。

藝文空間深處，接近木製樓梯的位置，幾名穿著深色套裝的人正低聲交談，雖能聽見些許關鍵字，卻不是此時關注的重點。站在人群圍聚的圈子邊緣，與言談者保留一步距離的嬌小少女，才是我的目標。

童韻伶，各項可見外觀，皆與資料所附的照片相符。她穿著乳白色的七分袖上衣，外搭海藍色直條紋的細肩帶背心膝上短裙，淺棕色的頭髮燙了個大波浪，頭上戴著和長裙同色系的深藍貝雷帽；那張孩子氣的稚嫩臉蛋相當討喜，自然鼓起的腮幫子更顯稚氣，就算穿上成熟的服飾，也無法遮掩小公主般的氣息。

進門不久，立刻察覺那群交談者不時投來好奇的目光。畢竟是普通人必須上班上課的冷門時段，整個展區除了他們之外，只有我一名外來客。童韻伶自然也朝此瞟來幾眼，刻意掩飾的低調目光，掩蓋不了她銳利的瞳孔。

我無視距離門口最近的三幅畫，逕自走向離眾人較遠、位於轉彎處那幅以紫色為主調的點點形式畫作。不消說，我壓根兒不懂這幅畫是什麼鬼東西，裝模作樣地把手抬起來，用拇指和食指扣住下巴，定睛凝睇。維持既定姿勢三十秒，我拿出藏匿於胸前口袋，事先準備好的黑框無度數眼鏡，在沒有移開目光的前提下妥善掛上，微瞇起眼繼續「觀賞」。

眼角餘光察覺到童韻伶與另一位較為年長的女性，正緩緩朝我靠近。童韻伶顯然穿了雙增高鞋，腳下踩出的細小聲響，隨著距離縮短而越發清晰。她身邊的女性雖然穿著平底包鞋，卻踩出更為響亮的聲音，偌大差異恐怕出於教養，而非鞋子的材質。即便近在身旁，她們依然不會向我搭話；畫廊不是賣菜販魚的場所，若無涉及拓展人脈的利益，沒必要與陌生人搭話應酬。

——除非我主動給她們機會。

輕拉左側鬢角，調整眼鏡的位置，低頭翻找公事包內的物品。幾秒後，取出一疊黃色便條紙，掏出胸前口袋的 CROSS 鋼筆，在紙條上書寫假名和虛構的天價數字，撕下便條，抬起左手，準備貼在眼前畫作的右側牆壁上。

刻意放慢左手貼近牆面的速度，非常——非常——慢。

「先生。」

耳中傳來小鳥般輕巧的嬌弱喊聲，剎那間，我在心中歡呼狂笑。即便如此，外表仍維持從容鎮定，以極小的幅度擰起眉宇，無聲地苛責這位打斷我動作的嬌小女生。童韻伶的身高不到一百五十五公分，體重或許不到四十公斤，身材像個發育不良的小學生，連帶地沒有飽滿的大腿，亦無豐滿的胸部，只有細瘦的腰身與富態的臀部可稍微看出她是一位度過青春期的少女。

她揚起嘴角的淺淺笑靨，自然而可愛。

「那幅畫是不參加競標的。」

聽聞此言，我皺起眉頭，刻意轉頭瞥向掛在畫旁的標價牌。

「這幅畫經作者本人指示，已經打算捐給臺灣藝術大學了，暫時不提供標售。」她向我靠近兩步，彎身鞠躬之後，她輕輕取下那張標價牌。坦白說，我很喜歡這名小個子女孩充滿靈性的動作與姿態。

「請問，」張開嘴，便覺得口乾舌燥。「妳是展場的贊助者嗎？」

「不是的。」她維持笑容，張開雙臂說：「我是右側這區的創作者。」

說：「真的非常抱歉。」

「畫家？」

「我不會這麼說。」她露齒而笑，彷彿我說了什麼有趣的話。「我有自覺，此刻的自己尚未達到那種高度，但我確實是這些作品的創作者。」

「是嗎？」我撇撇嘴，裝出不甚在乎的模樣。「我喜歡這幅畫。」

這是個一半虛偽的謊言。我這藝術門外漢純粹喜歡這幅畫的配色，根本不懂所要表達的意涵，連最基本的表象意義都沒參透，坦白說，甚至連這幅畫作究竟是水彩畫還是油畫都分不出來。凝視畫作，眼角餘光悄悄確認童韻伶的動作。她靜靜站著，並未出言打擾。嬌小的女孩依舊在我身邊，目光卻已從我身上移開，與我一同凝視眼前這幅作品。

她的耳朵掛著一副海藍色的水滴墜飾，猶如美人魚的晶亮眼淚。

「是海嗎……」我悄聲低語。

「您說什麼？」

「沒什麼。」我擺擺手，「我嘗試用自己的角度去理解作品，所以——」

「抱歉，我是不是打擾到您了？」

「不會。」視線移到她的身上，幾秒之後，她也轉過頭來與我對視。

我不帶情緒地開口：「創作能量是最核心的內在靈魂。」

她眨了眨眼，與此同時，我將目光移回畫作。原先與童韻伶一同前來的女性，此時已回到原先的談話圈子，把觀賞的空間留給我倆。還需要一點時間，也需要更多元素——我需要更多誘餌。藝術家不愧是需要長時間保持靜態的行業，童韻伶在我左側已經站立十分鐘以上，卻一次也沒挪動雙腳，彷彿打下可以佇立一個世紀的堅固地樁，毫無離去之意。對我而言，她的耐心猶如天助。

快想啊，快想點什麼。此時的我，需要一個衝擊性的局面。作為人類，最具衝擊性的事情……

腦海驀然浮現梓涵赤身裸體、皮肉俱傷的悽慘影像，耳膜之間，由內而外敲入一記無比熟悉卻遙遠不已的驚聲叫喊。梓涵因為疼痛的嘶吼，以及因為強制侵入而低聲嗚泣的扭曲面孔，一幕又一幕，清晰地浮現在腦海中。臉上皮膚逐漸緊繃，雙眼慢慢凝聚一股熱流。

還不夠，還需要更多……說時遲，那時快，未曾預料的短期記憶瞬間衝上腦際。

在我最需要幫助時果斷伸出援手的她，那雙有力的臂膀和傳遞溫暖的柔軟身軀。不願想起，卻始終無法忽視，最良善、最療癒卻最邪惡的擁抱。九降禮杏，與她輕柔道出的「我在這裡」，迴盪耳畔，敲擊心窩。下一秒，熱淚奪眶湧出，滑落雙頰。淚珠無聲地滴落在打過蠟的晶亮地板，心裡颳起一陣狂風暴雨。

「啊。」童韻伶輕叫出聲，挪動身軀，與我的距離拉得更近了。她不敢伸手觸碰，懸著半舉的臂膀，手足無措。眼角餘光能夠清楚瞥見，她那驚訝和慌張交融構成的八字眉和珠子眼。

「您、您還好嗎？」

「唔，抱歉。」收斂起內心波瀾裝出發現自己落淚的模樣，我以右手西裝袖口抹去臉頰和眼角的淚水，擠出早已預備好的苦笑，說：「真是失態啊……」

「沒那種事。」她伸出手，遞出一條乾淨的手帕。那是條有著彩虹圖騰的淺黃手帕，邊緣有一道細小花紋，很符合她稚氣的外表。我故作遲疑，停頓兩秒，才接過手帕。擦拭雙頰的同時，道了聲謝。

「想不到，如此粗淺的畫作竟能讓您產生這麼強烈的情緒反應。」

「老實說，我不懂藝術。」用那潔淨的手帕拭去殘餘淚珠，我輕笑兩聲，說：「藝術終究是創作者與觀賞者間的無聲對話，隱於背後，可能是深層靈魂赤裸裸的交談，和激烈不已的碰撞。」

童韻伶微啟唇瓣，表情相當複雜。我想，她沒料到自己能夠聽到如此深刻的話語。當然，一切都是預先準備的說詞，除了「我不懂藝術」是真話之外，其他全是剽竊而來的語句。

全都是祟家成員中，理性與感性同時達到最高峰的二姊，生前曾說的話。

或許短短數語，便成功地讓童韻伶對我的印象，從「單純觀賞者」昇華為「與己共感者」。四妹曾說，藝術家所擔憂的並非作品乏人問津，而是無人共感。所謂共感，即因觀賞作品而觸發情緒，因而痛哭、悸動、抑鬱、發笑，只要因感受而反應，這等反應又確實投射給創作者，便是最完美的交流狀態。

雖然不知是否真確，但我覺得依循此理，「犯罪」也是一門藝術；畢竟，諸多犯罪者所實施的犯行，本質上也在追尋實質意義的共感。

「謝謝你。」童韻伶對我說的這句話，反而讓人惆悵。這齣完美的戲，所欲追求並非她的感恩，而是心防徹底的鬆懈。我對自己污穢的意念感到噁心，當然，僅此一瞬罷了。

簡單寒暄之後，我結束對談，轉身告退。

「請問……」正欲走出電動玻璃門時，她突然出聲輕喊。

我的計算精確無比，一毫不差的狀況反倒讓人害怕。看似混亂的各項因子，經過粗略的推算與規劃，便能導出明晰的結論；好比在黑暗密林間鋪設一條通往終點的直線軌道，只消稍加施力，任其自然運行，終究能夠沿著正確的路途，抵達目的地。

按捺因為充分自信而亟欲上揚的嘴角，我嚥下唾沫，微蹙眉宇回過頭去。

「請問，您願意給我一些時間嗎？」

對於她的請求，我沒有立即回應。

「我想……再與您討論畫作的心得和感受。」

童韻伶嬌小的身軀，讓我頓時升起詭異至極的病態保護慾。輕咬下唇，我在一秒之內將令人作嘔的本能慾望壓制下來，斂起臉上險些展露的五官變化。

「當然好，我也想和妳談論剛才那幅畫。」我嘆了口氣，搖搖頭說：「我是真的很喜歡那幅畫。」

這句話聽在她耳裡，恐怕有種近似魔咒的魅力。對我而言，這是一碗目的明確的低劑量毒湯，誘使目標飲用，久了自然奪其性命。

她和我相約在兩小時後，也就是下午五點，於臺北大學正門口見面。

童韻伶並不是臺北大學藝術系的學生，姑且推測是個求取方便的臨時集合點，而非另有其他目的，抑或安排。脫逸既定行程的邀約，是接近這位深閨大小姐不可多得的良好時機。

準備數日，耗費一個小時，成功的滋味果然格外甜美。

為了度過毫無意義的兩小時，我進入臺北大學校園，尋找得以休憩的場所。這座相形偏遠的學校，儘管時常耳聞，卻從未造訪。臺北大學就像一個人盡皆知，卻只有極少數人親眼見聞的私房景點，缺乏推廣，不得不說有點可惜。

漫步半晌，發現此處比想像中寬闊許多，各大樓間的距離很遠，校區寬敞得讓人有種置身高級住宅區豪華小公園的錯覺。倘若是稍微涼爽的天氣，我寧可找塊草坪躺下，呆望藍天。令人惋惜的是，今天是真正的豔夏，又悶又熱，惹人不快。唯一願意接納我這外來份子的場所，只有那座外型奇特的圖書館。定睛一瞧，那圖書館的外觀就像兩塊凍豆腐，中間插入幾根牙籤，再擺一片海苔在頂上——我果然不懂藝術。

正想入內尋找本排行榜小說來讀，卻在進門之前，聽見溫柔婉約但不容拒絕的聲音。

「咦，為什麼小樹在這裡？」

異常熟悉的聲音，讓我渾身肌肉無不發顫，源於內心的恐懼瀰漫胸膛。

「什、什麼事？」我壓下心中恐懼，回過頭，勉強撐起微笑。「悠娜大姊。」

「沒什麼事呀～♥」大姊燦爛的笑容讓人無法招架，她所挾帶的強大破壞力，很可能讓我在畫廊的一切努力付諸東流。「小樹怎麼會在這裡呢？」

「大姊又怎麼會在這裡？」

「不可以用問題回答問題。」

「我來找人——」才說一半就後悔了。

「嗯？小樹沒有臺北大學的朋友吧？我們家裡也沒人念這裡，對吧？」

「大學認識的朋友。」

「哦？」大姊歪著頭，烏亮長髮流洩滑落，掩住半個臉頰。「可以介紹給姊姊認識嗎？」

「當然不行，姊是正太控的事實全宇宙都知道。」

「跟小樹是妹控的事實一樣有名？」

「我、我才不是妹控！」

「那我也——」大姊的愛馬仕包突然傳出ＳＭＡＰ的《世界上唯一的花》副歌鈴聲。她這鈴聲貌似從來沒換過，從十幾年前一路用到今天，說是真愛也不為過。大姊輕輕擺手，悄聲道歉，從包裡取出最新型的腕環機，裝上手腕，接通電話。「您好。是，這部分我再請教學長。對，東西不在我手上。我這邊沒收到相關資料。不是，我是說——好。是的，沒錯。晚點就會回去。沒問題，再見。」

大姊切斷通話，嘆了口氣。

「姊最近在忙什麼案子？」

「很多呀。」她重新堆起笑容，「我的辦公桌上永遠都有案子。」

「還以為身為遠古滅絕生物的代表們會更輕鬆一點呢。」

「這是拐彎抹角罵我恐龍法官嗎？」

「不是啦……唉，是啦，對不起。」

「我也想隨便做做呀——咦？」因為大姊的包包看起來有點重，我不發一語，接過手來。她怔住半晌，眨了眨眼。「小樹變成男人了！」

「我本來就是個男人。」

大姊與小時候一樣，以略顯柔弱的手撫摸我的頭頂。她的行為舉止雖無改變，自身卻已是國家運轉不可或缺的重要存在，和老爸、二哥以及過去的大哥一樣，用自己的力量支撐這個脆弱不堪的國家。

「什麼時候來看我工作？」她瞇起眼笑。

「大姊坐在審判席上的姿態實在不敢恭維。」畢竟是個總在對話間冒出愛心的人。

「真過份，我也有兇狠的一面好嗎。」

「生氣的無尾熊？」

「你才無尾熊，你全家都無尾熊。」

「那不就包含大姊在內？」

「啊～啊～聽不到。周圍好吵，小樹的聲音我聽不到～」

大姊咧開嘴來，笑得開懷，絲毫不像年將三十歲的人，渾身散發純真且幼稚的氣息，可愛極了。她是我第三喜愛的家人，倘若情況許可，真想張開雙臂，環抱上去。

「話說回來，小樹上了大學，又獨居在外……」她覷起雙眸，輕咬下唇露出邪笑。「應該交到一兩個女朋友了吧？」

「妳口中的一兩個，是前後，還是同時？」

「由你定義。」

「異議！」我伸出食指，打直臂膀，擺出眾人皆知的抗議姿勢。「審判長，有人在玩文字遊戲！」

「駁回唷，駁回～♥」大姊把我的食指壓了回去，「到底有沒有呢？」

「沒有。」

「能否提出具體事證？」

「沒有的東西要怎麼舉證，大姊妳是開庭開到腦袋壞掉哦。」
「咦～是這樣嗎？」
這個人該不會真的在法庭上，叫某造當事人舉證不存在的消極事實吧？
「小禮杏呢？」
「啥？」我不自覺皺起眉頭，「為什麼突然冒出這個名字？」
「你們以前感情就特別好了，又都在臺北唸書……」
「我讀大學，她讀高中，光這一點就差很多了。」
「雖說如此，你們互動的樣子感覺隨時可以結——」
「姊！」
大姊被我突來的叫喊嚇了一跳。她的雙眸睜大了些，細微幅度恐怕要用放大鏡才能確認，嘴巴也以同樣的幅度敞開，驚嚇程度也許不到百分之一。再怎麼說，任職於全臺灣最地獄的法院，從事最兩難也最困窘的工作，堪比閻王的強悍女人怎可能被我唬住。
大姊貼了上來，摸摸我的頭，重新展露薰風般的笑靨。這副慈藹的笑容並未隨著歲月變化，彷彿全世界唯她一人的生命時鐘刻意停駐於時空的狹縫，彷彿在等其他弟妹追趕上來，始終年輕、恆常美麗、永保青春，讓人不禁聯想到與惡魔締約，不老不死的黑袍魔女。
「魔女推事崇悠娜」是臺北地方法院眾職員給崇家大姊的別稱，雖說語帶貶意，卻極其符合，甚至可說無比貼切。不論言談抑或行止，大姊滿溢魔性的神祕形象，搭配凍齡的俏麗外表，得到這種稱號也是合情合理。儘管如此，我仍看得出來，大姊無論表裡都已累壞了，不知是因工作繁忙，或是其他因素，某種無形壓力讓始終引領在前的她，變得有些消瘦，也有些憔悴。

「小樹，你還好嗎？」

「哇。」我不禁失笑，「妳是第三個這樣問的人。」

「因為你看起來不太好嘛。而且，怎麼可能會好呢……」

大姊的笑臉染上一層薄薄的陰影，她的聲音很細，彷彿一陣風就能全盤吹散。

「畢竟……」她抿抿嘴，說：「小涵不在了。」

我倆之間約僅六十公分距離的間隙，瀰漫令人難耐的苦澀與酸楚，在我道出任何話語之前，她已將我擁入懷中。看來，我被判定為摸頭也不足以鎮壓的危險妖物了。我們親愛的大姊有個相當著名的治癒三階段：摸頭、擁抱、親吻，祟家每位成員都經歷前兩個階段，至於最終階段，只有二姊、我、梓涵和么弟體驗過——我則是次數最多的那一位。

整張臉埋在她的懷裡，我將鼻子挪出豐滿的乳房，用力吸進新鮮空氣，再緩緩吐出來。

「沒事的，」大姊的聲音近在耳畔。「一切都會沒事。乖，姊就在這裡，不用這麼低落。」

「姊，我很好，真的很好。」我輕輕、緩緩地將她推開，注視那對滿是擔憂的眸子，說：「畢竟過了那麼久，再脆弱的傢伙也該好好振作了。」

「脆弱？」大姊歪著頭說：「悲傷不是脆弱。」

「我最初幾天的情緒潰堤，算是脆弱的表現吧？」

「因悲傷而起的反應，無論如何都與脆弱無關。悲傷就是悲傷，任何衍生反應，不管是多反常的狀態或行為，都算是悲傷的一環，不是嗎？」

確實是。要陪大姊玩定義遊戲，我還早個一百萬年。

「上次見到小樹這麼低落，已是十年前了。」

「就說沒有低落了。」

十年前……如此特定的時間引起我的注意。不太確定大姊指的是「十年前」，還是從十年前算起的某個時點。祟家從我有記憶時起，見證過數十則值得一提的事件，諸如機場捷運劫持事件、臺中車站封城事件和師呈小學崩陷事件等，倘若家中生有小說家，光靠這些經歷便能寫出一部傑作。

可惜即便浮現數個特定事實，仍不明白大姊所指為何。

「為什麼小樹沒出席梓涵的告別式呢？」

「大姊有去？」

「不能用問題回答問題哦。」她用食指輕推我的額頭。

「我只是單純不想去罷了。大姊呢？」

「你不去，小宇不去，萬一我也不去，那不就太可憐了。」

「確實如此，梓涵她——」

「四妹、么弟和么妹太可憐了。」

「居然是說她們可憐，而不是梓涵……」

「再怎麼說，也不能讓爸媽讀追思文。」

「畢竟是白髮人送黑髮人——」

「因為爸每天都醉醺醺的，媽又是個神經病，根本沒辦法讀。」

「喂……」有時真不知道大姊是心直口快，還是天生毒舌。

「所以，」大姊雙手抱胸，「小樹為什麼不出席告別式？」

「就說了單純不想——」

「這答案我不滿意，換一個。」

真是蠻橫。無可奈何的我，迴避她的目光，低聲說：「我不想面對那種場面。」

「然後就讓大姊和弟妹們面對？」

「……對不起。」

大姊伸手摸摸我的頭，臉上維持一貫的笑容。

「姊覺得小樹是對的。面對親人離去，確實是件痛苦的事情。況且，和小樹不同，這已經是我第三次面對這種儀式了。」

「我則是——」

「零次！」大姊的食指直接彈了過來。速度太快因而無法閃避，只能乖乖承受恰到好處的痛楚。

事實上，我不認為喪禮有何意義。雖說討論習俗的意義，本來就是相當愚蠢的事，然而親身去做，會把毫無意義且討論起來格外愚蠢的事情，挪到更為重要之事的前方，消極而強硬地改變執行事務的優先順序。雖是詭辯，但我認為已然死去的奶奶、二姊和梓涵都會明白我的想法。

「沒人能懂你在想什麼。」

大姊冷不防冒出這句話，害我以為她在司法官的職涯中，加修了讀心術。

「我們每個人的腦袋裡，都有一堵防衛用的高牆。」她的聲音很輕，比任何時刻都更飄渺，一時間甚至無法確定，這番軟語真的出自那對飽滿的唇瓣。她說：「你的想法、我的想法或他的想法，每個人都有自己獨立的思維，都有自我意志，這是人之所以為人最為寶貴的生命核心。然而，每個獨立存在的意志都被社會加諸的『環』所束縛，在你眼中不太重要的禮俗，就是環的其中一種樣態。如果缺少這層連結，人與人之間將只剩永無止盡的互斥，以及永不消融的冷漠，最終走向你死我活的悲慘局面。」

「大姊……？」

「我說太多了，對嗎？」她嫣然一笑，重新回復為甜美可人的大姊。「其實，我真正想說的是——在我過世之後拜託拜託拜託撥空參加一下姊姊的告別式！」

「大姊太奸詐了，居然想用話術破壞我的意志！」

「舌戰！」

「大姊居然講『道理』！」

「想當初奶奶過世的時候——」

「不准改成『故事』！」

「小樹真是心胸狹隘的男人。」大姊嘟起小嘴，眼帶著笑。

由於她也深受二姊的次文化侵襲，或多或少能夠理解宅界專屬的冷門用語，才會莫名其妙地出現電玩《三國志》的舌戰系統。不得不說，大姊的論證邏輯和說服力都遠高於我，倘若繼續周旋，不只耗費時間，更會提升暴露行蹤的危機，話雖如此，萬一沒能自然地中斷話題，反而容易引起懷疑，招致危險。

瞄向腕環機畫面的時間……四點三十七分！

距離與童韻伶相約會面之時，僅剩二十幾分鐘，沒想到大姊的嘴巴竟能讓人忘記時間的流逝，簡直堪稱特技，這也難怪她總是積案積到回不了家，原來問題出在這張可怕的嘴。

「姊，妳今天還要回法院嗎？」

「我把剩下的工作全丟給助理了。」

「別這樣好嗎……好好工作啦。」我不禁苦笑，說：「那我就不打擾——」

「等一下，小樹現在是想把姊姊打發走？」

糟糕，太急躁了，絕不能露出著急的模樣，也不能展露詫異的神情。臉皮絕對不能動，內心波動一絲一毫，一點一滴，千千萬萬不能外流。這是最關鍵的一刻，影響大局的一瞬間。

「怎麼會呢，難得遇到大姊，當然會盡可能陪妳。」

我既無口吃，也無停頓，更無加快語速。極盡所能維持鎮定，連口水都不敢吞，保持五官靜止，連微幅的眼皮跳動都奮力避免。

「嗯～是嗎？」

大姊瞇起雙眼，利刃般的目光有如雷達一般，上下左右掃描我的全身。

不能落下冷汗，不能移動視線，不能讓眼前這位心理透視師看穿我的想法，一旦思緒漏餡，整個計畫將宣告報廢。大姊動也不動，雙眸不轉一毫，就這麼與我四目相接，持續數秒。我甚至能清楚感覺時間如沙漏般流動，每秒都在倒數，每次倒數都朝計畫傾倒的終點跨近一步。

我甚至以為流逝的時間，根本被這位危險的魔女奪走了。

「小樹，你晚上有什麼安排？」

「我跟朋友有約。」絕對不能說謊。

「我認識的人？」

「不認識。」

「我『能』認識的人？」

「目前是半生不熟的狀態，不方便介紹給姊。」

大姊瞇起來的眼皮暫且睜開了些，看來我的應對還算及格。

擁有魔女推事之稱的她，據說是以第一名的成績離開司法官訓練所。據傳，大姊受訓期間展現出鬼神一般的訊問技巧和取供實力，受到某地檢署的長官讚賞，直接表明要她加入檢察官的行列，不善交際、不諳世故又不知輕重的她，非常果斷地拒絕了。

我六歲時便發現大姊是不易欺瞞的對象，絕不能在外表和舉止等客觀反應被她抓到瑕疵，不只是我，祟家人明白，全臺灣明白，全世界也都明白。再微小的瑕疵，看在大姊眼裡都是致命的錯誤，將會驅動她異常聰慧的大腦，讓藏有祕密的潘朵拉之盒瞬間傾覆。從小我便不斷磨練撒謊的演技，為的就是瞞騙這位能夠看透一切的敏銳魔女，數年來，我成功瞞過她幾次，姑且能說自己「或許」騙得過她。

大姊沉默半晌，眨了眨眼，轉過身去。我屏住呼吸，不敢發出一點聲音。

「小樹。」

突然的叫喚嚇了我一跳。聲音有漏餡嗎？有破音嗎？算正常嗎？

「其實，姊也跟人有約了。」

我真的鬆了口氣，「姊要走了？」

不知道大姊此刻是什麼表情，我猜，或許仍是溫婉樂天的俏麗笑靨。

「小樹是怎麼來的呢？搭車？開車？」

「開車。」話一出口，我便明白這個回答有瑕疵。萬一她要求接送，便萬事休矣。

所幸，她並未如我擔憂那般，提出這無理的請求。

「想不到小樹會開車來見一位不太熟識的朋友。」

這個瞬間，我以為自己的計畫早已漏餡。

「這沒什麼吧。」

大姊出乎意料地噗嗤一笑，臉上掛著俏皮的微笑。

「那我走囉～♥」

我呆愣幾秒，才趕緊抬起右臂揮舞，動作不大，反倒有些死板。大姊微微點頭，頭也不回地離去，單薄的背影給人寂寞的感覺。這道身影殘留在我腦海，宛如滴入暗潮的一珠紅墨水，泛起漣漪，卻沒沾染異色。或許，內心深處期盼大姊看透我的想法，將我的所作所為揭發出來，讓我當場失敗，讓我澈底毀滅。

但她沒有，也許真的被我蒙混過去了，又或者對大姊而言，我早已病入膏肓，無藥可救。

此刻彷彿躍崖直下，朝失敗的結局飛速墜落。

我失魂落魄，無意識地踏著步伐，緩慢走向臺北大學門口。

天還沒黑，風便狠狠地刮了起來。我不記得氣象預報提過警訊，一陣陣搧在臉頰邊的強烈觸感，彷彿想不動聲色地將我的世界捲入混沌的風暴，豆大的水珠自蒼穹落下，滴上臉頰，一顆水珠滑過眼角，還以為自己落淚了。

我竟滿心期待大姊溫柔的救贖，幼稚地以為自己能被拯救。目光早已容不下一物，大腦思緒早已停滯。倘若名為人生的遊戲有攻略本，我絕對會率先翻開這頁，搞清楚自己究竟走上哪條路線。

在我眼前的是好結局、壞結局，還是真結局？

恐怕，這殘酷的世界根本沒有所謂的結局，每條路線終將走向必然到來的自我毀滅。這一瞬間，我只感覺源於內心，無邊無垠的無限恐懼。全身無處不對大腦提出警訊，警告身體的主人，一切皆屬異常，一切均為錯誤。剎那間，我抱住頭，陷入近似恐慌症的產生的劇烈暈眩與呼吸困難。周圍暗得猶如深海，感官停擺，影像、聲音和觸覺，所有機能皆已中止。

甚至沒有發現，童韻伶正撐著小傘，站在我的面前。

※　※　※

螢幕裡的人仍在動作，相應的聲響亦同步放送。

畫面中央，梓涵甦醒之後，發現自己全身赤裸，面容驚愕地放聲尖叫，伸手要拉棉被。站在床緣的灰衣男子猛然扯走棉被，讓梓涵撲了個空，要不是手肘穩穩撐住，早已跌落床下。

見她趴跪在床，一旁的藍衣男子伸手攫住她的腰部，使勁拉了過去，將自己的臉埋進梓涵的臀部。她側轉身子想將對方踢開，右腳卻被另一名白衣男子抓住，動彈不得。灰衣男上前揪住她的雙手，同一時間，白衣男惡口一張，啣住她的左乳。

過程中，雙手抱胸的紅衣男子未曾參與，坐在稍遠處的沙發上靜靜觀看。

梓涵的臉驀然抬起，偶然面對攝影機的位置，僅此一秒，我看見永無止盡的深邃悲怨與無聲的哀求。她不打算求饒，使勁咬緊牙關，拒絕發出一絲聲響。她不願因痛楚發出叫喊，更不願因愛撫發出嬌喘。雙腳被人完全扳開的瞬間，也沒有驚叫，彷彿一切都是制式程序，一切再正常不過。梓涵顯然已放棄掙扎的意志，放棄這副身軀，放棄這個世界。

藍衣男子醜陋短小的陽具貼上她兩腿間的秘所，梓涵轉頭面對鏡頭的方向，唇瓣輕輕開闔，無聲地道出一句話。

哥，救我。

我一把抓起桌上的碗盤，奮力擲向電視，螢幕應聲破裂。顧不上破裂的碎片，我踏步上前，朝著螢幕不斷揮拳，當下只想使勁地揍，揍爛那些垃圾，揍爛這噁心的世界。

儘管螢幕嚴重破損，聲音卻仍持續播送，梓涵淒厲的叫喊不斷傳入耳中。

她在喊痛了你們沒聽到嗎你們這些廢物人渣狗娘養的畜生毫無存在價值的無進化精蟲。

梓涵的叫聲最後化為啜泣，微弱的嗚咽伴隨規律的床板搖晃聲，隱約出現斷斷續續的固定節奏。拒絕發出喘息的意志終究被身體出賣，無能為力的她，開始發出猶如正常性愛的微弱嬌喘。我知道，梓涵直到最後都在拒絕，她不會因此感覺舒服，純粹是弱小的肉體背叛了個體意志，以本能反應誘使男人更為強烈的惡行。那些男人因她央求不要將精液射在體內而哄堂大笑。我低吼一聲，抬起電視螢幕，朝冰箱猛砸。

我要殺了他們，殺了這群人渣！笑什麼？哪裡好笑？有什麼好笑？要不要我把你們一個個拖出來，咬破你們的乳頭，插爆你們的肛門，再把精液爆射在你們這群畜生噁心骯髒的直腸裡？去死去死去死去死去死去死。這些人必須死！沒道理梓涵死了，這些傢伙卻還活著。公平的審判？這些人根本不值得浪費中央政府寶貴的司法資源！

人渣不是人，畜生也不是人。我要替冷血的世界主持正義，正義即是公道，公道自在人心。私刑和暴力就該用在這群惡魔身上，光是死還不夠，得讓他們親眼見證地獄的存在，讓他們理解自己的所作所為究竟多麼邪惡，多麼喪盡天良。

登時想起裝於牛皮紙袋的數疊資料，返回客廳，掃空桌面，將四份資料一字排開。

比對資料中的照片與畫面中的人像，完美吻合，證明推測無誤。

我什麼都明白了。四份資料，四個家族，四個人渣。白衣男子陸正賢，現任立法院長之孫，陸氏政治家族的第三代，現任新北市議員；灰衣男子童尚廷，指北針集團總裁之子，童氏家族的長子，問心電視公司的執行長；藍衣男子邱譽麒，霧昇集團總裁之子，邱氏家族的長子，即將接掌霧昇重工公司；紅衣男子九降易棠，九降集團總裁之子，九降家族的長子，羲埕金融控股公司最年輕的董事。

政治人物的後代和臺灣三大家族的子嗣，無比顯赫的人渣陣容。這種人，天不怕地不怕，只怕死。有權有勢的人最怕死，死亡是唯一能剝奪他們一切事物的威脅，但對付這種人渣敗類，死實在太便宜了。

比死更痛苦的是什麼？比殺戮更讓人痛快的是什麼？

我抱著頭，咬緊牙關，用額頂猛撞木桌。痛死了。

剎那間，木桌微幅震動。嘟嘟嘟——嘟嘟嘟——

牛皮紙袋旁的腕環機正劇烈舞動，像個打顫的黑色磚片，在木製桌面踏起規律舞步，搖擺滑動，兀自旋轉。我不記得自己買了新的腕環機，也不記得霧昇公司出過這種外觀的型號。

接嗎？有必要嗎？這世界還有什麼值得在意？一通電話又能影響我什麼？

此刻，任何行為的客觀價值都是零，做和不做根本毫無差別。我哼笑一聲，按下通話鍵。

「我是不是在做夢啊～」電話那頭的聲音出自帽子先生。他咯咯笑了，我簡直能隔著腕環機，看見那張咧嘴的笑靨。「我明明說了『大富翁六』孫小美的台詞，你居然沒有吐槽。」

「有屁快放！」

「看過影片之後，有沒有一種『今夜作夢也會笑』的感覺？」帽子先生被自己的話語惹得咯咯發噱，我的嘴角肌肉卻動也沒動，整副臉皮未移一毫。「怎麼樣，這些哏選得不錯吧？」

「再見。」

「啊啊，等一下！我錯了，這位大俠請聽我一言！」帽子先生停頓一秒，嘻笑兩聲，壓低語調。「作為哥哥，看著自己妹妹的性愛影片而興奮不已，是不是有點變態呀？」

我直接掛斷電話。不及一秒，腕環機再次震動。

「對不起嘛，剛才不小心說錯話了。」

「再鬼扯一句，我就把整支腕環機扔了。」

「好啦、好啦。」帽子先生咯咯地笑，「請問看完之後有什麼感想？」

我沒有回應，他又接著說：「我能姑且當作你現在非常的……憤怒嗎？」

「再見。」

「等等，等等嘛！」他咯咯嘻笑，「我想知道你有什麼『安排』。」

「這是什麼意思？」

「就是後續行為啊。這麼勁爆的東西，總不會看完就算了吧？」

「我為什麼要告訴你？」

「因為我很在意啊。」

「關我屁事。」

「有道理。」他清清喉嚨，悄聲說：「你不會報警吧？」

「你會怕？」

「怕呀！萬一影片流到檢警手中，你大姊還不判我死刑？」

這傢伙居然連大姊的身分都知道，真是個莫名其妙的傢伙。

「既然如此，幹嘛給我這些資料？」

「你說這些小、贈、品嗎？」帽子先生被自己的發言逗得哈哈大笑，「嘻嘻嘻，真經典！」

「廢話少說！為什麼給我這些東西？」

「就說了是贈品嘛！」帽子先生好不容易止住笑意，說：「我的想法是這樣啦，如果只給影片，看完之後一定會想知道那些傢伙是誰嘛。然後你會去查，到處亂跑、亂問，最後鐵定會被那些超級厲害的大家族盯上，接著被逮住、被逼供、被刑求。屆時，你這個渣渣小偵探會供出無辜的我，豈不是慘兮兮。」

儘管這傢伙的話裡充滿可以吐槽的垃圾修辭，整體想法卻很通順，邏輯也異常地順暢，條件因果並無偏誤。貿然行動，的確可能栽在那些顯赫家族手上。

「我私自認為，給你一點素材，會讓整個局面變得更好玩。」

「哪裡好玩？」

「我喜歡有創意的人，就像動作冒險遊戲一樣，武器的種類很多，裝備形式也很多，技能配置更多。雖然各種排列組合有限，但玩家們——」

再次掛斷電話，我將腕環機扔進電視機的碎片裡。

誰管你他媽什麼創意。我確實不打算讓這群傢伙痛快赴死，得讓他們切身感受自己造了什麼孽，好好體會自己的罪惡。他們的生命並不重要，我要他們感受我的感受，要他們痛苦我的痛苦，要他們與我共享這痛徹心腑的惡念。

霎時靈機一動，翻找、整理、對照四份資料，交叉比對之後，目光停駐於數枚紙張的某一欄。

悄悄萌生的大膽想法讓人十分滿意。我揚起嘴角，仰頭大笑。總算找到他們的共同點了。

這一刻，正是通往毀滅之路的轉捩點。

第四回　靜態：匍匐前進的腥味

「真是不好意思，居然在您車上躲雨……」

童韻伶低垂著頭，拇指不斷交疊換位，拒絕與我視線交會。

此時此刻，我與她，處於狹窄的密室之中。看著她嬌小的身軀，腦中浮現大姊那副彆扭的表情，穿透人心的澄澈目光，宛如已將一切看破，無名的恐懼讓我背脊發麻。

那時，耳裡傳來一道輕柔的聲音：「您還好嗎？」

站在臺北大學門口，獨自接受風雨洗禮之時，童韻伶提著一柄素黑佐紅點的輕便傘，將整面傘布罩在我頭上，掩住斗大的雨水。身材矮小的她，墊起腳尖的模樣像極了《藍色小精靈》裡的金髮小美人，很吃力地提起腳，很吃力地舉著手，很吃力地將傘靠過來。為了別人努力、為了他人犧牲的姿態，美得讓人著迷。童韻伶俏麗的小臉，瞬間與藏於記憶深處、屬於麻花辮女孩的朦朧笑靨相合重疊。

不自覺間，我已伸手輕撫她的側臉。

「咦？」童韻伶肩頭一震，向後退去，我的身子重新暴露於風雨之下。

她圓睜雙眼，輕叫一聲，小跑兩步，將傘移回原來的位置。那張小小的臉蛋，驀然染上一層薄薄的櫻色。見她抿起下唇略有顧忌的模樣，我連忙低下頭說：「抱歉，我太失禮了。」

伸手接過傘柄，微傾傘面，完整遮住她嬌小的身軀。

「看到妳踮起腳來為我撐傘的體貼行為，突然想起一位特別重要的人，才有如此失禮的舉動。」

「不，失禮的人是我。」童韻伶將小小的提包移到身前，雙手擺置其上，低著頭說：「我的反應太大，讓您又多淋了些雨。沒問清楚緣由，就表現得這麼抗拒，一定讓您感到很不舒服，真是非常抱歉。」

剛才的小插曲百分之百是我的錯。即便如此，這女孩仍極盡所能讓我不覺反感，過度體貼的人格細節，是文書資料不會記載、各處都翻不到的。

無語併行，她抬起頭，悄聲問：「雖然有些冒昧，但您剛才提到的重要之人……請問是什麼人呢？」

「是我的妹妹。」

童韻伶眨眨眼，似乎不敢往下追問，真是過分體貼的女孩。

「我的妹妹，不久前過世了。」

「對不起，我不知道……」

「不用道歉，我沒事的。」

我已經沒事了。早就已經沒事了，對吧？

「啊。」伴隨她的輕聲驚呼，一陣強風猛地襲來。我咬緊牙關，使勁攫住傘柄，身旁的童韻伶也緊緊揪住我的襯衫布面。陣風過後，傾盆大雨緊接而來，打上傘面的巨大水珠顯得無比沉重。沿著騎樓走，我們繞過數個街口，遠離身後的臺北大學。傾盆大雨很快地在柏油路面鍍上一層光衣，經過暴風吹襲，淺窪積水泛起小圈，一波未平，一波又起。

「啊！」這回是我叫了出來。

「發生什麼事了？」童韻伶被雨水打得抬不起頭，瞇著眼問。

「居然不知不覺走到這裡了……」

童韻伶呆愣幾秒，抬起頭來環顧四周，已被滂沱大雨洗得異常光亮的黑色納智捷，孤零零地停於路旁。我按捺住因計畫順利而竊喜不已的心，先重重嘆一口氣，才取出破舊的車鑰匙，解開門鎖。

我請她暫時上車躲雨。這場雨，怕是一時半刻停不了的。

「哇，淋得好慘……」

她關上車門，撥平頭髮，側過身子整理儀容。

童韻伶身上的海藍背心裙被雨水染成靛紫色，背心底下的乳白上衣直接黏貼肌膚，透出一大片醒目的膚色，淡棕色波浪捲髮被水淋得緊密糾纏。

「妳的樣子真慘。」

「啊，您居然這樣笑我！」

她脹紅雙頰，噘起小嘴。真是難能可貴的特別表情，畢竟這一路上，就算頂著偌大風雨，也未曾看見她澈底放下大小姐面具，展露毫不造作的自然行止。

「您自己的西裝也濕透了，頭髮也……對、對不起，我太失禮了。」

她搗起嘴，不再發言。或許是察覺自己身在他人車內，此番踰矩的言論，有失童家大小姐之儀。

「想不到妳會有這麼可愛的反應，真讓人吃驚。」

「……您果然很失禮。」

「這是稱讚，而且是評價很高的讚美。」

「您不覺得我的行為很不禮貌？」

我搖搖頭，凝望她澄澈的眸子。「一點也不。我反而更能理解，為什麼妳是如此成功的藝術家了。」

藝術家一詞讓她愣了幾秒，隨即抿起雙唇，羞澀地移開視線。藝術家是種特別的存在，他們並非將心中所想轉化於外，而是將世界既存的無窮素材澈底打散，重新揉合，以嶄新的手法重塑出來。

二姊曾說，創作的行為不是創造，而是再造，他們將自身心靈與既有素材同時扔進熔爐，再將化為爛泥的混沌漿水倒入名為「創意」的模子，靜待脫膜、雕塑與修整，所得之物便是嶄新的創作物。假設二姊的想法正確，創作者其實都是剽竊者，正義凜然地高舉創意的旗幟，將早已用爛的素材塞進嘴裡充分咀嚼，再嘔出體外，展現於世。藝術就像一塊重組肉，看得出來，也吃得出來；到頭來，觀賞者、諦聽者和閱讀者，都只是嗜食餿水的愚昧蠢豬，只懂張嘴，人家餵什麼就吃什麼。

童韻伶低著頭，呆呆注視腕環機的投影畫面，靜默不語。

「妳的家人會擔心嗎？」

「不知道，平常會有車子接送……」她突然睜大雙眼，「糟糕，我不在畫廊，車子等不到人的。」

「不如我送妳回畫廊？」

「咦？這樣太麻煩您了，而且……」

見她欲言又止，我試探性地追問：「而且？」

「而且，最近出了一些狀況，要是被人看到我接觸過陌生人，可能會讓您惹上不少麻煩。」

充滿關鍵字的話語讓我大腦再次響起警報，不同於面對大姊的本能警戒，而是確切真實的嫌疑警戒。

「發生什麼事了嗎？當然，不方便說也沒關係。」

「並不是什麼涉及隱私的事，只是新聞還沒報導出來罷了。」她遲疑半晌，說：「父親朋友的家裡有人出事了，不算是我的事。不對，不能這麼說，該怎麼說才好……」

她交疊的拇指互相摩擦，一指搭上一指，速度越來越快，反應出她內心的動搖。

「父親朋友的女兒……其實就是我的青梅竹馬，已經失聯好幾天了。發生這件事情後，家裡變得非常在意家庭成員的行蹤和安危。」

「他們報警了嗎？」

她搖搖頭，「那位朋友的家庭有點特殊，或許涉及某些我也不懂的政治問題，直到現在都沒報警。」

她的眼眸閃爍晶瑩淚珠，隨時會哭出來似的。這副模樣，再次讓我想起另一雙更為美麗的眸子。

「再怎麼說，也不該隨便放棄中央政府的協助。」她抿起雙唇，輕輕搖頭。「萬一小祈發生什麼事的話，我、我……對不起，我失態了。」

「沒事，我懂這種感覺。對自己的無能感到焦慮和痛苦，是很自然的反應。」

「那……您是怎麼回復正常的？」

聽到正常二字，差點笑出聲來。到底是多天真的孩子，才會期待這個世界存在所謂的正常？

「那時……」甫一開口，腦海突然湧現令人痛苦的畫面。

當你越想封鎖一段記憶，反而越容易讓它浮現；越是排斥，大腦就越容易將那些人、事、時、地、物牢記在心。非但如此，源於己身的強烈厭惡，大腦甚至會替主人逆向思考，認為這些事物恐將成為威脅，或對日常危機感的培養有所助益，逕直打入長期記憶或深層潛意識，永不遺忘。

九降禮杏溫柔美麗的笑臉驀然乍現腦海，突如其來的畫面令我喉頭一緊，險些迸出淚水。

「啊啊，對不起！」

見到童韻伶劇烈的反應，猜想我依然沒有管好自己的淚腺。明明已經決定澈底捨棄，卻怎麼也無法放下。使勁擰捏大腿，試圖以疼痛解消漫布大腦的畫面和場景，但腦神經卻像按下播放鍵的應用程式，直線式地將柔和悅耳的溫暖對話播送出來，甚至能夠聞到禮杏特製的香噴噴蘿蔔燉肉和偶而出現的巧克力杏仁餅乾，當然，還有她彷若玫瑰的清甜體香。

精緻的臉蛋、柔軟的肌膚、香甜的氣味……不能繼續下去，不能等到那句話浮現腦海。我猛吸一大口氣，咬緊牙關，使勁忍耐。不知過了多久，畫面戛然而止，心臟逐漸恢復正常跳動。

童韻伶小小的手掌按上我的手背，傳遞而來的溫度比想像中低很多，與禮杏薰風一般和煦暖意略有不同，是彷若秋涼的舒適溫度。我呼一口氣，點了點頭，嬌小的女孩才鬆一口氣。靜默頓時籠罩車內，我們不約而同凝視窗外，來自四面八方的雨聲，彷彿有人正以粗大的手指咚咚敲打擋風玻璃，毫無節奏，胡亂落下的重響卻讓人感到平靜，彷彿與車外狂風暴雨分處兩個世界。

「那時有人陪在身邊。」我的聲音有點乾澀，「我並不是一個人面對。」

「家人嗎？」

算是家人嗎？險些點頭的我，不禁苦笑，搖了搖頭。

「是個無條件陪伴著我，天使般無可取代的善良女孩。我真夠窩囊，無緣無故惹她操心。」

童韻伶輕笑出聲，或許聽出我描述的口吻中，刻意加強的濃厚諷刺。她望向腕環機畫面裡的通訊錄常用欄目，中央有個格子寫有「小祈」二字。

「我真是個糟糕的朋友。」她的聲音很小，「連撥電話的勇氣都沒有。」

「換成是我，可能也不敢。」

「但我很想試著撥看看。說不定，她其實在等我的電話。」

我很確定誰撥過去都沒差。

「或許妳的朋友安然無事，正享受著一個人的時光。」

童韻伶嘆了口氣，露出微笑。「小祈姊姊是個自由奔放的人，不像我只會乖乖待在家裡……」

她沒往下說，再次把玩起大拇趾交疊的遊戲，令人窒息的沉默再度襲來。

「撥吧。」

「咦？」

「為了不留下遺憾，撥過去看看吧。」

「真的？」

望向她圓睜的眼，我點點頭。她半張開嘴，眨眨眼，嚥下口水，靜止不動的身軀，唯有細小的食指緩緩移向撥號鍵。這通電話必定沒人接聽，因為我在處理邱靜祈的隨身物品時，第一時間就——

等等……我有處理掉腕環機嗎？

印象中，邱靜祈的腕環機沒在身上，也沒在包裡。雖說將她的隨身物品全數沒收，似乎並沒有找到這個重要的通訊工具。若說那理當存在的東西會在何處，第一時間冒出腦際的答案，令人背脊發麻。

嗶哩嗶嗶哩——奇妙的音樂聲從後座傳來。

「咦？」童韻伶側過身子，轉過頭去，嘗試尋找聲音來源。

在她震驚於奇妙的巧合時，我輕咬下唇，悄悄抽出口袋裡的辣椒噴霧。這並不是我預設的「假說」，更不是計畫的流程。今天只是鋪陳預備作業，純粹拉近距離，並未安排將她捕獲。身上沒有足夠的拘禁器械，只有最簡單、最基本的武器，倘若遭到反擊，能否成功則是未知數。

突來的變化讓人措手不及，毫無預警地面臨十萬火急的煉獄險局。

咬緊牙關，趁她伸出脖子探向後座，一把揪住那淺棕色的大波浪髮，按下辣椒噴霧的扣扳。童韻伶用手掩住雙眼，嘴裡發出淒厲的呼救，遭受突如其來的酷辣刺激，緊緊闔上的雙眼頓時淚如雨下。

剎那間，我竟不自覺地產生掏出手帕幫忙拭淚的異常念頭。然而，冷酷的理智駕馭善良的感性，我從口袋取出的不是手帕，而是預藏在身上的束線帶。

再一次，我勝過了命運，返回計畫的正途。

※　※　※

睜開雙眼，床鋪空蕩蕩的，給人一種異樣的虛無之感。

趴搭趴搭的腳步聲傳入耳中。門被推開，淡淡清香飄入房內，掩過瀰漫鼻腔的棉絮潮濕味。

「丞樹，起床囉。」

先裝死看看。

「丞樹，早上了唷，起床吃飯。」

再裝死一下。

「丞樹……」

「再不起來就要親你了哦～」

「不要模仿人家的語氣啦，我才不會說出這麼噁心的話！」

「明明就學得很像。」我用棉被蓋住頭，「我可是全世界唯一精修『禮杏標準語』的專家。」

「倘若真有那種語言，我一定馬上被當掉。」

「不管是什麼語言，妳都會第一個被當掉的。」

「有時間跟我胡鬧的話……」禮杏用力揪住我的棉被。「就快點起床！」

「今天明明是美好的假期啊。」我死也不放手，把身子埋入被窩。「讓我睡吧，禮杏大小姐。」

「每天睡到自然醒的人會遭天譴。」

「才不會，那是最幸福、最快活，也最舒適的人。」
「浪費時間的人。」
「享受生活的人。」
「虛度光陰的人。」
「……不愧是禮杏，同居十幾天後，終於跟上我的吐槽速度了。」
「同——」她倏地脹紅雙頰，鬆開雙手，害得拉住棉被的我連人帶被翻滾兩圈，重重撞上牆壁。「我們有在同同同同居嗎……？」
「難道沒有？妳不是天天待在這裡跟我睡覺嗎？」
「是陪你睡覺！」喊完的瞬間，她立刻脹紅雙腮，捧住臉頰。「不對，不是陪睡——唉唷，你到底在亂扯什麼，你明知道我沒有……」
「沒有什麼？」
「就、就是……我們純粹只是一起睡覺，不是嗎？」
「妳可能得先定義一下『純粹』，才能說明什麼叫純粹的睡覺。」
「就是躺在床上、閉上雙眼、全身放鬆，慢慢地——」
「變得舒服。」
「慢慢地失去意識……不對啦，就是一覺到天明呀！為什麼如此簡單的事情可以講成那樣……」
「妳以為這種說法有人會信？」
「我們認識很久了呀。」
「那不就更容易擦槍走火？」

「你又不喜歡我。」

「我哪有這樣講。」居然被曲解了。「再者，喜不喜歡，跟發生肉體關係有正相關嗎？」

被我這麼反問，她張嘴打算辯駁，旋即噘起唇瓣，皺起眉頭。

「既然如此，你今天得陪我出門。」

「為什麼？」

「因為我真的跟朋友這麼說……」

「說什麼？」

「說我在這裡陪你睡覺。」

「我的九天玄女娘娘啊……」

真是服了這位大小姐，生活白癡的程度真不是蓋的。

名為九降禮杏的女孩，自我認識時起，一直是個聰穎、勤奮、貼心的人。也許深受九降世族影響，抑或血親同輩之強烈壓力，她接連霸佔師呈國小、西澄國中和東明高中的前三名。大姊曾說，才貌兼備的禮杏，被認為特別接近異常優秀、超脫凡俗的下任當家，也就是人稱御儀姬的九降長女。

可惜，不食人間煙火到近乎遲鈍的她，於人際關係的掌控同樣不太嫻熟。

崇家可說代代皆與九降家關係匪淺，撇除崇家大哥，奇特的關聯反應在子嗣們的排序對應，崇家大姊對應九降長女、崇家二哥對應九降次女、崇家二姊對應九降長子、崇家的我對應九降禮杏、梓涵則對應著九降三女，依此類推。我們崇家這代共有九個孩子，九降家僅有七個，除了宮界大哥和么妹外，全都有相對應、年齡相近的同輩子嗣。

二姊曾說，倘若九降家代表的是臺灣歷史的光明面，崇家就是陰暗面。這句話背後隱藏的真意，我也是最近才明白。在我心中，禮杏是僅次於梓涵，居於特別地位的人；潛意識裡，或許我也遵循著九降家與崇家的光明與黑暗也說不定。撇開我不提，老媽從小就把禮杏當作自家人疼，九降家的伯母也將我視為親人相待，不知不覺間，我和禮杏成為最親近，卻也最遙遠的人。禮杏問我喜不喜歡她時，第一感覺是「喜歡」，幾秒後卻猶豫了；這個答案是否源於真心，實難斷定，也許只是依賴著她產生的連帶愛戀，或基於熟識而生的特殊情感罷了。真實情緒無從確定，因此無法回答，不想隨便破壞一直以來的良好關係。或許，潛意識認為不該與九降家的子嗣建立親密關係，此種發於內心的自卑感，最終萌生崇家比不上九降家的可怕錯覺。即便如此，聽完我模稜兩可的答覆，禮杏仍然願意與我相伴，實在令人費解。

或許，矛盾的情緒只存在於我一人心中，處於優勢地位的她，無法切身體會這種扭曲的自卑感。

一想到這名讓我產生自卑感的女孩，居然會向朋友坦白正與男性同床共枕的事，便忍不住發笑。

禮杏雙頰泛紅，高高鼓起腮幫子，懊惱賭氣的可愛模樣讓人止不住笑意。

「你怎麼可以笑我！」她伸手要打，卻沒命中。「還笑那麼久！」

「誰會跟朋友講那些事啦。」我一邊笑，一邊躲進棉被。

「我又不知道會被誤解——給我起床！」

「好姊姊，別惱羞成怒行不。」

「你好煩！」她的腮幫子脹得更鼓了。「總之，你得幫我彌補。」

「怎麼補……妳不要一直拉棉被，這是我的家，是我的城堡！」

「給、我、起、床！」

禮杏掄起小拳捶我的背，傳至背部的力道很小，若不是為了保持淑女身分削減力氣，就是柔弱得手無縛雞之力。答案應是後者，畢竟，無論她怎麼施力，棉被就是文風不動。

她嘆一口氣，終於妥協了，只得乖乖親我一下——其實沒有，純粹胡謅。她輕輕跺腳，斷然放棄，走出門前放話要把細心準備的早餐倒掉，我才被迫溜下床鋪。

禮杏的廚藝比梓涵好很多，二人之間的差距恐怕比太平洋還大，梓涵的料理功夫即使以最寬容的心胸看待，也是非常遺憾的等級。若將九降家和祟家的女性成員混同比較，單論料理實力的抽象數值，居冠的是九降家的長女和禮杏，以及祟家的長女；智商與博學的評比，祟家的長子、次子和次女，以及九降家的長女、次女和長子，應該不分軒輊。

梓涵與禮杏恰好是接近正常，卻又稍微異於常人的中庸定位。單以中庸這點，我、梓涵和禮杏算是最為契合的人，但梓涵與禮杏的外貌卻非凡人水準。

世界果然很不公平。思及至此，不覺瞅著禮杏發愣。

「為什麼禮杏長這麼可愛？」

「什什什什什什什什麼，你突然講什麼啦！」

「剛好想到有關世界很不公平的事。」

「那為什麼會提到我很可愛……應該是亂講的吧？」

「嗯，亂講的。」

「……我手上握著菜刀哦。」

「對不起我錯了請原諒我拜託饒我一命不如嫁給我吧禮杏大小姐。」

禮杏搗起嘴巴，噗嗤一笑。無論何時，她總能被我蠢得無可救藥的話語逗笑。我喜歡看她笑，但凡揚起嘴角，甚或輕笑出聲，整個世界都將為之漾出色澤，散發耀眼光彩。

突然想起梓涵的甜美笑靨，我只能使勁甩頭，去除腦中乍現的鮮明畫面。

不同於梓涵，禮杏總是準備中式早餐，今天的菜色有蕃薯稀飯、鹹蛋、脆瓜、碎蛋、烤鯖魚和葉菜貢丸湯，看似簡單的料理，其實是用心地投我所好。

「要我陪你出去，是打算去哪？」

「去看戲。」禮杏骨碌碌地轉動眼珠，「是舞台劇。」

「舞台劇？」

「舞台劇可是精緻藝術中存在感最強的一類。」她停下來思考幾秒，說：「可能也不算『最』強，畢竟還有古典音樂和歌劇在。」

「不用糾結那種我根本不懂的東西。」歌劇、舞台劇或古典樂都不是我會涉足的領域，那是有錢、有閒之人才能涉獵的高級消遣，平凡如我的底等人物根本沒資格碰。當然，即使情況允許，我也不想碰。

「丞樹從小就很排斥音樂和美術呢。」禮杏突然摀住嘴巴，圓睜雙眼。「啊，該不會是因為——」

「閉嘴，不准提國小音樂課的事！」

「那首到底是什麼歌呀？」她側過頭來，瞇眼竊笑。「丞樹真厲害，從頭到尾沒人聽得出來。」

我筷子一拋，箭步上前，以禮杏無法迴避的速度緊緊扣住她的纖腰，十指齊動。

「啊哈哈哈哈——不行這樣啦！我手上有刀子耶——哈哈哈！」

「癢死妳這可惡的傢伙！」

「不、不行，我、我、我不行了……快死了……要死掉了……」

在接連迸出的叫聲變得更奇怪前，決定放她一馬，見好就收。完事後——我指的是結束搔癢，禮杏好一陣子站不起身，這位溫柔端莊的大小姐，比誰都更怕癢。

為了避免延誤出門時間，在她催促之前，我飛快扒完飯菜。

舞台劇的開始時間是下午兩點，禮杏和朋友相約於上午十一點整，在國家兩廳院亦即自由廣場附近的兔子坑咖啡廳集合。我在現場的唯一作用，是協助禮杏澄清啟人疑竇的「睡覺發言」，不過，感覺我的出現只會讓她的問題發言變得更為可信，禮杏本人恐怕沒有想到這點。

在她致電招來九降家的司機之前，我便自告奮勇載她上路。

「好懷念丞樹的車車。」

「妳以前不是坐過嗎？」

「很久以前了。」她不禁竊笑，輕撫車椅的皮革。「最後一次是悠娜姊參加司法官特考的時候？」

「應該是吧。之後她就去臺北受訓了，我也沒什麼機會這麼遠，直到——」

「直到某人來臺北唸書。」

「對，直到我來臺北唸書——慢著，妳自己也在臺北唸書啊！」

「是沒錯，但我原本想留在臺中呢。」

「臺中有什麼學校適合妳這種天才念？」

「這句話只能在臺北說唷，回臺中還掛在嘴邊，會被路人開槍打死。」

臺中真可怕，不愧是「慶記之都」。

「丞樹為什麼要北上唸書呢？」

「那妳又為什麼要北上唸書？」

「不可以用問題回答問題。」

「幹嘛學大姊說話，嚇我一大跳。」

「因為悠娜姊的話對丞樹特別有效。」真是胡扯，明明就是二姊的金句名言對我最有效。

「情勢使然吧。」我聳聳肩，「這個答案您滿意嗎，九降大小姐？」

「你覺得呢？」

「不可以用問題回答問題。」

「居然換我被教訓了，真有趣。」今天的禮杏似乎特別興奮，像個遠足當日格外早起的小學生。「這個答案我不太滿意呢，總覺得丞樹就像紗夜姊那樣，是為了某種更崇高的志向才來臺北唸書的。」

「可惜，答案是沒有。」平凡如我，可沒什麼偉大的志向。「據二姊所說，她當時是想突破臺大卡漫社故步自封的現狀，但我實在想不透那究竟是怎樣的『現狀』，也搞不清楚故步自封的標準到底由誰認定，更不確定這算哪門子的志向。」

「雖然是個聽起來不太真實的志向，但紗夜姊畢竟考進了臺大，成功加入心心念念的社團。」

「大姊也考得上啊，她是為了照顧弟妹才選擇就讀中興大學。」

「悠娜姊打一開始就沒打算離開。」禮杏以指尖輕輕敲擊副駕駛座的玻璃。「人的志向深受現實影響，正因悠娜姊選擇留在臺中，紗夜姊才能無後顧之憂地北上唸書。當然，丞樹的狀況也是。」

「妳的意思是大姊犧牲自己，換得我們的自由？」

「也不是這麼說。或許對悠娜姊而言，呵護崇家的弟妹是比就讀頂尖大學更重要的事。從我的角度看，悠娜姊的選擇沒有不對，她盡了身為長女的責任，讓底下的弟妹們平安、順利地成長茁壯，待一切步上軌道，才去參加全國最難的司法官特考。」

說不定，在大哥離開、老媽發瘋之後，大姊始終扮演著自己不願擔任的角色，擔任崇家的支柱。除此之外，與我們相對應的九降子嗣——以我為例便是禮杏，則是重要的安全護欄。隱含黑暗因子的崇家之人必會瘋狂，在這個大前提下，任何守護與防堵都顯得格外重要。

我之所以能撐到今日，恐怕正如禮杏所說，是大姊犧牲自身未來換得的。

「事實上，我也不曉得自己為什麼要北上。」

面對禮杏時，不需要社會化的假面具，也無須創造虛偽的說謊，只消毫無隱瞞地誠實以告。

「不瞞你說，我也一樣。」禮杏搗起嘴巴，輕輕地笑了。「當初選填新北市的東明高中時，母親大人還以為我想陪你北上唸書呢，明明大姊、大哥和二姊都念這裡，就只有我一個人被懷疑。」

「假設是真的好了，我是讀大學耶，陪我北上的念頭根本是不切實際的妄想。」

「……」她呆愣幾秒，眨了眨眼。「我、我也這麼覺得。」

慢著，剛才不自然的停頓是怎麼回事？

「妳後悔嗎？」

「當然不後悔。」

「就算臺北只有永無止盡的壓力和苦痛？」

「我很慶幸當時選擇離開舒適圈，才有機會大幅拓展自己的視野。」

禮杏隨手切換車內收音機，調整頻率，轉換頻道。

我比誰都清楚，她很聰明，卻選擇裝笨；她很強悍，卻相當謙遜。如同大姊、二姊和梓涵，為了配合愚蠢的雄性生物，選擇隱藏自我，展現嬌弱愚笨的姿態。不論就讀哪個學級，禮杏始終受人喜愛。她永遠處於相近的定位——惹人喜愛，讓人敬重與愛戴，我則如同隱形人般躲在陰影之中，低調靜默，不出風頭，不做任何吸引目光的事；不參加活動、不報名系隊、不加入社團，什麼事都不做、什麼事也不管，藏在自身影子之中，一路躲到畢業。

這是我的生存方式。我只是個毫無特殊地位的凡人，就算妹妹遭人殺害，也只能妥協地振作起來，繼續龜縮於裹著虛偽和平的黑暗世界。

「很多時候，我們以為自己是主動融入這個世界，卻沒注意到，更多時候其實是世界直接找上門來。」她望向前方的目光彷彿並未聚焦，顯得有些渙散，空靈澄淨。「如果沒有找到屬於自己的行進方式，就會被世界的洪流沖走，未來的歲月便像漂浮河面的木塊，伴著水流，漫無目的地胡亂前行。」

「這樣不好嗎？」

「沒有不好，多數人都選擇這條路線，放任自己讓世界挾帶而行。可惜世界是冷漠無情的，不同情我們、不在意我們，甚至不曾注意我們。時候到了，便會果斷將我們拋棄。」

禮杏停止轉換頻道，停於播放純音樂的電台，可能是臺北愛樂電台，但沒有主持人的聲音，也沒有廣告間奏，一時無法確定。她綻開笑靨，跟隨節奏擺動春蔥般的指尖。

「不瞞你說，我想成為悠娜姊和詩櫻姊那樣的人。」

附帶一提，詩櫻是九降家長女的名。我笑出一聲鼻息，「想不到禮杏的夢想是成為神明般的偉人。」

「原來兩位姊姊在你心中是神明等級的偉人呀。」

「妳可知道，我腦中所謂的超級英雄，要不是姓崇，要不就姓九降。」

「那也未免太誇張了。」

「先不提人稱『地球最強』的大哥和擁有『御儀姬』之名的詩櫻大姊，光是崇家，除我之外的成員各個堪比神明，難以望其項背。」

「比如說，」禮杏露出微笑，「正義女神悠娜姊？」

「醫術之神穹宇哥。」

「丞樹是什麼神？」

「慵懶之神。」

「要是真有這種神，我也想當。」

「妳是呆萌之神——哇，別在車上毆打駕駛！」

躲開她弱小的攻擊，我將方向盤往右打，切出交流道，離開華翠大橋。穿越萬華區，很快便到自由廣場附近的愛國東路。我對凝聚藝術、音樂、戲劇等高階藝術的場所特別感冒，這種專門用來凸顯非凡與平凡的場所，令人作嘔。然而，對九降禮杏來說，或許不是什麼了不起的地方。

遵照她的指示，我將車子駛入國家戲劇院的停車場。國家戲劇院的外觀像座廟宇，應是仿照京城或衙門所建，猶如小一號的中式皇宮，與故宮相仿。雖能理解想把皇宮搬來的思維，但虛耗龐大金錢重現一座名不正言不順的建物，細思之下覺得很蠢。

禮杏輕輕揪住我的袖口，朝戲劇院的反方向拉。「我們是要去咖啡廳唷。」

這才想起時間表的流程。在觀賞無聊的戲劇之前，得先與一名素未謀面的傢伙見面。朋友的朋友，是世上最危險的地位。

「妳的朋友是怎樣的人？」

「現在才問？真不像你。」她搗起嘴笑，優雅的舉止與居家之時截然不同，禮杏彷彿內建私人和公開兩種面具，從小看她自在切換不同應對模式的我，早已適應她變化自如的行止。她說：「一般來說，你會立刻摸透對方的來歷才對，今天超級反常。」

「我也不是每次都這樣。」

「哪沒有。你還記得我高中收過一封字很漂亮的情書嗎？」

「哪次？」
「還哪次咧，說得好像我收過很多次一樣。」
「不是很多次，而是超級多次。」
她歪著頭，眨了眨眼，似乎對自己在校期間的熱門程度毫無自覺。
真是個欠打的現充，可惡的人生勝利組。
「我指的是說網球隊長那一封。」
「哦，字特別醜的那個。」
「明明就寫得很工整也很漂亮，你不要隨便嫉妒人家。」
「才沒有嫉妒咧誰會因為妳被人喜歡而嫉妒啊別往臉上貼金了妳這可惡的現充。」
「為什麼把我罵成這樣……我只是說不要嫉妒別人字寫得很漂亮而已。」
原來是在說字，害我一股腦地胡扯，突然覺得腦袋有點燙。
「那個什麼隊長怎麼了嗎？」
「當時，我不是請你陪我一起回絕嗎？」
一點印象也沒有。被九降禮杏回絕的人多不勝數，遠遠超出我微小的腦容量，根本不記得這些可憐蟲，只記得自己幾乎每次都乖乖在旁充當護衛。
「那次，你把對方的身家背景和人際關係查了個遍，記得嗎？」
「有點印象。」真是胡扯，其實我完全沒有印象。
「你每次陪我回絕之前都會進行地毯式調查，害我以為你與人見面都有這麼做的習慣。」
「世上哪有這麼費工的傢伙。」

「真的有哦！」未曾聽聞的聲音從背後傳來。

「小璃！」見到來者，禮杏衝上前去，緊緊握住對方的手。

「哈囉，小杏——小杏——」

從這親暱的互動可知，來者並非尋常友人。禮杏的反應極似對待梓涵，眼前這人的地位恐怕接近崇家成員。摯友，趨近至親。禮杏眼神柔和，笑容滿面，鄭重地向我介紹：「這位是陸彩璃，是我的摯友，也是夢祈願劇團的第一女演員。」

「不是摯友，是閨密。」陸彩璃笑著補充。

禮杏輕笑一聲，將掌心轉向我，對陸彩璃說：「這位就是我提過的——」

「床伴。」

「才、才不是！」禮杏立刻羞紅了臉，「我今天就是來澄清這件事的！」

「嗯～好唷～妳說什麼都好。呀哈哈哈！」

陸彩璃笑起來的模樣像個演員，不真也不假，似笑亦非笑。她穿著簡潔的襯衫與褲裝，沒有多餘的裝飾，頭髮亦隨意繫於一側，看起來隨興，卻又充滿吸引人的獨特魅力。健康的淺褐色肌膚散發著瀟灑的不羈和外放，與我腦中所想的戲劇演員截然不同。

「嗯……」陸彩璃瞇起雙眼，探出身子湊上前來。令人頭皮發麻的銳利目光，近在咫尺。端詳片刻，她轉了個迴旋，大張臂膀勾住禮杏肩頭，蹭上整張臉頰。

「我覺得禮杏還是吃虧了。」

禮杏眨了眨眼，偏著頭問：「這是什麼意思？」

「字面上的意思。」陸彩璃揚起左邊嘴角，沒有接續話題。

在她的指引下，我與禮杏有如小雞跟著母雞，途經愛國東路某間知名小籠湯包店，進入後側小巷內掛了「兔子坑咖啡廳」木製招牌，架著超人氣直播主月兔小美人形立牌的店面。說也奇怪，附近高規格的精緻簡餐店多如牛毛，陸彩璃不知為何偏偏找一間彷彿半年內就會倒閉的寒酸咖啡廳。然而，甫一入店，發覺這家這名不見經傳的咖啡廳竟出奇地寬敞。陸彩璃自顧自地點了一杯我念不出名字的昂貴咖啡，禮杏則被複雜難懂的菜單弄昏頭了。眼角餘光察覺到陸彩璃手撐著頭，若有所思地打量著我，令人渾身不自在。或許我無意間的某個舉動引起她的不悅，或者純粹是另一個可能——她是怪人，而且是非常怪的人；根據我未經驗證的主觀偏見，演員二字幾乎能與怪人劃上等號。

陸彩璃輕拉禮杏的袖口，覷起雙眼，貓一般地竊笑。

「小杏，點餐就交給妳了。」

「耶咦……是妳帶我們來的耶。」

「別那麼計較嘛。」

「怎麼這樣！」

「不如由我去……」我話才說到一半，陸彩璃突然伸長手臂，掌心對著我。簡單的動作伴隨一股莫可名狀的威嚇性，害我以為喉頭哽了一粒核桃，停止後續話語。禮杏嘅起小嘴，不情不願地起身，舉步走向稍遠處的結帳櫃臺。陸彩璃露齒而笑，揮舞細瘦的臂膀，目送她離去。

禮杏的身影漸漸遠去。霎時，一柄銳利的蝴蝶刀緊貼我的頸側。

凜寒的刀刃讓我前額瞬間冒出冷汗。陸彩璃瞪直雙眸，板起臉孔，渾身散發濃厚的敵意。

「小杏是個好女孩。」

「是。」

「你卻不是好人。」
「啥？」
刀子猛地壓上來，頸部一陣刺痛，或許劃破了皮膚。
「你、不、是、好、人。」她的表情木然，唇間吐出簡短的五個字。
「是的，我不是好人。」
「你到底想要什麼？」
「什麼意思？」
「你想從名為九降禮杏的人身上得到什麼？」
「沒——」
刀子又壓近一回。這回更疼了，我險些叫出聲來，卻被她摀住嘴巴。
「你確定？」
「唔唔唔……」
發現我無法發言，她才鬆開了手。
「我真的不知道妳想問什麼，這一定是誤會……」
「我可不曾誤會。在我的腦中，沒有誤會這個概念。」
真是一顆自我感覺良好到令人擔憂的可怕大腦。
「你們睡過了？」
「沒有。」
「真的沒有？」

「雖然禮杏的表達能力很差，但我們真的只有蓋棉被純睡覺，一覺到天明，完全普遍級。」

陸彩璃朝櫃臺方向瞥了一眼。禮杏還在點餐，與服務生應對的神情顯得尷尬羞澀，畢竟是超級大小姐，交際遲鈍和缺乏常識的程度慘得無人能及；不過，我眼前的這位大小姐，恐嚇脅迫他人的級別恐怕也是無人能出其右。

「崇丞樹，你的老家在臺中。」

「是。」

「臺中市霧峰區曦鳶里。」

「……嗯？」

「家有一父一母，撇開長男不提，長女是臺灣臺北地方法院的實任法官、次男曾是臺大醫院的外科醫生、次女生前是天央研究院首席研究員、三男只是個無用的社會敗類，三女、四女、么男與么女還只是毛沒長齊的小鬼，還有一位未曾存活的夭折末子。」

陸彩璃以流暢的語調，連珠砲似地道出崇家成員的現狀，姑且不提對我毫不留情的描述，基本上完全無誤，甚至連夭折的孩子都知道，實在不可思議。

陸彩璃咧嘴一笑，「你想問我為何如此清楚，對吧？」

我皺起眉頭，代為回答。她慢慢挪開蝴蝶刀，刀刃邊緣沾著屬於我的淺紅血絲。然而，刃上無法清理乾淨的的陳年血漬，讓人有點在意。

須臾，刀子回到我的頸邊。

「我也不是好人。」她的聲音依舊冰冷。

「我想也是……」刀子微幅橫劃，傳入腦際的劇痛讓我不禁顫動雙肩。「我不是回答了嗎……」

「答錯了。」她笑得無比燦爛。「正確答案是『妳明明就是好人』。」
這種對話哪有什麼正確答案！
「你別以為自己能逃一輩子。」
「我要逃什麼？」
「也許你想裝傻，但我可是非常明白的。我知道你做過什麼，也知道你接下來打算做什麼。」
陸彩璃再次瞄向櫃臺，禮杏似乎找不到哪張才是信用卡，真不愧是教科書級的生活殘廢。
「你是一顆未爆彈。」陸彩璃瞇起雙眼，「你的瞳孔藏有瘋狂的因子。」
「哈！」才笑一聲我便後悔了，連忙闔上嘴巴。
出乎意料的是，緊握刀刃的主人沒有任何動作。
「你覺得這很好笑？」
「不，沒有。」
「你比自己想像得還更瘋狂，懂嗎？」
「我懂，我真的懂。」
「別以為小杏什麼都不知道。她姓九降，就不會是個笨蛋。聰明的女人最擅長偽裝成笨蛋，順從周遭的一切，嘗試以更柔軟的身姿融入世界。」她的臉挪得更近了，聲音也壓得更低。「你可別得寸進尺。」
「妳到底想說什麼？」
刀刃挪動些許，卻不覺得疼，或許我已習慣這微弱的痛楚了。
陸彩璃微吊起眼，虹膜下的白眼球像一輪弦月。
「你要是敢動禮杏一根汗毛——」

不遠處，禮杏終於完成點餐，一邊哼著老歌，一邊踏步歸來。

陸彩璃緊盯著我，悄聲說：「我絕對讓你生不如死，懂了嗎？」

我沒應答。同時，禮杏距離我們越來越近。

「懂、了、嗎？」刀尖輕輕刺入我的後頸。這一刺，疼得讓我險些溢出淚水。

咬緊牙關，我瞪著她說：「懂了啦……」

陸彩璃倏地收回蝴蝶刀，迅速取出一塊OK繃，啪的一聲貼上我的後頸。數道步驟，兩秒完成。

與此同時，禮杏回到桌邊。「耶咦，丞樹什麼時候貼OK繃的？」

「呃……」我答不上來。

「來得時候不就這樣了？」陸彩璃嫣然一笑。

「是嗎？」

「小杏真是個笨蛋呢～」

「啊，怎麼可以這樣罵我！」

陸彩璃掛起人畜無害的笑臉，笑得比禮杏還開懷。我知道那不過是演員的一流演技，即使聽不懂她想表達的意思，卻能隱約察覺咄咄逼人的對話中，存在著不可質疑的詭譎氛圍。隱約還能瞥見提包開口處外露的蝴蝶刀柄。撫摸依然刺痛的傷口，我竟下意識地害怕眼前這個傢伙。

真實、無盡、赤裸裸的恐懼。

第五回　動態：漸趨夾結的時間

副駕駛座的童韻伶低著頭，嘴裡啣著橡膠球，眼角泛出淚光。

起初我會偷瞄幾眼，後來連看也不敢看了。她的雙手被我綁於椅上，頸部與椅枕繫在一起。動彈不得的她，不住啜泣。種種情狀顯得好像我是壞人，真正的壞人是她們才對吧！

嘆了口氣，打開收音機，流洩而出的樂曲是藍迪‧范沃瑪（Randy VanWarmer）的《Just When I Needed You Most》。皺起眉頭瞥向電台號碼，是串毫無印象的數字。上次聽到這首歌，正是祟家最後的遠遊。真想知道究竟是哪個電台，竟連續兩回在我前往三芝路段發生這等怪異巧合，播放著極其熟悉，與當時完全相同的歌曲。上次聽到這首歌，正是祟家最後的遠遊。當時，天氣亦是涼爽適宜。四下依然靜謐，眼前同樣是那片烏黑深邃，不可見物的幽夜。

※　※　※

「到囉！」

大姊拉起手煞車，將汽車停放在泥地和草地的交界。

隔著車窗便能聽見清亮的蟲鳴，偏遠郊外的自然靜謐沐浴全身。

「那是螽蟴。」二姊冷冷地說：「分布於中低海拔的平地或山區灌叢，屬於草棲鳴蟲，主要生活於高草叢間，多於夏、秋兩季的夜晚鳴叫。」

不愧是「人肉百科全書」，無待提問便已給出答案。

「不過，這地方也太……」二姊皺緊眉頭，瞪向身旁之人。

「等等，」大哥睡臉惺忪，狂揉眼睛。「二妹為什麼瞪我？」

「就是你這白癡說要來探險的啊！」

「地點是大妹找的，怪不得我！」

「就怪你！」

「真不講理啊，我的好姊妹。」

「你是我哥……算了，你給我乖乖閉嘴。」二姊走向才剛踏出車外的大姊，指著位於海岸邊的旋轉光線說：「姊，那個比火柴還小的光源，該不會是富貴角燈塔吧？」

大姊瞇起眼笑，「應該是唷。」

「為什麼跑到這種地方？」

「因為要探險呀。」

「為什麼要來這種地方探險？」

「因為要探險嘛～♥」

「我的玉皇大帝哦，這都是些什麼家人！」二姊抱著頭，仰天長歎。

不知不覺連我也被歸類成怪人了。真不公平，我可是最純正的平凡人。

二哥從後車廂取出工具盒，裡頭裝有五把手電筒。

大哥、大姊、二哥、二姊、我、梓涵……

「哥，你是不是少拿一支？」

「我沒準備大哥的份。」

「什麼什麼？」大哥勾住我的肩膀，「在講我的悄悄話嗎？」

「二哥沒準備大哥的手電筒。」

「哦！」

「你不驚訝？」

「為什麼要驚訝？」

人稱地球最強的大哥，豎起拇指，朝我露出燦爛的笑容。

二哥打開手電筒，用一束直光擊退周圍的黑暗。下意識朝光的盡頭望去，除了草木之外空無一物。開啟手電筒的瞬間會招引不善之物的刻板印象，著實可怕。

「喂。」二姊伸手壓低二哥的手電筒，「在這種地方拿手電筒照，會引來不好的東西……」

「屍人（しびと）？」二哥眨了眨眼。

「嗯。」

……還「嗯」咧，二姊的腦袋壞掉了哦。不過我也沒什麼資格說她，剛才腦中率先浮現的畫面，雖不是《死魂曲》（サイレン）的屍人，卻是《Silent Hill 2》裡拖著大刀的紅色三角頭（レッドピラミッドシング），簡直是五十步笑百步。

突然被人輕輕拉動我的衣角。

「哥，」梓涵擠到我身邊，「這裡好暗，真可怕。」

「不怕、不怕。」我摸摸她的頭，「畢竟是荒郊野外嘛。」

幽暗的四周雜草叢生，無處不是枯枝殘木，能見度差到極點。就算睜大雙眼，也無法確認五公尺外的物體。好似置身與世隔絕的異域空間，耳畔除了蟲鳴之外，偶能聽聞令人發毛的鴞叫。泥沙軟土沾上雨水的味道，伴著草葉林木的暢鼻清香弱化我的嗅覺，感官逐漸吹響熄燈號，在無邊的夜幕下沉沉睡去。

「小樹。」大姊輕點我的肩頭，柔聲說：「你、小夜和小涵一組，負責戶外的安全確認好嗎？」

「怎麼把最危險的部分交給我們？」

「戶外比較危險嗎……」大姊遠眺黑暗中依稀可見的詭異建物，說：「看到那棟建築物了嗎？」

勉強可以辨別樹林深處那幢殘破不堪的灰黑物體，倘若散發濃厚詭異之感的東西能夠稱作建築物，那我確實是看見了。

「那是一棟廢棄的旅館。不過，我也不確定裡頭狀況如何。」

「開在這種深山的旅社多半有問題。」二哥操起平靜語氣說：「看這模樣，說不定死過人。」

「所以囉，小樹覺得戶外比較安全，還是室內？」

「……戶外。」

「這個就交給小樹了。」大姊遞來一支對講機，「附近理論上不會有人，但要小心其他東西。」

留下一句沒頭沒腦的話，她便轉過身子，揪住大哥，朝建物的方向走。二哥默默跟上前去，將剩下的成員甩在身後，頭也不回地離開。遙望遠方，那棟建物散發出濃厚的詭譎氛圍，映著月光，宛如攀藤植物的密集雜草幾乎爬滿整座建物，一時說不上來，是棟令人發寒的怪異樓房。

二姊突然打開手電筒，照向我的臉。「幹嘛死盯著悠娜姊的屁股。」

「我是在看那棟廢棄旅社！」

「哦。」二姊冷笑一聲，「還以為你連悠娜姊都不放過。」

這個「連」字是什麼意思。只敢在心底發難的我，不敢真的對二姊頂嘴，畢竟誰都不想無端槓上人肉百科全書，百分之百會被駁倒。

二姊食指一伸，說：「就從那裡開始。」

無待我的回應，她便自顧自地邁步前行。我牽起梓涵的手，冰冷的觸感仿若浸過霜水一般。梓涵渾身打顫，不知出於寒冷抑或恐懼，逼得我只得放慢腳步，很快就落單了。黑暗中不見二姊的身影，周圍只剩我的手電筒光。探險開始不到五分鐘，竟然就迷路了，鼻尖被冰冷的空氣凍得發僵，四周不見一物，除了高過半身的草叢，什麼也看不清。儘管有光，卻沒照不亮任何東西，令我不禁懷疑這是提案者大哥腦內的幻想境地。耳裡僅剩自己的腳步聲，身旁的梓涵緊緊揪住我的左臂，眉毛倒成八字，眼睛像是隨時會落下淚水。她那脆弱的身影，好似每踏一步，都得重新提起勇氣。

無法確認腳下踩的究竟是泥巴抑或草地，濕濕軟軟的，不看也知道，球鞋勢必已經面目全非。

瞇起雙眼，試圖捕捉「理當」在前的二姊，像是無法確認的虛無，一如祟家詛咒，你知道就在那兒，卻始終無法肯定。熱切期盼二姊回頭找人，同時明白這只是個天真的妄想。或許我會死在這裡，如同飛鳥走獸，在未知土地留下自己的殘軀，成為其他生物的可口美食，消逝，歸去，彷彿未曾存在。

「哥。」梓涵的聲音又柔又弱，「那是什麼東西？」

我將瞇起一半的雙眼，闔得更密，嘗試看穿漆黑的夜幕。前方並無任何物體。可見、可聞、可觸及的物體確實沒有，無形之物倒是震盪我的耳膜，和我動搖的心。

聲響來時，心臟猛地一跳。那聲低吼，來自於某種人類本能地畏懼，貨真價實的野獸。

伸手不見五指的夜色之中，手電筒的光芒恐怕成為最佳的美食路標。

「哥！」

尚且無法掌握情況，比黑夜更為深邃的形體驀然撲來。

握住梓涵的手，我咬緊牙關向旁一躍。一頭渾身瘡疤的巨大黑犬，閃爍夜明星光般的晶亮眼眸，半張開嘴，淌出令人作嘔的惡臭口水。不待我站穩身子，犬隻猛然奔來，高高躍起，我連忙推開梓涵，朝向四方揮打手電筒，當然什麼也沒擊中。黑犬與我錯開，口中唾液越發醒目。平凡的我，沒有保護梓涵的能力，也無力構築對付野狗的計畫；我不是大哥、不是大姊、不是二哥也不是二姊，沒有足夠的能力應付突發狀況。

「哥，我們逃吧！」梓涵嚇得滿臉是淚。

我再怎麼愚笨，也知道得挺身保護這名對我而言最重要、最珍貴的妹妹。

黑犬頭顱微微轉動，視線自我身上移開，挪往泣不成聲的梓涵。

「不准動我的梓涵！」

我踏出步伐，準備衝上前去，黑犬驀然昂首高鳴，縱身一躍。黑犬呲牙咧嘴，目露兇光，無視我的存在，直直撲向梓涵。她圓睜雙眼，拉起長音驚叫出聲，蹲下身子，雙手抱頭。

喀的一聲，黑犬污穢的利牙，深深扎入梓涵的左臂。

「你這死狗啊啊啊啊啊啊——！」

剎那間，時間彷彿全然靜止，風也隨之消散，整個世界停駐一瞬。分不清楚究竟是誰的尖叫，或許是我，又或許是我無法辨識的野地魂魄。觸目所及是浪潮般的鮮紅，分明是烏黑之夜，我的視野卻發散一圈向外暈開的血紅漩渦。

雙臂大張，緊揪那頭不肯鬆口的黑色大犬。就算將牠牢牢扣住，這頭該死的狗卻絲毫不願放開利牙。

令人憎恨的低劣傢伙，唯有給予一死，才是最終解決方案。

剎那間，我想起國中時的某位同學，雖不記得他的本名，卻永遠記得，他披在制服外的那件黑色運動外套。他的暱稱與西澄中學的校犬相同，就叫小黑。原因並非他生有一身褐色皮膚，亦非出於任何像狗的舉止；獲此外號，乃因他與那頭惡犬一樣，見人便咬，毫不遲疑。

小黑是個令人憎恨，卻也讓人深感無力的可怖存在。我忘不了那傢伙的所作所為，忘不了他將廁所馬桶的污水灌入我嘴裡的行為，忘不了他要我將下體放入素未謀面之國小女生嘴裡的噁心行為。我痛恨這一切，眨眼間，竟分不清眼前之物究竟是狗，抑或是人。

不知是我的吼叫，還是別人的喊聲，亦未知曉頰邊不斷溢出的是淚水，還是血液。

沒人真的在乎過我。儘管生於如此荒誕的家族，卻不被任何人畏懼。對這世界來說，我只是個可笑的草芥，生無益處，死不足惜。我的指尖，不知何時已滿是鮮血。鐵鏽味衝擊鼻腔，剛剛脫離肉身的血腥氣息，源於我著手刨裂黑犬肚皮的十根手指。

牠還活著，但我正將牠的肚子扒挖開來。牠在嘶吼，但我正將牠的內臟取出來，塞進滿是唾沫的狗嘴。牠傷了梓涵，便是無用的穢物，沒有存在的意義，沒有值得在乎的價值，也完全無法接受如此醜陋的生物，在傷害梓涵之後有存在於世的意義。

「去死！」

猛然掏出一塊沾染血液的臟器，甩到遠處。

人類必須倚靠殺害其他生物而活。殺與被殺，從來不需經過大腦思考，是單純的反射行為，也是自然定律。不是勝者為王，而是適者生存；生存者即為勝者，唯有勝者得以享受一切。我將掌間溫熱的臟器塞進嘴裡，裝模作樣地咬了一口。就算對象只是畜生，也有宣示自身武力與殘酷的必要。這是懲罰，是世界賦予勝者的權利——我的權利。

停不下手的我，扯住狗的大腸，好似拉扯橡皮水管，左手換到右手，一節節拖了出來。雙臂濕熱的觸感應是鮮血，自生物體內溢泌而出，象徵活物的鐵證逐漸流失，而我毫無收手之意，直到被人拉住為止。

儘管遭受外力阻礙，我仍使勁抵抗，試圖奪回自由。

「三弟。」

去死，去死吧！

「三弟！」

啪的一聲，力道不大但聲音響亮的巴掌，落於我的左頰。

血液逐漸回流，返回大腦。眼眶間那圈奇異的紅光不再散放，視線漸趨恢復，深邃夜色的烏黑帷幕再次籠罩周身。眼前，緊閉唇瓣的二姊瞪大憤怒的雙眼，惡狠狠地瞅來，並非譴責，而是單純的失望。

望向二姊，想哭，卻不知道拿什麼理由哭。

二姊和大姊存有決定性的不同。無論基於何種理由，無論是對還是不對，都能放心地在大姊懷裡哭。反之，唯有身處合理、正確、守序的一端，才能在二姊的懷中哭泣。

在我心中，大姊是聖母瑪麗亞，二姊則是智慧女神雅典娜。

眼前的二姊，不容一絲偏誤存在。

「姊……」我頓時覺得口乾舌燥。

「你做了什麼，自己應該很清楚。」二姊微蹙眉宇，「重要的是，你到底『想』做什麼？」

不知該如何回答，只能保持靜默。

「你想殺這條狗？」

「……想。」

這個答案必會惹來二姊一頓罵，或一頓打，但我不敢對家人說謊。對他們說謊，形同自掘墳墓。

二姊緊盯著我，那雙銳利的眸子中，瞳色淺了一些。以前便已察覺，二姊的眼珠比一般人更為透明，也更澄澈，宛如森林小溪流淌的清水。這種灰色虹膜，在求學階段並不吃香；二姊被人稱作怪物的那年，我才剛領到新配發的書包，也是那年，發生了駭人聽聞的校園傷害事件。據傳，行兇之人正是崇紗夜，是我親愛的二姊——我很確定不是，二姊太聰明了，聰明得寧願利用負面事件，解決自己周遭的人際問題。

她沒想過後果。與我相同，不曾想到後果。

「三弟，你認為自己有剝奪其他生命的資格嗎？」

二姊的問題不難，我卻答不上來。

「人類是傲慢的。」她覷起雙眸，悠悠說道：「對於生命的忽視、對於他人的冷漠、對於世界的不在乎，處處彰顯渺小可悲的傲慢自滿。」

「姊，我——」

「我也和你一樣，三弟。」

二姊蹲下身子，仔細端詳散亂不全的犬屍。她用手抬起狗的頭部，掂了掂重量，隨後扳開狗嘴，將裡頭的舌頭拉了出來，使勁一拔，連同喉嚨一併扯出。她猶豫半晌，才將舌頭塞入黑狗腹部的破洞，猶如修補填充玩具，挪出一個空間安置舌頭。我不懂她在做什麼，毫無邏輯的舉動，不合她一貫的理性價值觀。

「你是不是想問：『姊你到底在幹什麼』。」

「是。」

「我也想問三弟你到底在幹什麼。」她打量自己染上污血的雙手，說：「對於世上絕大部分的人而言，我倆的舉動並無不同。或許你覺得我的行為模式更奇怪，也更沒道理，但兀自殘殺野狗的行為也是，既不正當，也不必要。」

「這隻狗咬傷了梓涵……」

「你就像那些學到法律皮毛的廢物一樣，有個稍微正當的理由，就吵著要去告人。這個世界才不是這樣運作的。合理、正當、正確，是形式上最完美的型態，也是正義的雛形；然而，形式正義必須結合實體層面的變因——情緒、衡量與選擇，這才是有實際價值的完整框架。你今天不過恰巧立於正義的一端，尚且不提那所謂的正義，只是你腦中判斷的意念，既未經過多數評估，亦未通過審判檢定。你以為的正義、合理與正當，充其量是有利於己的主觀解釋，而你卻基於這番解釋的結論，做出自認正確的行動，最後甚至據以為理。倘若你真的笨到這種地步，我還真是無話可說。」

二姊連珠砲一般難以辯駁的發言，讓我木然呆立半晌。人稱「名言製造機」的崇家二姊，在言詞角力的戰役未曾嚐過敗績。我最佩服她清晰的邏輯，與極具說服力的口條。她能以最快的速度說服他人，也能用最有效率的思維方法，理解問題並直搗核心，奪取爭論的主旋律。

不能與她爭辯。爭辯的結果，只會證實己身的無知與愚昧。只能選擇沉默。

二姊直盯著我，雙眼沒有移動半吋。那是一雙無法直視，烈日一般的真理灼眼。

「三弟，我沒有指責你的意思。對我來說，咬傷三妹的惡犬沒有任何生存價值，死了最好。就這點而言，我和你是殊途同歸。」

「但我把牠扯爛了。」

「沒錯，你把這頭野狗由裡到外刨得相當澈底。人在面臨極端的情緒時，沒有選擇手段的能力，這是動物的天性與本能。為了生存，人類擁有憤怒等七情八慾，這些情緒與慾望能夠強化生存能力，同時降低我們的理性，因此變得冷酷、暴戾且殘忍。三弟，你並不是特例，至少這次的暴行，我認為這隻黑狗也得負一點責任。」

居然跟狗計較責任，二姊也是莫名奇妙。

她彎下腰，默默拾起被我扔在四周的噁心內臟，著手塞回狗腹。

「三妹還好嗎？」

「啊！」

我竟完全忘記梓涵的狀況。回過頭，沒見著她的身影。

糟糕，該不會——

「放心。」

冷靜無比的聲音自暗處傳來。半身高的樹叢間，走出一名穿著襯衫的男子，瘦長的身形和貼身的著裝，一看就知道是我最為敬愛的二哥。

「我把梓涵抱到附近的樹下了。她昏過去十幾分鐘，大姊正在照顧她……話說回來，你們怎麼也玩起這種遊戲了？」

「才不是遊戲。」二姊愣了半晌，說：「等等，你是不是說『也』？」

無視二姊的吐嘈，二哥走上前來，蹲下身子，不發一語地撿起內臟。毫不害怕臟器的他，從小就有誘捕、肢解、研究動物的習慣，房內更收藏不少自己製成的標本。他接過二姊手中的臟器，高舉過頭，瞇起雙眼，好似檢驗藝術品的保存樣態一般，細心察看每條血管與肌肉紋理。

「這可不是玩具。」二姊一把搶回內臟，「哥，你如果不打算幫忙，請回去處理自己小組的工作。」

「我對你們的遊戲比較有興趣。」

「就說不是遊戲了……」

藉由二哥的相助，我們精準地完成臟器之安置與擺放——我和二姊負責安置，二哥自己一人細心地將各個內臟放回原來的位置。我想，要不是此處沒有適合的工具，他恐怕會嘗試將每條血管連接回去。

「不曉得梓涵會不會討厭我……」

「不會。」二哥瞥了我一眼，「絕對不會。」

「為什麼？」

「我剛才察看她的狀況，大概是瞬間心臟收縮導致的急性昏厥。總之，有極大的可能性，她清醒後想不起昏厥前所發生的事。那時，丞樹三弟負起責任好好安撫便是，無消緊張，畢竟那是你的專業。」

原來在二哥眼裡，安撫梓涵是我的專業。

掩埋犬屍，成為眾多崇家成員最後一次「共同」完成的任務。或許對二哥和二姊來說，不是什麼大不了的事，在我心中卻是一段足以改變行為舉止，以及思維模式的重要人生插曲。

這次探險，真正有趣的橋段並非我殘虐暴力地殺害野狗，而是與家人共處於陌生境地，重新認識彼此。在二姊銳利的眼神和強硬的態度雙重逼迫下，我抱起因流失血液而異常輕盈的犬屍，走向大哥在密林深處挖掘的坑洞。大哥究竟如何在極短的時間內掘好如此深坑，實在令人費解。這樣的大哥，在離家的瞬間便背叛了崇家，背離血脈、背離詛咒，背離我和梓涵。

將犬屍拋入坑洞，宛如將垃圾扔進黃色垃圾車般，毫無感覺、毫不猶豫、毫不遲疑，手一伸，指頭下彎，剩下的便交給地心引力完成。

殘破的犬屍無聲地落入漆黑的大坑。

生命就是如此單純。出生、掙扎、死亡，抽象來看，不論貧富貴賤，皆無差異。很多人甚至未曾掙扎過，掙扎的本身便是生活，是吸氣和吐氣的持久交替。不少人光是呼吸就能賺進大把鈔票，安然躺於錢海，直至生命終結。

怎樣的生活才算生活，堪稱無解的大哉問。我不認為哪個悟道者能給予答案，畢竟悟道之人均已打禪入定，與世隔絕。由此觀之，或許真正的生活不需要「他人」，僅需自己與自己對話，自己呼吸、飲食、拉撒，老去然後死亡。到頭來，所謂的生命到底是什麼，終究無解。我想，大概就像坑底的犬屍，冰冷僵硬，毫無意義。

這個瞬間，我認識到世界的真實。那年我十五歲，被人無視、遭受霸凌、被殘忍地遺留在世界最黑暗的角落。意外地發動反擊，屠殺一頭同為生命，生於野外只為一餐飽食的狗。我以最殘暴、最不人道的方式奪其性命，任其靈魂墮入地獄，化為烏有。

如此一來，我或許能成為一位非凡之人；或者，我不過是以凡人之姿，佯作非凡手段，最終落得一頭空。也許，這個世界從一開始便決定好每個人的劇本，以及相應的結局，我只是普通的祟家三男，無用、無趣、無意義，既非強悍的長男，亦非睿智的長女，只是排在第五位，不上不下的平凡之人。

再一次發現自己被世界拋下。那年我十五歲，殺死野狗，卻仍毫無意義，同樣平凡。

「重要的是，你到底『想』做什麼？」

二姊的問題縈繞腦海，不管經過多少年，我也仍舊答不上來。簡單的提問，我卻無法組織正確的言語，直到二姊逝去，依然未能給予答覆。

「丞樹三弟。」

回過頭，二哥結實飽滿的拳頭擊中我的右臉。

身體因為巨大的反作用力，我猛然摔向一旁，撞上枯萎得像隨時會傾倒的寬葉大樹。肩膀的撞擊點比挨打的臉頰還痛，有如在地上磨擦數十公尺，恐怕已經脫臼。

維持出拳姿勢，二哥走向我，低頭俯視。

「痛嗎？」

「當然痛啊……」

你這傢伙幹嘛打我莫名其妙想死嗎我正好想找個人打你這傢伙根本找死去你媽的給我去死吧……

腦中閃過無數憤恨言詞，卻一個字也說出口。並非出於膽小，而是因為二哥已然跨坐上來，掄起雙拳，一個接一個地送出石錘般堅實的拳頭。

臉上一拳，頓時以為牙齒散了；胸口一拳，霎時以為肋骨斷了。

面無表情的二哥把我當沙包打，一時之間竟無力反擊，連單純的起身、扭動、嘶吼都辦不到。所有可動關節均被扣住，任何可能施力的角度全被封鎖，我就像隻綁上烤架的豬，待宰等死。

「痛嗎？」

「痛死了啊！」

「死了嗎？」

「沒——」旋即又是一拳接著一拳揮來。

二哥的拳頭，以凡塵世俗對讀書人的刻板印象來說，力道之強令人驚嘆。當然，此時不是讚嘆的時候，我都快被活活打死了。不知為何，我既不想求救，也不想求饒。潛意識的某個角落，或許希望二哥就這麼把我打死。懶得問他為什麼出手，因為二哥的所作所為不需要理由，他一向明白自己在做什麼，宛如立於專屬殿堂，又彷彿身在手術室內。腦中冷不防地浮現他飛快找到患部，迅速解決的突兀畫面。

看來，我是他必須處理的惡害。就像我將野狗當成草芥一般，二哥心中大概也視我為草芥。希望他能把我打死。這樣一來，便無須面對梓涵，無須面對終會發狂的自己，無須面對極端邪惡的世界。

平凡的想望，總是事與願違。二哥無預警地中止動作，垂首端詳著我，靜候數秒，隨即起身離去。我咬緊牙關，跳起身子衝上前，朝那道身影猛力踢出一腳。出乎意料地，二哥受力向前猛摔，翻滾數圈，直直衝撞不久前我撞上的那棵樹。

他皺起眉頭，雙眼無神地盯著我。我揚聲大喊：「為什麼停手，為什麼不繼續打！」

使勁朝他揮出一拳，拳頭紮實地落於鼻頭，可以明顯看見他右側鼻孔隨即流出的赤紅鮮血。二哥仍然毫無作為，像個木偶一般，動也不動。

我倆四目相接，不發一語，任憑比夜空還更靜謐的沉默橫越其間。

「你會痛，」他的聲音毫無起伏，「對嗎？」

「這是什麼意思？」

「我打你，會痛嗎？」

「當然會啊！」

「那你理解了嗎？」

「理解什麼？」

「世界的真相。」

「啥？」我搞不懂二哥在說什麼。「我痛不痛，與世界有何關聯？」

「你會痛，代表已經清楚認識這個世界的遊戲規則。」

「有人會不覺得痛嗎？」

「有，而且不在少數。會痛，代表理解規則，也代表懂得怎麼利用。」

二哥的虹膜呈深褐色，與二姊非凡的淡彩虹膜不同；二哥絕非平凡之人，只有我才是。

他突然擰住我的左臂。

「好痛！」

二哥僅用三根手指，便讓我痛得哭爹喊娘。也許我真的懂遊戲規則，卻是必定全盤皆輸的傢伙。這就是平凡與非凡的決定性差異。

沉默不語的二哥使勁將我推開，逕自朝密林的另一側走。他沒回頭，一次也沒有，但我明白他是真的放心了。二哥知道我在校期間常受欺凌，當然，我認為包含大姊在內的每個祟家成員都知曉。我明白二哥想傳達什麼，卻忍不住認為，他未明講的部分更多。無奈我殘弱的腦細胞僅能體會一成，甚或不及一成，無法通盤理解。

梓涵在我們埋妥犬屍之後，繼續躺在大姊懷裡，靜靜沉睡。大姊沒有出手協助其餘事務，單純陪在梓涵身邊，給予最溫暖的保護。我和二哥備妥烤爐，二姊埋頭處理隨車帶來的食材，大哥則負責找尋可供燃燒的木塊。我後來才知道，找不到合適木材的大哥，躲到稍遠之處，徒手劈開幾棵枯木換取足夠的柴火。

在那之後的烤肉大會和試膽活動，是記憶中最珍貴、最美好也最不願與人分享的「祟家遊記大結局」。

也許在我臨終之前，抑或在我孫子面前才願意述說這段美麗的軼事，現在還不到時機，任意提起那段回憶並不妥當，尤其在我身邊拘束一名藝術家少女時，更不合適。

※　※　※

颱風確實進入臺灣本島，路上風雨大得難以行路。儘管身在車內，亦能感覺外頭強勁的風暴，偌大雨珠子彈一般打上擋風玻璃，車身劇烈搖晃，光是直行都顯得困難。

是時候購入新的補給品了，同時必須考量邱靜祈因無法洗澡而產生的體臭，甚至引發疾病等麻煩問題。

瞄向身邊的童韻伶，她已不再啜泣，安安靜靜的，毫無反應。

淡水新市鎮完全籠罩在風雨之中，能見度極差，看不見平常閃爍不已的霓虹燈。天空彷彿浸泡水下，分不清上下四方，白絲般的雨點自顧自地滑落，落於地上，連綿不絕。

倘若真有神罰，這場暴雨便是嚴厲的警告，是給我的最後通牒。

駛入上回造訪的五金百貨賣場，踩下腳煞車，重重呼出肺部的空氣。頂著暴雨長途駕車，疲勞又傷神，無端耗費寶貴的精神和體力。童韻伶瞄來一眼，發現我正在觀察她，旋即低下頭去，這倒無妨，畢竟我自始至終都是以獵人與獵物的關係，思考和處理往來的方式。由於她毫無互動意願，我沒取下她嘴裡的塑膠球，扭轉鑰匙，熄了火便開傘下車。

抬起頭才發現，手中竟是童韻伶的那把小傘。

落於傘面的雨珠相當沉重，有如彈珠直擊，幾乎使我握不穩傘柄。

進入賣場時，身上早已被雨水浸濕。我曾問過二姊，既然仍會淋濕，又為什麼要撐傘；她答道，因為人們需要一些遮蔽，才能擁有安全的錯覺。

錯覺，是人類賴以生存的必要條件。人們心裡總有著自己格外特別的錯覺，也有著自己特別重要的錯覺，然而，立於客觀世界的角度觀察，人類總數太多，稀釋了彼此的獨特性和不凡性，造就出個體的平凡。看似不可或缺的人，其實都能輕易取代，遑論凡庸的我。錯覺，讓人們能夠抬頭苟活於世，不覺害臊，正如此刻滿心認為計畫順利進行的我，恐怕亦是錯覺。

將架上可見的蘋果麵包掃入推車，拿起幾桶飲用水後，當然也沒忘記女性需要的生理用品，諸如濕紙巾、衛生棉與護墊等物。因應童韻伶的加入，加購一個臉盆，以及兒童用的簡便廁所。

視線瞥見堆在角落的充氣式幼兒泳池，思忖半晌，決定把小鬼專用的泳池當作浴缸，施捨兩名女孩一個寶貴的洗澡機會。一時還想不到如何讓她們安全地洗澡，畢竟雙手銬在椅上的狀態，根本無法完成刷洗。總覺得這個念頭毫無意義，拘禁女孩子時，或許根本沒有供其洗澡的必要。況且，我不確定這些傢伙的親人在侵害梓涵的日子裡，有沒有好心地讓她洗澡；最有可能的情況是，接連不斷地強姦，然後休息，接著再強姦，然後再休息，周而復始，持續數日。內心痛恨自己的優柔寡斷，責備狠不下心來殘暴相待，一面自我懷疑，一面將沉重的購物車推向櫃臺。

看見結帳人員的瞬間，我相信神罰確實存在。

立於櫃臺後方的服務人員，正是上次前來採購時，為我結帳的那一位。她圓睜雙眼，似乎深感訝異，我的驚詫也不亞於她，畢竟這回購買的物品更奇怪，也更可疑。

隔著低矮的櫃臺，我能明顯察覺她內心逐漸膨脹的疑惑。

「請問……」店員的聲音很小，「這些是您家人需要的東西嗎？」

「是的。」我也只能這樣回答。

她輕輕點頭，表情卻未釋懷，昭然若顯的懷疑之情，讓人想在她頭頂畫一個驚嘆號。

總金額一萬五千元以上，早已超出負荷，我仍照實付現，因為聰慧的二姊曾說：「隱匿行蹤的必要條件就是付現。」

店員大概沒想到萬元以上的金額竟會付現。在我掏出一疊鈔票時，明顯遲疑了幾秒。收您一萬六千元，她說。我知道，她的懷疑計量表恐怕早已封頂。謹慎地收下找零，將小型物品裝入塑膠袋，隨後將整個購物車推出店外。依稀能感覺到店員緊隨在後的視線，像股足以燃燒靈魂的業火，纏著不放。

萬一被記住臉的話……我倒抽一大口氣。太失策了，居然忘記閉路攝影機的存在！雖說上次留下的紀錄檔應已銷毀，這次若因店員起疑而遭受多餘的注意，可就真的完蛋了。在最不能犯錯的時候出現狂風暴雨，更在最不該出錯的地方留下錄影畫面，可惡！必須立刻解決這個問題，需要可行的解決方案。

冒著雨將購物車推向轎車，將所有物品扔進後車廂。

打開車門，想當然爾，童韻伶依然乖乖地坐在副駕駛座，我悄聲說：「待在這裡，我馬上回來。」

這回我沒撐傘，套上堆置於後座的帽子和風衣，充當臨時雨衣，冒著風雨跑回賣場。我謹慎地戴上藏於口袋的布手套，在門口附近的牆面尋找員工專用或進貨專用的獨立出入口。真慶幸過去曾在大賣場打工，唯獨此時，由衷感謝曾經領取微薄得難以維生的自己。

貼著牆走，終於找到那扇不起眼的小鐵門，喀地一聲，快速挑開簡易鎖頭，壓低身子潛入門內，一面注意牆上可能設置的攝影機，一面向前邁進。賣場的倉庫不大，最多只能擺放一百四十至一百五十箱大型存貨，不含簡易家具的話，或許只有五天的貨量。周圍毫無光源，此時此刻，黑暗是我的朋友，身處一無所有的絕望深淵，比起光明，更寧願擁抱黑夜，徜徉於幽冥之中。

數十秒後，成功抵達員工休息室。依據過去的打工經驗，晚班最多僅有三名員工，理想的狀況是全部人員剛好都在內場，然而我很明白，向神明的祈禱根本毫無意義。悄悄扭開門把，休息室中有位男性撐著下巴，呆望閉路攝影機的螢幕發愣。他的臉雖然朝向前方，視線卻聚焦於平放桌面的遊戲機，並未察覺我的到來；當然，我不會給他注意後方的機會，稍加調整呼吸，屏住氣息，緩緩伸出雙臂。

終於解決出於自身愚昧招致的突發危險。

計畫再度回到正軌。

第六回　國度：專屬自己的舞台

打開深鎖的木門，淒厲的嘶吼瞬間擊上耳膜。

懷裡抱著嬌小的童韻伶踏進房內，邱靜祈正扯開喉嚨瘋狂大吼。我無視刺耳的狂言狂語，將童韻伶綁上房內另一張鐵椅，這回更將椅子牢牢釘於地面，確保二人無法合作。這段期間，邱靜祈不斷拋出惡言，但我並不在意。

「你這混蛋居然對小童……」邱靜祈使勁跺腳，堅實的地面當然不為所動。「你真的有病！」

我聳聳肩，從胸前口袋取出加倍佳棒棒糖，想不到又是梓涵最愛的草莓口味。我不打算回應邱靜祈的咒罵，或許在她們眼中，我還真的有病，但在我的認知裡，她們才是真正的異常之人；她們偉大的家族掌握著龐大的資源，控制勝利所需的一切，卻渾渾噩噩地過著平凡人生活，讓人匪夷所思。

這幢長年失修、近乎崩毀的廢棄旅店裡，不論是我、邱靜祈抑或童韻伶，此時都是被世界拋棄的人，但我是這群世外之民的支配者，決定她們的生死，掌控她們的命運。我是神，廢棄之地的神。

「為什麼連小童都抓？」

邱靜祈緊皺眉頭，丟出這個毫無意義的問題。童韻伶口中依然塞著塑膠球，無法回答。

「之前說過原因了不是嗎？」

「小童知道你為什麼要抓我們嗎？」

「我有簡單說明。」

「簡單說明……這是要怎麼簡單說明！你的思維根本有問題！你說我們的家人不只侵犯你妹妹，還是什麼連續水泥封屍事件的犯人，你怎麼不先想想到底有誰相信！」

「不信也罷，我親眼看過影片。」

我狠瞪著她，腹中不禁升起一股怒火。邱靜祈不斷釋放的負面言詞讓人相當不滿，在她眼中，我恐怕是不值一提的穢物。

「我親眼看見妳哥侵犯我妹，至少這點無庸質疑。」

「那又如何？」

「妳說什麼？」我挑起眉頭，忍不住提高音量。

「就算我哥真的侵犯你妹，到底跟我有什麼關係？憑什麼我要被監禁在這種莫名其妙的地方？」

「就說了，因為妳哥——」

「我哥的事情到底關我什麼事！我上大學就離家了，既沒拿家裡的錢，也沒跟他們聯絡！我連老哥是死是活都不清楚，為什麼要替他受罪？」

居然敢問為什麼……這女人真的很煩，我得耗費大量精神才能壓下內心出拳猛揍的衝動。決定不理會她，默默走向童韻伶，取出她嘴裡的塑膠球，然而，即使取出小球，她仍像個壞掉的洋娃娃不發一語。

「小童，妳還好嗎？」

邱靜祈向相隔數公尺的童韻伶發話。嬌小的女孩慢慢抬起頭，望向對方，緊闔唇瓣眨了眨眼，既沒肯定，也沒否定。她受到的驚嚇與震撼恐怕比邱靜祈多，畢竟我特別安排一齣完美的戲，專門用於誘捕。

邱靜祈又叫喊幾聲，才轉頭瞪著我說：「你到底做了什麼？」

「沒什麼。」
「如果真沒什麼，小童怎麼可能不理我！你該不會打了她吧？」
「沒有。」
「強暴？」
「沒有！」聽到令人不悅的關鍵字，我的語氣明顯加重不少。「聽好，我跟妳的家人不同，沒有強姦別人的慾望，也沒有對別人妹妹下手的性癖！別把你們噁心的價值觀套在我身上！」
「你以為沒對我們下手就比較高尚？你不過是變態犯罪者的另一種型態罷了，你比任何人都膽小，連出手的勇氣都沒有！」她直瞪過來，揚起嘴角。「你這沒用的廢物，仗著我們動彈不得，裝模作——」
我一巴掌甩在她臉上，簡單的掌摑便打得她左頰發腫，嘴角溢出血絲，或許意外咬傷嘴唇或舌頭了。邱靜祈抬起頭，舔舐嘴角的鮮血，眼神毫不畏懼，甚至挾帶一絲笑意。她恐怕是故意逼出這記巴掌，瞬間讓我覺得自己中了圈套。
童韻伶呆望我們，既未露出驚恐表情，亦未發出驚詫叫喊，宛如一切極其自然，正常無比。她的狀況太過怪異，即使是嚇傻，也不致於如此。
「你到底下了什麼藥？」
「跟對付妳的方法一樣啊……」
「辣椒噴霧？」
「辣椒噴霧，另外還添加某些化學調和劑。」
「搞什麼鬼……我怎麼沒感覺出來？」
「大概沒什麼效果吧。」

想不到身為拘禁者的我，竟然正與被拘禁者討論襲擊所用的工具。

邱靜祈低垂眉宇，注視動也不動的童韻伶，憔悴的臉上滿是擔憂。她已數日沒有洗澡，房中瀰漫濃厚的汗味和臊味。監禁期間，我只清過一次簡易馬桶。雖然替人處理排泄物真的很噁心，作為拘禁者，我有義務照顧這些負罪之人。

清理過程中，甚至得檢查排泄物是否正常。當然，我不知道怎樣才算正常，只能以外觀判斷，確定邱靜祈並未拉肚子，也沒有困於排便。換作平常，要接近女人的排泄物可是難如登天，就算是與九降禮杏共處的那幾天，也未曾目睹其如廁的模樣；我想，或許她從未使用我家廁所，又或許她總是趁我熟睡或外出之時，小心翼翼地解決。

無力解決童韻伶異常狀況，只好先準備食物。美其名為食物，實則只是麵包、餅乾與飲用水。見我排列蘋果麵包，童韻伶悄悄挪動身子，與她綁在一起的椅子發出嘎唧聲響。

「肚子餓……」

「喂！」邱靜祈大喊：「混蛋，小童說她餓了！」

「再叫一次混蛋，小心我揍妳。」

「隨便啦，反正你就是個暴力狂！」

……真是莫名其妙的女人。

我將蘋果麵包剝成兩半，遞向童韻伶的嘴前，她慢慢張開毫無血色的嘴，咬下小小一口，咀嚼，再咀嚼，隨後嚥下。她抿了抿嘴，泛起淺淺的微笑。

「好吃。」

「那就多吃一點吧。」

她又咬了一口，微瞇雙眼，對著我笑。

童韻伶的行為舉止突然像個孩子，不交談、不掙扎、不做多餘之事，安靜認份地接受遭到拘禁的事實。我突然對設計誘捕她的事感到無比慚愧，也許我不只摧毀她純淨的心靈，更將她身為藝術家的純粹靈魂破壞殆盡。然而，歸咎起來只能怪她們自己，是她們卑劣的家人招來災惡，而不是我。我是執行者，卻是被迫的。人不犯我，我不犯人，我所做的一切，都是為了梓涵。

「喂。」邱靜祈注視著幸福微笑的童韻伶，「難道不能多買幾瓶水和幾條毛巾，讓我們擦擦身體嗎？」

「雙手被綁在椅子上的妳，有辦法擦？」

「哇，虧你有注意到呢！你想想，雙手綁成這個樣子，我到底該怎麼進食？」

「好問題。」

「你真的是人渣。」

地上的食物碎屑，猜想是她張嘴咬取我提前拆封，置於桌面的麵包與餅乾時，造成的混亂。不知為何，如此髒亂的環境竟然不見一隻蟑螂，亦無蜘蛛、蜈蚣和老鼠；毫無生氣的空間，宛如生靈隔絕、萬籟俱寂的現世煉獄。過去和家人來此探險時，並未注意到昆蟲鳥獸的分布狀況，畢竟當天活動時間在半夜，隔天下午就離開了，沒留下什麼深刻印象。

以木板、棉被和枕頭封住的窗戶使我無法看見外頭狀況，卻可聽見狂風暴雨的偌大聲響，內心不禁懷疑這幢殘破建築，能否順利撐到陸上警報解除的那天。

猛然想起剛才購入的充氣游泳池和桶裝飲用水。為了抱童韻伶進房，實在騰不出手，只得分作兩趟搬運。當下我終於明白為何擄人勒贖的案件常是多人犯案，再怎麼說，這實在不是能獨力完成的犯罪。

起身回頭，走向房門。

「給我等等！你打算把小童丟在這裡？該不會又要好幾天才回來吧？你這傢伙到底在想什麼啊！」

「妳希望我常常過來？想不到妳是這麼怕寂寞的人。」

「不要曲解我的問題！我是不希望小童受傷！況且，這裡簡直就是鬼屋……喂，為什麼隔壁總會出現奇怪聲響，這裡以前發生過什麼事嗎？」

「因為是廢棄很久的旅館嘛。」

「這算什麼答案，你——」

「我馬上回來。」

留下瘋狂咒罵的邱靜祈和雙眼無神的童韻伶，頭也不回地離開悶熱發臭的房間。鬼哭狼嗥的暴風吁吁作響，冷冽的風從旅館的破洞直刺入內，風聲宛如惡魔群聚的細語呢喃。

二姊曾說，這幢旅館曾是三芝區著名的度假別墅，一九七五年左右發生過駭人聽聞的兇殺案，卻因發生在資訊封閉的戒嚴時代，事件詳情並未留下新聞紀錄。這幢位於山林的別墅旅館有個別稱——「妾蘆」，專供有頭有臉的政商權貴包藏小妾；據傳，當年的死者正是某位地方權貴的小老婆，似乎勾搭上年輕小伙子，東窗事發才引來殺身之禍。二姊說，女人的死狀極慘，而且能在暗網以十枚拜塔幣的價格購入「疑似」現場屍體的三張照片。

身於此地，確實能聽見近似人聲的悄言低語。

我不相信這種怪力亂神之事，倘若真有異狀，數年前遠遊此地時，體質敏感的梓涵和地球最強的大哥一定會有反應，更別提魔女大姊、天才二哥和百科二姊也在場，如此陣容都沒感知到的怪誕異物，絕不存在。儘管我不相信鬼怪存在，仍對伸手不見五指的長廊感到不安。二姊認為，這幢旅館遭到廢棄的主要原因，應是一九八〇年代大幅查驗違章建築時，被人嚴格檢視旅宿安全問題。從外觀看，旅館的位置本身就不合法，畢竟根本沒人能取得荒山廢地的所有權；或許有，但也只有身為法官的大姊才知道，即便以我的常識判斷，這裡怎可能不是違建，更別提這間旅館的頂樓還蓋了奢華的游泳池。再者，旅館座落於無法興建房屋的土地上，更別談有沒有合法的建築執照或使用執照等核准，這點道理連我都懂，根本無待詢問大姊。如今化作廢墟，也是意料之中。

我挺喜歡這個地方，要找到比這裡更適合監禁四名女人的地點，可不容易。

倘若大姊得知我將此地作為拘禁場所，不知作何感想；我不願想，也不敢想。坦白說，儘管愛著梓涵，我卻也懼怕所有崇家成員；平凡的我，總是被迫接受來自不凡家人的影響，彷彿背後繫了無數人偶絲線，線的另一端，由不知真身的人把持著一切。

唯獨這次，才是真正出於己心，依循自由意志，實踐自我信念。雖不想殺害這四名女性，卻打算用自己的計畫、思維和方法，讓她們付出代價。這回，沒有人能阻止我。這是我頭一次獨自找到人生方向，內心感到滿足、愉悅和狂喜，第一次感覺自己真的活著。

梓涵不在的世界，我不需要任何虛偽的擁抱，不需要任何虛假的安慰話語。

我很好。我能掌握一切。

「去死吧，世界。」

滿懷信心，步向旅館大門。

三芝區的地理位置偏北，此次颱風正好橫跨北臺灣，未受到「護國神山」中央山脈的阻擋，以最完整的形態襲擊福爾摩沙。颱風彷彿極力阻止我踏出戶外，費了九牛二虎之力，成功推開遭受強烈風阻的正門，下一秒，迎面而來的暴風迫使我緊揪門把，拉得手都麻了，才勉強撐住腳步，沒讓自己跌回大廳。奮力拖動牆邊殘破不堪的沙發椅，靠上左側門緣，防止強風將門完全扣死。確保出入口後，深深吸一口氣，踏出大門。我迎著風，壓著頭，頂著暴雨確認路線。

林中樹幹橫倒在地，原先空曠的旅館前庭變得雜亂無章，難辨南北。視線範圍不到三公尺，能見度非常差，鞋子深陷泥濘，跨出的步伐僅有往常的一半距離，舉步維艱。光是要提起腳來就得花費數秒，接著還得再花費數秒時間甩掉泥巴，才能跨出新的一步。

面對前所未見的狂風暴雨，走在雨下，挑戰極限。

事實上，我不清楚自己是在走路，還是在空氣中游泳。全身被雨打濕，襯衫黏貼胸背，要不是害怕感冒，真想褪去衣物，省得煩心。天上灑落的雨絲彷若煙幕，襯於月光之下，漫起形似海市蜃樓的景象，樹幹、灌木和矮叢，周圍一切事物突然失去實感，像是極遠之地投射而來的全息影像，在風暴底下搭建的露天舞台，伴我共舞。不久，暴風剝奪我直立步行的權利，只得趴伏在地，朝汽車的方向匍匐前進。我實在想不通，為什麼拘禁者得為受監禁的傢伙拚命，又何苦冒著生命危險，前往籠罩於風暴之中的幽暗山林，搬運對我毫無用處的充氣式泳池與飲用水。

儘管不斷自我懷疑，身體與四肢卻持續前行。這一切根本就莫名其妙，莫名其妙的颱風和莫名其妙的拘禁，到頭來，連自己到底在為誰拚命，又為了什麼在泥巴中打滾，百思不得其解。

梓涵不在這裡，那我何必拚命？

梓涵死了，不會回來了。我想復仇，想讓她們嚐嚐椎心刺骨的痛苦。

真是如此嗎？

疾風驟起，趴伏於泥濘的我，整個人翻滾到數公尺外，嘴裡都是泥土，噁心的黏膩感包圍口腔，令人陣陣作嘔。我不斷吐出口水，奮力清除嘴裡的泥土。

噁心，太噁心了……

我咬緊牙關匍匐前進，掙扎了十幾分鐘才抵達汽車的位置。我的車子像是美國西岸常見的肌肉改裝車，彷彿擁有自我意志，在靜止不動的地面彈跳搖擺。掏出口袋裡的鑰匙，憑藉長年的習慣和觸覺，按下遙控按鈕，隱約聽聞嗶地一聲，再持續按壓，直到後車廂順利開啟。我掀開承受強力風壓的車廂蓋，咬著牙以肩頭撐住，取出尚未充氣的游泳池，夾於腋下，再扛起兩桶飲用水。

回程之路同樣艱辛。要不是汽車無法穿越橫倒在旅館前門的樹幹，早就把車子開到大門口了。

車廂還剩兩桶飲用水，看來，這趟回程不是最後的搬運任務。腦中再度浮現令人惱怒的自我質疑，要求自己重新思考為了這些傢伙在暴雨冒險的意義。我不是惡魔，不想讓她們痛苦，卻也不想讓她們好過，內心深處極端的矛盾一時說不上來，只好拋諸腦後，將違抗自我意志的聲音全數消弭。

有了來時的經驗，明白勉強站立或單純趴伏都很危險，因此抓起兩根粗樹枝，扎入地面，彷彿攀岩一般，說好聽點是匍匐前進，講白了就是全身攤上地面，蛇一般地向前扭動，在噁心的泥濘裡歪曲前行。冷不防地感謝曾經遭受霸凌的過往，當時連馬桶水都喝過，這點泥巴有什麼好怕。趴伏泥地根本不是什麼艱困的考驗，但狂風暴雨實在太過劇烈，光是移動便要人命。

不斷萌生要被雨水滅頂的錯覺，我咬著牙，拉長脖子盡可能地仰起頭。身上多背了兩樣重物，等於額外承受半個成人的重量，儼然成為全新的挑戰。雖然無法確認衣著狀況，猜想上半身已化為泥布，值得慶幸的是失去了衣著黏貼軀幹的噁心觸感，竟好似赤身裸體，無處不是水，無處不是泥，無處不遭風吹雨打。常聽人說地獄充滿業火，炎熱至極，此刻倒覺得泥水地獄也很驚人，運氣好一些，或許桃紅道袍的御儀姬或赤眼紅髮的月兔小美會從天而降，或是美麗的領航員滑著小船、帶隻貓咪前來相迎——糟糕，大腦有些混亂了。

將充氣泳池和桶裝水搬回大廳，發現裡頭已被雨水侵襲，破爛不堪的地面滿是水窪，強勁的風勢掃落無數磚瓦，四處布滿碎片。終於可以確認身上的慘況，不出所料，衣服全被泥水染黃，頸部和臂膀沾滿黑土，泥沙之間更挾帶幾條毛蟲屍體。懶得費心整理，靜待呼吸恢復平順，便準備再次出發。有了第一趟的慘痛經驗，我一出門便趴下身子，避開強風。

這波颱風的強度不知有無刷新歷史新高，依我的體感判斷，恐怕是自小到大最駭人的一場風暴。或許因為過去未曾真正沐浴於夏日的颱風嘉年華，這趟為了仇人妹妹前行的神聖旅程，帶來前所未有的體驗。比起裝模作樣、斷章取義、譁眾取寵的記者，我以平凡不已且脆弱不堪的肉身，完整記錄暴戾神風的兇殘之形，是身體力行的專業人士，應該獲頒一座最佳表現獎。

大腦不停地胡思亂想，不斷將思緒扯到外太空的邊境，不知不覺間，肉體竟已抵達汽車附近了。曾聽說轉移注意力是讓人忘卻時間的最好方法，親身實踐之後，果真不假。第一趟由於專注對抗風暴，體感時間變得無比漫長，幾分鐘的路程走起來像半個小時；這回，腦裡充滿毫無意義的思維，體感時間甚至不到六十秒，便已抵達目的地。

難怪曾聽人說：「呆坐教室放空便是最安全的蹺課。」

引用資料必須列明註腳，方維正鵠，上述二則「聽說」得來的內容，均出自祟家的名言製造機。

扛出最後兩桶飲用水，重新趴伏地面，努力思索這回該想些什麼來轉移注意力。正準備繼續探討颱風的固有型態與形成方式，分外強烈的瞬間陣風將我一把撈起，讓我像隻泥鰍似地拋飛在半空中。即便僅有幾公分高，剎那間竟脫離了地心引力。倘若保持理性稍加思考，應能發現那不是普通的強風，然而當下只能專注於冷酷的風暴，無暇顧及其他。

被風這麼一甩，我無法控制軀幹，翻滾數十圈，撞上一棵乾枯大樹。試圖撐起身子，卻突然深陷濕土，半隻手臂轉瞬沒入泥濘。浸滿雨水的土壤過於鬆軟，無法支撐我的重量，成為一灘沼澤陷阱。
「嚇——！」
猝然間，我被指間的黏膩物體嚇了一跳，使勁將手抽出來。
脫離泥地的手指竟然勾著狗的頭骨。骯髒的泥濘中，埋著一條軀體完全腐爛的犬屍狗骨。
「該死！」
我發出堪比野獸的怒吼，將頭骨扔飛出去。
這絕對是數年前被我殘殺後，在二哥和二姊的幫忙下，掩埋於此的黑犬。牠咬傷了我最愛的梓涵，想不到竟然在暴雨之中與牠相會，此番巧合讓人不禁想要詛咒神明，像是懲罰，又像啟示。做出諸多惡行的我雖已萬劫不復，內心深處卻始終希望能將無處發洩的絕望，轉嫁應當承受此罪的人，純粹想將降臨於梓涵的不幸轉嫁給加害者，並未考慮其他。
「並未考慮其他」這點，是我最大的致命傷。
正義，或者說我主觀上的正義，必須基於迅速而確實的制裁；換言之，須在有效的時間內將正義的神罰降予應當治罪之人。由此觀之，大姊的審判顯得笨重遲鈍，待她唱出詩經般優美的判決主文時，加害者罪孽深重的暴行和懷惡不悛的態度，將二度侵蝕受害者家屬的心靈，造成萬劫不復的痛苦與傷害。
遲來的正義，不是正義。
這句話雖非二姊所說，我卻喜歡得很。正義必須即時，否則只是一齣失去時效的復仇喜劇。在司法的天平決定為梓涵的不幸伸張正義時，我復仇的血刃早已降於加害者之身，消弭不應存在的罪惡。
我奮力掘出深埋泥濘的犬骨，一塊又一塊地將碎骨頭扔進狂風暴雨之中，投擲時，我揚起嘴角咯咯發笑。終於再次化作勝者，這回，沒有二姊的譴責，亦無二哥的拳頭；只有我，和我自己的意志。

「哈哈哈哈哈……」

籠罩周身的風雨，讓我聽不清自己從喉嚨發出的笑聲。

我成功了，深刻明白自己對於世界而言，是獨特的，也是重要的。我以自己的意志行動，無論做什麼都將歸屬於我，也都屬於真實。拋開別人的想法，無視他人的感受，忠於自我，忠於己心。這一刻，只想尋回屬於自己的一切。

拾起泥濘裡的最後一片骨頭，高舉眼前，仔細端詳；這是在牠生殖器附近，形狀特殊的骼骨。

沒想到這條狗竟然敢用下體嘲諷此刻的我！

雙手使勁一捏，將狀似焗烤碗盤的骼骨扳斷，再將兩片斷骨對折，扔進風雨交加的泥地。終於將牠澈底摧毀，透過不可回復的行為，重新確認這個世界的遊戲規則。難以壓抑的成就感化為難忍的笑意，我咧開嘴笑，拾起再也不覺得重的桶裝飲用水，立直腰桿，無視狂風暴雨，抬起頭來，踏出充滿自信的腳步，回到由我一手打造，專屬於我的深淵萬魔殿。

邁開步伐，滿懷無畏的心，在寂靜烏黑的長廊中朝著前方邁進。接近第一〇一號房時，我貼心地加重足下聲響，以免突然入內造成女孩們的不安。

門裡仍是同樣的光景，陰暗、沉重且潮濕，瀰漫著酸味與惡臭。

童韻伶似乎吃飽了，動也不動地望向角落，連我進門都沒抬起頭來。邱靜祈斜瞪過來，原本似乎想要咒罵，那雙堪能吃人的眼睛卻在見到我的瞬間，睜得更大了。

「你怎麼了？」她的語調有些擔憂，「該不會外面崩塌了吧？」

「原來我看起來這麼嚴重。」

「一點自覺也沒有嗎……身上沾滿泥巴，手臂有傷口，臉頰和衣服都有血跡，不說還以為你剛從戰場回來。稍微整理一下吧，看起來真可怕。」

她輕嘆口氣，緊皺的眉宇卻略顯放鬆。拐彎抹角地出言關心，是邱靜祈刀子嘴豆腐心的表現，或許只是單純挖苦，對我這種不善分辨真言假語的人來說，實在難以辨別。

我打開一瓶飲用水，小心翼翼地倒入新買的臉盆中。透過水中模糊的倒影，發現自己的樣貌確實很慘，抓起毛巾沾了些水隨意擦洗，乾掉的泥巴緊緊沾黏皮膚，剝離時的觸感比沾到時更加噁心。隨後褪去早已看不清顏色的襯衫，以濕毛巾一一刮落手臂和頸部的泥土，再慢慢取下殘留的樹枝，仔細清除壓爛的毛蟲和蚯蚓屍體。

邱靜祈翹起嘴尖默默注視，直到我換上乾淨的黑襯衫才說：「那個塑膠布是充氣游泳池嗎？」

「是啊，充當浴缸。」

「什麼意思？」

「待在這裡不洗澡很痛苦吧，所以我買了浴缸——」

「那是泳池。」

真是愛計較的傢伙。

她的視線在充氣泳池和桶裝飲用水逡巡。

「你要我和小童用這東西洗澡？」

「不行嗎？」

「被你這變態看光我是無所謂，但我們到底要怎麼在雙手反綁的狀態下洗澡？」

「唔。」

「你該不會連這點都沒想到吧……」

「既然有辦法進食和飲水，總會有法子的。」

「進食和飲水只需要動嘴，你認為我們能咬起毛巾，泡水，擰乾，然後擦拭身體？」

「不行嗎？」

「好吧，我是知道有人辦得到啦……」邱靜祈冷笑一聲，搖搖頭說：「可惜的是，我和小童都辦不到，抱歉讓你失望了。」

「真傷腦筋。」賈泳池的錢就這麼浪費了，假設當時有和童韻伶討論，或許就能避開慘烈的金錢損失。

「……了。」

位於房間另一端的童韻伶，發出細小的聲音。

「妳說什麼？」

「……就可以了。」

還是聽不清楚，只得起身走向童韻伶。她微啟唇瓣，無神的雙眼空洞呆滯，閃爍著藝術家靈魂光輝的美麗眼眸，就這麼消失了。

「抱歉，能再說一次嗎？」

她這模樣讓人不禁想起梓涵，失去靈魂的神情近似幼童，讓人於心不忍，使我不自覺地放柔語調。

她呆愣半晌，低垂雙眼，說：「您幫我們擦洗就可以了。」

「我？」

「小童，妳知道自己在說什麼嗎？」

邱靜祈也聽懂她細小的話語了。童韻伶輕輕點頭，眼神依然空洞渙散，彷彿無法聚焦。我皺起眉頭，來回看向二人，認真思考完成此一艱難任務的可能性。

「喂！」邱靜祈突然大叫。

「幹嘛？」

「你那是什麼眼神？該不會正在想像我們的裸體吧！」

這傢伙的嘴巴真的越來越口無遮攔了。

「並沒有，我對妳們的肉體毫無興趣。」我瞪了她一眼，忍住再揍一拳的念頭。

「誰管你那麼多！如果要你幫我擦洗，還不如不洗！」

「那還真是幫了大忙。」

說實話，我不想接近這個女人，感覺一靠近就會被咬。

童韻伶默不作聲地挪動身軀，鐵椅發出喀嘰聲響。低垂雙眼的她，低頭打量自己身上半乾的衣物和沾染黃泥的小腿，噘起小嘴，泫然欲泣。

「我受不了了……」童韻伶的聲音弱如蚊蚋。「我想擦身體……太髒了，我不喜歡，我討厭髒……」

「小童！」

「我不要緊的……」

「重點不在於妳，重點在於這個變態！這傢伙絕對會侵犯妳——」

「我真的不要緊！」童韻伶齒列打顫，眼眶啣著淚水。「姊姊照顧好自己就行……我受不了了……」她的聲音越來越小，連站在附近的我都聽不清楚。邱靜祈緊皺眉頭，半張開嘴，啞口無言，凝視著童韻伶的神情，宛如母親初次面對兒女頂撞一般，萬分詫異。她斜瞪過來，眼中充滿憤恨。

童韻伶過去表現於外的，或許是大家閨秀兼藝術家，耀眼而光明的一面，現在則是有些叛逆、冷漠和消沉，深層而黑暗的一面。光明與黑暗，並無優劣，互為表裡。常有人將光明譬為正義，黑暗貶為惡徒，著實是愚蠢至極又太過簡單的二分法。二姊曾說，無光明，即無黑暗；無黑暗，亦無光明。兩者看似互斥，實乃相生相依，缺一不可。因此，光明並不絕對為正，黑暗亦非必然為負。

童韻伶此刻的模樣，或許是最自然、最真誠、最真實的一面。

新聞報導中，街坊鄰居對家暴者或殺人犯的人格描述，總會出現「平常對人冷漠」、「走在路上不會看人」、「見面不問好」等負面側寫；反之，意外罹難或因公殉職，尤其是貧窮的可憐人或優秀的高材生，街坊鄰居的評語多半是「對人很有禮貌」、「對大家都很好」、「平常很關心社區事務」等正面側寫。此些言論，無論正反評價，全是主觀臆測。一個人不會因為行事冷漠或舉止失禮而成為罪犯，也不會因為平常待人友善而死得可惜，這些說法全是片面的事實，卻在某程度上完全不真實，皆是套入既定的條件因果，以主觀角度結合抽象概念，嘗試拼湊不存在之事實的滑坡理論。

人類本就不純粹，豈能仰賴抽象的道德觀念和旁人的隻字片語，胡亂涵攝強作解釋。表現在外的自我是否為真，到頭來恐怕只有當事人自己才能明瞭；可惜的是，依據經驗法則，當事人自身往往也不明瞭。潛意識支配的外在行為，難以產生意識認知，正如我直到被人喊住才停止殘殺犬隻的舉動，外人是否真能透過此一片面情節，得知我當下的意念，得知「我之所以是我」的真實，或者藉此得知我的光明抑或黑暗面向。辦不到，也不必要，如同此刻的我，根本不願深究童韻伶的人格表現。

我點點頭，說：「好吧。」

「給我等一下！」邱靜祈揚聲大喊：「這個『好吧』是什麼意思？你該不會真的要幫小童擦洗身體吧？給我聽好，你要是敢碰小童一根汗毛，我就——喂，你這混蛋給我住手！」

無視邱靜祈的話語，我用拔釘槌扳開打進她座椅底部的釘子，連人帶椅地將她轉往反方向，面對空無一物的水泥牆，背對著童韻伶。調整位置的過程，儘管她不斷扭動身體、踢動雙足和高聲叫喊，卻沒造成有效的妨礙。拾回拔起的釘子，重新釘入椅子底部，再次完成拘束椅的最初配置。

「你這變態，你——」邱靜祈驀然停止叫喊，眼珠子骨溜溜地轉動，凝神諦聽。「誰在說話嗎？」

我停止動作，環顧四周，耳裡除了強風吹過縫隙發出的吁吁聲外，只剩豪雨劃過天際的嘩啦巨響。也許她聽見了不可能存在的亡靈呢喃吧，我不以為意，聳聳肩，來到童韻伶的身邊。

童韻伶嬌小瘦弱的身軀因為雨水沾黏和體溫下降的緣故，顯得更加柔弱，也更為可憐。她的髮絲緊貼臉頰，覆蓋額頭，亂糟糟的模樣，卻掩不住小小臉蛋的雪白無垢。我取出電動灌氣機，很快地用空氣填滿攜帶式的充氣游泳池，接著將兩大桶飲用水倒入乾淨的泳池。低頭俯視時，望向水落之處泛起的漣漪，和漾著水波的倒影之中，自己憔悴狼狽的可悲樣貌。

攤開一條全新的毛巾，沾水擰乾後，才想到一個重要的問題。

「那個……呃，童韻伶小姐。」

我對忍不住加上敬稱感到丟臉，身為拘禁者竟然還口吃，真是顏面掃地。

童韻伶對我的糗態毫無反應，抬起頭來，投來可憐兮兮的眼神。

「我是否應該幫妳脫下這身衣服？」

「是的，麻煩您了。」

咕嘟。清楚地聽見自己嚥下口水的聲音。對方同意的話就沒問題了吧？

「那就……」我伸出雙手，以極輕的力道，取下童韻伶那身條紋裝束的兩條細肩帶。她始終低著頭，像個洋娃娃，毫無抵抗。解開她胸前的背心鈕扣，我不禁怔住，頓時覺得自己特別愚蠢——她的雙手被束線帶綁於椅桿，根本無法抬舉臂膀，無論如何都不可能褪下衣物。

無可奈何的我，只能從她腰間掀起上衣。吹彈可破的白皙肌膚映入眼簾，有如湖面靜水的淺藍胸罩，呼應著她天真的氣質，相當可愛。純淨無瑕的胴體，令我不禁停下動作，兀自發愣。

「都脫掉吧，」童韻伶眨了眨眼，「全濕透了，感覺很噁心。」

再次嚥下不知積累多久的口水，猶豫半晌，才緩緩將手伸到她的背後，小心翼翼地解開胸罩的扣帶；一時間，細緻、小巧、渾圓的碗形乳房，以極難抗拒的存在感，強行佔據我的視線，剝奪我的呼吸。耐住性子，刻意不讓視線停留在乳房上，即便如此，腦中依然反覆重映那副可愛的外形；與此同時，我不自覺地在這身胴體上，看見記憶中另一道美麗的身影。甩甩頭，以工業用美工刀劃斷綁住她手腳的四條束線帶，輕柔地褪去她的連身短裙和七分袖上衣。雖說解放手腳會提升風險，考量童韻伶特別嬌小的身材，不至於成為威脅——至少我是這麼認為。

全身僅剩一條棉質白內褲的她，始終面無表情，毫無羞澀之情。

我擰乾毛巾，輕輕擦拭她完全暴露在外的嬌嫩肌膚。毛巾還沒髒，甚至還沒換過一次水，她已不動聲色地褪去僅存的內褲。

「等等，內褲不用脫……」

「不要緊的，這件也髒了。」

童韻伶維持著脫下內褲時，雙腳微微敞開的誘人姿勢。我因出手擦拭而蹲低身子，能夠清楚看見她雙腿間，稀疏恥毛無法遮掩的櫻紅秘部，外型一如她可愛的身軀，小巧而精緻，卻嬌嫩欲滴得讓人難以自拔，讓我不禁再次看愣了眼。

童韻伶雙頰微紅，「不繼續嗎？」

「沒有。什麼事也沒有，我馬上繼續。」

「您想看我的那裡？」她仍是一副毫不在意的模樣。

「不，沒有特別想，只是不小心——」

「可以的。」

「咦？」

她的指尖按上柔軟的瓣蕾，慢慢地，緩緩地向兩側撥開。我的視線完全被眼前的景致吸引，視野變得非常狹窄，幾乎只能看見她美麗的淺粉花蕾，正想要吞下唾沫，一道劇烈的衝擊敲中我的下顎。視線金光閃爍，大腦沉得像顆鐵球，瞬間失去了方向感。即使蹲低身子，搖晃不已的我再也無法維持平衡，重重地跪倒在地。

下一秒，來自背後的撞擊使我向前撲倒，鼻頭著地，劇烈的痛楚襲捲全身，頭部撞上角落的廢棄床板，伴隨著骨骼錯位般的劇痛，一時之間全身幾乎完全麻痺，無法動彈。

咬牙忍痛時，我才赫然察覺——

我，被攻擊了。

第七回　表裡：難以掌握的脈動

眼前一片漆黑。

雖然意識到遭受攻擊，一時間卻無力抵抗，身體沉得像背著沙袋，頸部、肩膀和腰臀都僵硬不已，連翻身都無比困難。可以確認的是，敲向下巴的衝擊來自童韻伶的右膝，至於後方……

「你這混蛋！」

伴隨尖銳的怒吼，某種堅硬的棍狀鐵桿重重地壓上我的側腹，發麻的骨骼和僵硬的肌肉起初毫無痛楚，沒多久，直達脊椎的劇痛才猛然襲上腦門。

啊啊啊啊——————！

大腦深受劇痛震撼，無法確定自己是否真有吼出聲來。側腹宛如長出一顆心臟，伴隨疼痛不斷躍動，像裝入全新電池的染血撲殺兔（Robbie the Rabbit），脫離掌控，瘋狂跳舞。

「你也會痛？那就痛死你！」

同一個位置再次遭受重擊。按理來說，身為長年遭受霸凌的絕對弱者，這點痛楚應該不足為懼——真是胡扯，但痛就是痛，哪可能痛久了就不痛。真好奇她是用什麼東西打的，居然痛得讓人無法思考。側翻過身，瞇起雙眼望向前方，只見雙手反綁椅上的邱靜祈俯視著我，彷彿神明睨視螻蟻般的人類一樣，蔑視的神情表露無遺。她所坐的椅子，一支椅腳正壓在我的肋骨上，基於重量和施力點等綜合要素，深深地陷進軀幹，她全身體重施加於同一定點。

正想怒吼，她竟快速站起身子，再重重坐下，隨即又是一陣撕裂般的劇痛。撐過最痛苦的時刻，我以右手推動椅腳，失去平衡的邱靜祈向後踉蹌，我抓準時機準備起身，赫然發現劇烈的疼痛讓上臂肌肉集體罷工，肉體無法遵從大腦指示，未能成功撐起上身，反而直接跌回地面。

——真難看，我竟然像條敗犬一般親吻大地。雖說男性敗給女性的情況並不罕見，但狼狽地撲倒的例子，恐怕少之又少，不禁對自己的疏忽感到無奈，也對此刻的無能為力感到可悲。真是可笑啊我，自以為殘殺犬隻與突破風暴便能成為非凡之人，卻輕易地被體重未達六十公斤的女人用鐵椅壓制在地，甚至斷了幾根肋骨；更可悲的是，所剩無幾的男人尊嚴，在臉皮緊貼著遍布塵埃的地面時，消失殆盡。這番恥辱，竟讓我感覺像母親溫暖的懷抱，瀰漫心頭的親切感，荒誕至極。

我果然瘋了，竟能在冰冷的地板與莫大的恥辱中，感受到未曾獲得的母愛。

「別小看人了！」

使勁一吼，用盡全力撐起身子，在邱靜祈準備再次重壓時使勁推開，讓她連人帶椅朝後跌去，綁於椅上、雙腳朝天、雙臂在後的模樣顯得相當可笑。尚未站直，來自背後的刺痛讓我嚇了一跳。全身赤裸的童韻伶，雙手握著我放在桌面的工業用美工刀，挺起不斷打顫的身軀，炯炯雙眸透露出堅毅的神色。她手中的美工刀柄沒有確實扣上螺旋鎖，容易在下刀時，使刀刃向後退回握柄。我不會好心出言提醒，畢竟此刻正在對峙，她是持刀方，我則是空手側，孰優孰劣，高下立判。

刀鋒沾染些許鮮血，顯然方才的刺痛，源於她的突刺。

要怪，只能怪沒有防範背後攻擊的自己。忍住嘆息，重新評估眼前情勢，可惜無論立於何種視角觀察，都能立刻得出「必敗無疑」的結論。我的刀子落入他人之手，束線帶也不在身邊，徒存一副手無縛雞之力的身軀，恐怕難以對抗手持美工刀的藝術家少女和綁在椅上卻靈活凶悍的潑辣狂氣女。倘若人生是場遊戲，幾秒之前絕對有個存檔點，若再給我一次機會，絕不會因好色而沉迷於童韻伶的肉體。

前有童韻伶的利刃，後有邱靜祈鐵椅，我則雙手空空。

既然如此，只能放眼四周，取之於環境。房間中央有張木桌，桌面擺有已開封的麵包與餅乾，桌邊有件沾滿泥巴、草葉和毛蟲的骯髒襯衫，不遠處的衣櫃旁，則有進房時留下的黑帽子和濕淋淋的防水風衣；室內那張原先應該精緻美麗的地毯，因年代久遠又遭到老鼠啃食，外觀早已嚴重破損；天花板有座毀壞大半的吊燈，數枚玻璃碎片散落於地，行走時必須留意；最深處的角落擺著一張加大雙人床，像個等待兩份祭品的獻祭臺，床上原有骯髒的棉被連同四顆發霉的枕頭，已全部用於強化窗戶的遮蔽和隔音效果。

冷不防瞥見床板角落，鏽到發紅的黑鐵撥火棒。

看似用於房內曾經有過卻已被填平的壁爐，仔細一想，或許是壁爐的煙囪管道的水泥沒有完全密封，才讓邱靜祈聽見彷若呢喃的怪異聲響。若能拿到那根撥火棒，便有反擊和壓制她們的機會。決定對策的同時，童韻伶朝我刺出一刀，發生得太突然，只能向後一跳勉強閃避，卻被旁側的邱靜祈以鐵椅狠狠衝撞；正轉身想將她踢開，又被童韻伶劃傷手肘，雖說傷口很淺，卻仍成功中止這道反擊。

沒想到以一對二竟是如此艱困的局面。

喘息之際，童韻伶從我身旁穿過，快速割開邱靜祈腿上的兩條束線帶，接著準備解放她綁在椅後的雙手。我連忙舉起身旁的鐵椅奮力投擲，突如其來的攻擊成功中斷童韻伶的行動，然而，雙腳恢復自由的邱靜祈已然成為最為難纏的大敵。雙手仍與鐵椅相連的邱靜祈，臉上充滿憤恨和殺氣，她的銳利視線讓人不敢想像下次倒地時的後果。

生於優渥環境的兩人，聯手帶來前所未有的壓迫感。這不是一對二的數量差距，而是固有、堅實、根本性的社會地位，結合肯定自身存在價值的自信，持續、無形、消極地發動攻擊，讓我充分明白，自己和她們是完全不同級別的人。

她們立於非凡，我則屬於平凡，這是出生時便已決定的既定地位，無從推翻，也無從抵抗。決意發起拘禁計畫的真正理由，正是為了挑戰這項抽象假說，可惜直至此刻，依然沒能確實得證。

實施拘禁，卻失敗了；亟欲復仇，也失敗了。最終卻落得這種下場，一事無成，一敗塗地。源於己心，盤據大腦的強意念，如今看來宛如異端邪說，不忍卒睹。

大姊提過，有位褒貶不一的臺大法學教授曾說：「學者的使命，是將異端邪說變成通說，然後離開人世。」據此，身體力行卻遭致失敗的我，究竟如何定義？負傷的我或許即將離開人世，平凡靈魂留下的最後假說，偕同未經證實的殘餘理論，終將埋沒於冷酷無情的萬千世界。平凡依然平凡，非凡仍舊非凡，劇烈的反動與激進的抵抗，無一例外地像卵石落水，漾起了漣漪，卻轉瞬止息。傷害梓涵的犯人終將逍遙法外，或許連我曾經嘗試復仇的徒勞之舉都將被人遺忘，冷漠的世界會一腳踢開平凡的我，全心全意地成就非凡之人應有的極致非凡。

「開什麼玩笑……」我緊咬的下唇痛得發麻，「你們這些該死的殺人者，無法無天的強姦犯……」

「你到底在說什麼！」邱靜祈大叫：「拘禁我們的是你！你這變態！人渣！」

剎那間，她連番咒罵的身影，讓人聯想到咬傷梓涵的黑狗，以及對我施暴的小黑。我高聲狂吼，向前猛撲，不知究竟是想撲向傷害梓涵的野狗、霸凌我的小黑，還是反綁椅上的邱靜祈，盲目的意志向三者發起攻勢，力量集中於上身，雙臂抱胸，側過身子朝邱靜祈直衝。

邱靜祈在攻擊抵達之前半蹲身子，再猛力站起，背後的鐵椅準確地敲中我的手肘，伴隨突如其來的衝擊力，我的身軀彷彿飛越跳箱一般摔了出去，後腦重重撞上冰冷的牆壁。

取回意識之前，雙手緊握美工刀的童韻伶向我突刺，我勉強向旁翻身，卻仍被刺進左臂。

「啊啊——」

左臂的傷口約有半根指頭長，深度則有兩節刀長，大約三公分。

童韻伶的力氣很小，無法造成更大的傷害；換作是我，雙手同時施力，應能在她肩上穿出一個大洞，很大的孔洞。

上次被人拿刀刺進身體是什麼時候？

※　※　※

五年前，同樣是颱風密集的夏季，但我永遠記得那天晴空萬里，澄澈的蒼穹沒有一絲灰暗的烏雲。

小黑和他的黨羽不知從哪抓來一名師呈國小的女生，外表看來應該是五或六年級，大概先被毆打好一陣子，才以橡膠水管綁於樹幹，任憑烈日啃蝕那身細緻的肌膚。

那年的我，是西澄國中一年級生，住在霧峰區曦鳶里的祟家大院，步行到校，專心聽講，認真讀書，乖乖寫作業，卻被小黑等人毫無理由地霸凌，日復一日，宛如例行公事。那天，為了執行小黑的命令，我蹺掉第四節課，翻牆外出，前往超商購買冰淇淋和汽水——當然是用我的零用錢。當時可用的零用錢極其微薄，甚至得向大姊撒嬌，才能拿到小黑要求的龐大金額。

買完足以塞滿大塑膠袋的冰品與汽水，返回校內，前往位於科學教育花圃最深處的集合地點，馬上與那名女孩對上視線。

見到我，小黑便大喊：「喂，東西買好了沒，衰鬼？」

我不敢說話，默不作聲地遞出塑膠袋。附帶一提，衰鬼這個綽號，是「祟鬼」的諧音。
小黑皺起眉毛，抬腿踢了過來，腳板扎扎實實地踢中我的下腹，右手一鬆，大塑膠袋隨即掉落在地。
「你這傢伙連袋子都拿不好！」
「我、我馬上撿……」
他的兩名跟班開始嘲笑我，並且輪流踢出腿來，我一邊承受踢擊，一邊將散落地面的冰品與汽水裝回袋內。小黑哼了一聲，使勁搶走袋子，取出最大的甜筒後，便將整個塑膠袋扔給另一名跟班。他的兩名跟班雖是我的同班同學，卻記不得名字，姑且先以甲乙代稱。
甲選了小美冰淇淋，乙則拿走巧克力雪糕，小黑吃完手中的巧克力甜筒冰淇淋後，霸佔了最後的香草甜筒冰淇淋。甲剛拆開封口，便瞪著我說：「居然沒湯匙！」
剎那間，我知道大難臨頭了。
「衰鬼，你幹嘛不拿湯匙？」
「我、我忘記了……」
事實上，我忘記的是自己究竟有沒有拿湯匙，而非承認忘記拿湯匙；然而，對小黑一行人來說，二者並無差別。甲揮拳重擊我的左頰，力道之大，讓人以為左半臉都要毀了。
乙從旁拉住甲，「湯匙在袋子裡啦！」
「啊？」甲放下拳頭，「真的假的？」
「真的。」乙將袋子扔給甲，甲掏挖半晌，取出一支木湯匙。
「什麼嘛，原來有拿。」甲哼笑一聲，抓住我的頭髮。「自己不說清楚，怪不了人，對吧？」
我連忙點頭，每次點頭，頭皮便受力拉扯。真疼。

小黑起初對這番鬧劇不感興趣，幾秒後卻猛然起身，板起臉孔走向我們。小黑天生有股迫人屈服的氣場，一個動作便讓甲乙二人重歸肅靜。小黑俯視跪在地上的我，眼中並無一絲憤怒，反而帶了些許憐憫。在小黑眼中，我究竟是什麼東西？是人，是狗，還是毫無意義的東西？

「喂，」小黑瞪著我，指向綁在樹旁的女孩。「那個傢伙沒東西吃。」

我瞥向那女孩，不解其意。

「你去餵她。」

「我沒有食物……」

「有啊，怎麼沒有。」小黑望向我的下半身，努了努下巴。「餵她吃你那根『冰棒』吧。」

甲和乙隨即哈哈大笑，彷彿小黑講出什麼笑話，我則呆愣原地，不清楚小黑究竟要我做什麼。雖然我並非不懂性方面的事，但年紀尚小，無法充分理解細節。

小黑瞇起雙眼，咧開嘴笑。「在這之前，你得先有冰棒。」

甲和乙爆出大笑，隨即牢牢扣住我的手腳。我不明白僅憑冰棒二字，他們究竟如何理解指示內容，但甲和乙總是能參透小黑的真意。乙扯下我的制服長褲，甲則將我的四角內褲拉至膝蓋邊緣。站在一旁的小黑注視著我的下體，挑起右眉，從掉落地面的塑膠袋中取出一瓶可樂，一口喝下兩成左右的量。

「啊～好冰，真好喝！」

小黑取出剪刀，沿著保特瓶的瓶頸剪切，動作雖然笨拙，卻相當迅速，很快地裁出充滿鋸齒的開口。

「拉過來。」

命令一出，甲乙立即將我拖向小黑。

炎熱的夏日，沐浴於嘹亮的蟬鳴，小黑抓住我的脖子，讓人難以呼吸。

「衰鬼，我現在要做冰棒，可以嗎？」
「……唔。」
小黑勒得更緊了，「可、以、嗎？」
「可、可以！」
「很好。」
下一秒，小黑揪住我的陰莖，塞進瓶口，浸於冰冷的可樂中。
「啊啊啊啊————！」
突如其來的凍寒和刺痛，讓我發出羞恥不已的慘叫，小黑等人卻捧腹大笑。然而，受到酷刑般的折磨，下體不僅沒有嚴重傷害，反而無視鋸齒的痛楚與令人難耐的凍寒，變得堅硬，高高立起。
「勃起了！」甲用力拍打乙的肩膀，指向我的下體發笑。
「量身訂做的冰棒準備好了。」小黑望向樹邊的女孩，「妳等很久了吧？」
「沒、沒有，我不——」
啪的一聲，響亮的巴掌打上小小的鵝蛋臉，女孩的左頰瞬間腫得像塞滿棉花的粉紅香包。
小黑朝我喊道：「餵她吃！」
「可是……」
小黑一拳打上我的肚子，「不是準備好了嗎？還不快去餵她吃！」
「嗯……」甲蹲下來，仔細端詳我的下體。「再不快點，冰棒就要融化了。」
乙搗著嘴笑，「那就得重新製作了呢。」
籠罩於腦海的恐懼，原先高高挺立的陽具竟已開始垂萎。除了家中的女性外，我對性的理解多半來自網路，明白自己天生渴望女體，也明白受到視覺和觸覺的刺激將會有所反應，眼前的狀況卻令人戰慄，承受著恐懼、驚慌和自我懷疑等情緒，臨時激發的性興奮根本難以維持。

小黑搖搖頭，嘆了口氣。「沒辦法，只好再做一次冰棒了。」

「好咧！」甲將可樂瓶遞給小黑。

「等、等一下，」我鼓起勇氣說：「我自己可以……」

「你可以？說這什麼鬼話，我才不想看你手淫！」小黑皺著眉頭遲疑半晌，突然揚起嘴角。「莫非你的意思是需要一點『配菜』（おかず）？」

小黑走向動彈不得的女孩，扯下她的白色制服，掀起底下的棉質內衣，任由那對光滑小巧、些微起伏的平坦胸脯，赤裸裸地暴露於烈日之下。

「想不到這麼沒料，真讓人失望。」

小黑哼笑一聲，用食指輕彈女孩幾近無色的櫻粉乳尖。面對這番侮辱，女孩滿臉通紅，眼眶的淚水滾滾滑落，無聲地哭泣。

「唉，衰鬼看見妳的裸體，根本不覺得興奮嘛。」小黑咂了咂嘴，「連這麼變態的人都對妳沒興趣，身為女人還有什麼價值？」

「嗚嗚嗚……嗚哇……」女孩再也按捺不住地嚎啕大哭。

「衰鬼，你把人家惹哭了啦！」

「不、不是我……」

「廢話少說！」小黑揍來一拳。

甲從旁遞出第二瓶冰可樂，「不如再用一次可樂？」

「也只能這樣了。」

小黑再次將我的下體泡入冰可樂，難以忍受的急凍讓我險些昏厥。詭異的是，不知出於何種原理，冰冷給予的興奮反應，遠比看見女孩的嬌嫩胴體時更加明顯，不消幾秒，便恢複數分鐘前的堅硬挺立。

「好了，去餵她吧。」

耳中聽聞指令，我卻立定不前，不肯行動。

甲嘆了口氣，與乙交換眼神，合力將我架上前去。小黑嘻笑著為女孩鬆綁，隨後揪住她的頭髮，踢出一腳，令其跪倒在地；女孩才剛跪下，小黑不知從何取出一條束線帶，將她細瘦的雙手束於身後，接著以橡膠水管將她的右腳綁回樹幹，熟練的動作讓人深感恐懼。

甲在我身後使勁一推，高高挺起的陽具就這麼來到女孩面前。

女孩瞪大雙眼，緊皺眉宇，扭動身軀劇烈掙扎，可惜的是，她並未受縛的左腳雖有少許活動空間，卻無法順利挪動位置。

小黑拉住她的頭髮，說：「快給我吃！」

女孩渾身打顫，雙唇緊閉，不願張嘴。小黑皺眉咂舌，搧出一記巴掌，震耳欲聾的聲響宛如打碎了下顎，駭人至極。

「吃！」

女孩不斷哭泣，我裸露的下體甚至能感覺到她鼻間呼出的熱氣，基於緊張和恐懼等情緒，才沒幾秒，立起的陰莖逐漸消萎，卻直接碰上女孩柔軟的唇瓣。

「啊……嗚！」

女孩圓睜雙眼向後挪動，怯生生地縮起雙肩，微微發顫。

小黑取出一把鋒利的蝴蝶刀，飛快劃向我的大腿，傷口雖然不深，卻痛得讓人雙腿癱軟，我得忍住疼痛，才能勉強撐住身子。

「這麼簡單的事情到底要搞多久！莫名其妙！」

小黑狠瞪著我，隨即扔下蝴蝶刀，拉住女孩的長髮向後猛扯，即使雙頰掛著兩行淚水，她卻闔緊小嘴，毫不動搖。小黑以空出的左手揍了女孩一拳，顯然沒有控制力道，看來真的忍無可忍了；女孩的鼻子腫得通紅，左邊鼻孔慢慢流出血絲，卻怎麼也不肯張嘴。

面對女孩堅強的韌性，小黑無可奈何地大嘆口氣，伸出左手，拇指和食指呈V字形張開，像個鉗子一般扣住女孩的雙頰，全力擰捏脆弱的頰窩。再怎麼有毅力的人，都無法違抗生物構造的先天弱點，幾秒之後，耐不住疼痛的女孩終究張開了嘴。

微微張開的溫熱唇瓣，距離我的下體僅剩幾公分距離。

「吃！」

女孩依然不肯移動，小小的嘴因小黑逐漸增強的力道而大大敞開。

右方，是小黑怒目瞪視的駭人表情；前方，則是年幼女孩因痛苦而瞇起雙眼，淚流滿面卻只能承受暴力的可悲模樣。背脊襲來一股寒意，未知的本能反應使我對眼前過於荒淫的場面感到畏懼，儘管常被小黑霸凌，但牽涉到性攻擊的行為，這還是頭一次。大腦不斷發出警訊，告訴自己此刻的行為將產生嚴重的後果，必須獨自承擔。

大姊曾說，即便是遭受欺壓的一方，因而實施的不法行為，其結果終將歸屬於己；行為之人，即為咎責之人。體內億萬細胞不斷發出警訊，警示著此刻浮現眼前，必將通往末日煉獄的黑暗選項，陷入混亂的大腦已無法保持冷靜。光是想像進入女孩口腔的溫熱觸感，興奮程度已遠遠超過浸泡於冰可樂和目睹女孩胸脯之時，剎那間，理性的自我不再由大腦控制，受到腎上腺素作用影響，我用難以想像的力量掙脫了甲乙的束縛。

小黑被我突如其來的反抗震懾住，甲和乙正準備出手，我卻快了一步，揪住女孩的頭，將堅挺的性器撞入她的小嘴。女孩嚇得渾身發抖，不斷扭頭掙扎，喉嚨深處的振動、不斷分泌的唾液和溫暖柔嫩的口腔，讓我腦袋一片空白，難以罷手。

小黑笑出眼淚，「看見沒有，衰鬼這傢伙果然是個變態！」甲乙紛紛上前拍我的肩，彷彿某種值得誇讚的豐功偉業。期間，我只是不斷搖擺身軀，讓奇異的感覺瀰漫腦海，佔據心靈。

「笑死人了，哈哈哈！」小黑搓著我的頭，「令人刮目相看！」

「喂，別太享受了啊！」

甲上前拉了一把，卻被我猛地推開。不知出於何種理由，此刻心裡對小黑等人的恐懼已然消失殆盡，專注地沉溺於自身的歡愉，享受著女孩泫然欲泣的表情和溫暖濕潤的口腔。

身軀熱得發燙，每滴汗水無不源於劇烈的活塞運動，肉體逐步支配大腦，感官無暇顧及其他，意識正在渙散，再也無法感知外界的一切，抵達歡愉的最高點時，眼前泛起一陣朦朧的炫白，腰間與臀部痙攣似地狂顫，將積累數年的恐懼與凝聚膨脹的狂喜注入女孩口腔的最深處。

不斷擴散的暈眩感讓我站不住腳，無法支撐體重，雙腳癱軟，膝蓋重重地跌在地上。女孩不斷咳嗽，嘗試嘔出嘴裡的乳白液體，卻徒勞無功；無論咳了多久，咳多用力，彰顯慾望的精液始終遺留在她的喉中。

「吞下去了？全吞了？我的王母娘娘，這女的也太猛了吧！」小黑抓住女孩的頭髮，哈哈大笑。

此時的我毫不在乎小黑的冷嘲熱諷，凝視著痛苦的女孩，心底卻湧起沒能滿足的異常慾望。

課堂鐘聲驟然響起，小黑等人丟下衣裝不整的我們，離開西澄國中最晦暗的角落，步入豔陽照耀的正常世界。或許，自那時起，我便成為荒誕異域的黑暗住民。或許，將白濁的精液注入女孩口腔的瞬間，便明白自己永遠無法成為對任何人而言，不可或缺、無可取代、舉足輕重的人，終究無法抵抗平凡的宿命，勢必將以凡俗之姿黯淡地死去。深刻領悟這番道理後，我向前跨出步伐，緊緊抱住眼前的可憐女孩，或許為了抑制心中可悲的念頭，我不自覺地輕咬她的肩頭，同時慢慢褪去她桃紅色的棉質內褲。

薄薄的布料底下，是作惡多端的小黑不曾沾染的神祕領域。

感受著女孩恰到好處的體溫，輕柔地撫摸她的身軀，闔上雙眼，沉溺於濃郁甜膩的美好感覺。短暫逃離殘酷的現實，緩慢汲取生存的意志，將她擁入懷中，力道之大，彷彿能夠將她一把勒死。強硬進入的陰莖被棉花般的柔嫩觸感牢牢揪住，一邊聆聽她的啜泣，一邊獨佔她炙熱的體溫，逐步加快的動作驟然停止之時，澈底蹂躪了她僅存的薄弱意志。

腿上那道小黑劃出的刀傷，被我忘得一乾二淨。

印象中，是回到家後聽見梓涵的尖叫，才赫然想起這道傷口。那時，大姊用雙氧水與碘酒替我消毒，理當疼得打滾的劇烈痛楚，竟被貪圖女性肉體伴隨的莫大歡愉完美掩蓋。

或許，無法控制的慾望，足以讓人忘卻身心的苦痛。

※ ※ ※

童韻伶劃在我左臂的傷口比當年小黑刺得更深。

她撐起膝蓋向前爬行，似乎想要解開邱靜祈手腕上的束線帶，卻被我一把攫住腳踝，動彈不得。童韻伶驚叫一聲，胡亂揮舞美工刀，在我右腕畫出一道傷口，疼痛讓我鬆開了右手，說時遲，那時快，我在鬆手之際立刻伸出左手，準確地揪住她柔軟的臀部，成功阻止兩人拉近距離。

雙人合作最大的問題在於工作分配，彼此意念未必相合，行動時總會產生衝突，讓我獲得可乘之機。

邱靜祈閃到我面前，將全身體重施加於鐵椅，以仰躺之姿壓上我的背部，難以忍受的痛楚襲上大腦，童韻伶同時踢動雙腿，掙脫了我的束縛。還來不及思考如何應對，壓在我身上的邱靜祈用腳交互重踏我的大腿後側，由於是容易感覺痛楚的脆弱部位，成功使我失去反擊的良機，讓童韻伶順利脫離險境。

童韻伶抓取美工刀，準確地切斷綁住邱靜祈手腕的束線帶。這個瞬間，我身為拘禁者的優勢地位澈底消滅，轉而成為弱勢的一方。邱靜祈將我牢牢壓制在地，眼下動彈不得的狀態幾乎形同受縛。重獲自由的邱靜祈，舉起鐵椅向下猛砸，毫不間斷，接連重複；每砸一回，我的意識便遠離一吋。

童韻伶則抓準時機，穿回置於桌面的衣物。

此刻，心裡的某個角落正渴望著意識消滅，潛意識也渴求著死亡。死亡，是接近梓涵的一種手段，不只能夠離開殘酷的世界，更能擺脫平凡人生的悲慘，獲得真正意義的「自由」。或許在擬定拘禁計畫時，潛意識便預期了失敗，渴望著死亡。

意識逐漸模糊，眼前一片霧白，白得刺眼炫目。朦朧之間，依稀看見梓涵可愛動人的臉蛋，穿著樸素的純白連身裙，朝我漾起燦爛的笑靨，下一秒，腦海浮現出她被四名男子架上床鋪，張開雙腿的殘忍景象。

佔據視野的灰白，轉瞬化作血紅，無止盡地暈散開來。

「妳們這些該死的傢伙——！」

咬緊牙關，費盡全身之力，撐起遭到壓制的身軀。大吃一驚的邱靜祈猛然揮下鐵椅，我的背部扎扎實實地吃下這記痛打，卻絲毫不覺得疼；或許是腎上腺素的功勞，又或者感覺全已麻木，我的身姿穩如泰山，慢慢轉過頭去。

面對瞪大雙眼的邱靜祈，我揚起嘴角，齒間逸出炙熱的氣息。

「憑著美工刀和破鐵椅就想挑戰萬魔殿的神？妳們的家人怎麼對待梓涵，我就怎麼對待妳們！」

我握緊雙拳，向前衝刺，撞開正要舉起鐵椅的邱靜祈，趁她步伐踉蹌時躍起身子，撲向廢棄的床板。那裡擺著為我量身訂做的神兵利器，宛如抓住潘朵拉寶盒中最後的希望，緊握夢寐以求的鏽鐵撥火棒。

「哈哈哈哈哈！」

高高舉起撥火棒，左揮右擺，逐漸適應它的重量。

撥火棒約莫一臂之長，重量與一柄長傘差不多，重心非常穩，揮舞起來格外順手；鐵棒前端有個指爪般的小鉤子，頂端則有狀似長矛的尖銳刺頭，能攻能守，儼然是最佳的反擊利器。雖不明白六〇年代的旅館客房為何存在此物，也不明白位於三芝區的深山旅館為何需要壁爐，卻由衷感謝做此決定之人；沒有他，就沒有黑鐵撥火棒，更沒有此刻的重要轉捩點。

我朝邱靜祈揮出撥火棒，鏗鏘一響，鐵棒撞上鐵椅，隨後一次又一次地揮舞，不斷擊打她手裡的鐵椅。即使是個性外向的邱靜祈，力量終究比不過我，必須用上雙手才能勉強擋住接連襲來的攻擊，而我僅憑單臂之力，便完美地駕馭這柄神兵利器。

數十秒內，我已成功壓制邱靜祈，取回優勢地位。

童韻伶朝我小跑而來，手裡的美工刀依然沒有扣上螺旋鎖。我將重心挪向左腳，藉由身軀轉動的作用力揮出撥火棒，她被突如其來的攻擊嚇了一跳，緊急停止奔跑，卻絆到自己的腳，狼狽地撲倒在地。我舉起撥火棒，準備朝她的後腦揮落，邱靜祈突然擲出鐵椅，擊中我的右臂。

很痛，很疼，我的五根手指卻仍緊握著撥火棒，死也不肯放下最後的浮木。眼前的兩名少女，不再是被我拘禁的受害者，而是等待制裁、不知悔改的罪人，手中這柄滿是鏽鐵的撥火棒，就是我的正義鐵鎚。

「你居然打算敲小童的頭！」邱靜祈瞪大雙眼，大口喘氣。「你想殺了我們嗎？」

「閉嘴……」

「你這神經病！想死的話就自己去死！你要留在這裡也好，死在這裡也好，不關我的事。」邱靜祈覷起雙眼，舉起鐵椅。「但如果你打算傷害小童，我會跟你拚命，拚個你死我活！」

我眨眨眼，呆愣半晌，隨即咧開大嘴放聲大笑。

「你死我活？妳們必須為梓涵的死付出代價！是妳們不肯乖乖服從，配合我的計畫──」

「你這神經病拘禁這麼多天，之後還打算拘禁小童，竟敢說自己不想傷害我們！你根本就不在乎死去的妹妹，那只是你的藉口！你才是最該付出代價的人！」

「閉嘴！」

「開口閉口叫人閉嘴，連道理都講不通的傢伙果然是廢物！」

「叫妳閉嘴了……」

「去死吧！」

我發狂似地揮舞黑鐵撥火棒，左、右、左、右、右、右、中、中、中、左，毫無規律，任憑己意。邱靜祈勉強接下這陣敲打，即便吃力，卻未漏掉任何一擊；漏了一擊，就會死。童韻伶起身後，利用助跑強化天生弱小的力氣，朝我側腹揮出一刀。黑色襯衫使我無法看清出血狀況，只能透過痛覺，判斷大量血液正汩汨流出的現狀。

我因疼痛停止攻勢，後退幾步，摀住腰腹的傷口。

邱靜祈猛然揮出鐵椅，直接打在我臉上。鼻子恐怕斷了。

「去死吧，人渣！」

邱靜祈舉起鐵椅時，我揚起右手，以撥火棒的尖鉤扣住她的小腿肚，快速收回手臂，將她扯倒在地。砰地一聲，沉重的鐵椅反過來砸在她自己臉上。

童韻伶再次劃出美工刀，我用撥火棒堅硬的桿體擋下，鋼鐵碰撞的強大反作用力使美工刀片向後退去，鋒利的刀刃劃傷她春蔥般的細指。童韻伶並未確實扣住螺旋鎖的小小疏忽，在這緊要關頭救了我一命。我揪住她細瘦的手腕，以撥火棒的握柄敲擊她的手背，使其疼得大叫，鬆開手中的美工刀。

我毫不留情地橫揮撥火棒，直接擊中她的左臉。

僅此一擊，便讓尖銳的叫喊戛然而止。童韻伶全身癱軟，好似一具斷線的人偶，側倒在地。

彎腰拾起美工刀，收起刀片並確實安上螺旋鎖。我走向邱靜祈，跨坐在她身上，朝著頭顱猛揮撥火棒，一擊，一擊，又一擊，起初她還會揚聲尖叫，最後僅剩微弱的一絲呻吟。望向撥火棒的矛尖，腦中浮現中世紀獵殺魔女的經典極刑，想像著由二人的秘部瓣蕾貫穿至喉頭的血腥畫面。

起身俯視恰好躺成九十度角的邱靜祈與童韻伶，不禁陷入沉默。

復仇的手段很多，讓她們痛快死去雖非本意，倒也不失風度。

砰！來自旁處的聲響敲擊耳膜，霎時，隱約感覺肚子開了個孔。

極近距離的槍擊直接打穿我的腹部，回過頭去，看見敞開的木門外佇立著背光的人影。

那人宛如死神，藏於黑暗，無法勾勒形影。

「記得我嗎？」門口的死神喀喀竊笑，「就算不記得我，也該記得『這個』吧？」

門外之人擲出浮現銀光的不明物體，尖銳的利刃不偏不倚地刺進我的左大腿。

那是一把蝴蝶刀，極為精緻，分外眼熟，是柄令人難忘的隨身小刀。

那是專屬於陸彩璃，美麗而致命的代表性武器

第八回　詮釋：拼湊真實的殘瓦

我拔出刺進大腿的蝴蝶刀，清晰可見的傷口汩汩湧出鮮血。

「陸彩璃……」

「哇嗚！你居然記得我的名字，真是太榮幸了！那我就放你一馬吧——你作夢，哈哈！」

「妳是來救人的嗎？」

「你真的很可愛，從哪生出這麼多有趣的想法。」陸彩璃乾淨亮麗的身影，對比房內三人的慘狀，顯得格外諷刺。「你倒是說說看，我為什麼要救她們？」

「妳們不是好朋友嗎？」

「就說你很可愛了，再繼續賣萌，是打算把我活活萌死不成？」陸彩璃摀著嘴巴咯咯發笑，甩起手中的銀色左輪手槍。「你也知道，我從頭到尾只關心一個人。」

「妳是指禮杏嗎……」

砰！左輪槍的子彈貫穿我的右肩。

「誰准你叫得那麼親密？」

我顫抖的右腕逐漸握不住黑鐵撥火棒，起先認為恰到好處的重量，此時竟然變得沉重無比。陸彩璃瞄向鐵棒，挑起左眉，揚起嘴角哼笑一聲，甩動掌間的手槍，嘲笑我倆顯著的武力差距。

火器與冷兵器；顛覆現代歷史的是火器，稱霸地表最久的卻是冷兵器。她的蝴蝶刀也是一種冷兵器，此時雖已落入我手，持有左輪槍的她根本不在乎這柄小刀。一槍在手，勝券在握，這是十六世紀後難以動搖的鐵律。想當初，中南美洲兩大帝國正是被騎著馬的西班牙火槍手擊潰，我孤身一人，如何對抗陸彩璃手中精緻又精準的左輪手槍。

撇除童韻伶和邱靜祈帶來的外傷，我的腹部和右肩皆已中彈，即使想要掙扎，也力不從心。

「莫非你在評估勝算？你以為我會放任自己身陷險境？別傻了，看看四周吧！」

環顧室內，地上躺著動也不動的邱靜祈和童韻伶，角落的床板對面，亦即我的身後有座比人還高，卻沒有門的木製衣櫃。

「我指的是窗外，你這白癡！」

我聳聳肩，一邊思考抓準時機朝陸彩璃猛衝的可能性，一邊拖著腳步前往窗口，向外張望。狂風暴雨依然凶猛，旅館前的空地停著三輛黑色轎車，看不清廠牌與型號，單從精緻華美的外型猜測，應是貴得嚇人的高級名車。大雨中，數名身穿西裝的男人正在待命，稍遠之處更有兩名男子嘗試打破我的車窗，似乎想要入內搜索。

平價親民的納智捷在他們眼裡，或許只是路邊攤的雜牌貨，卻是我無可比擬的愛車，光是打破窗戶便已讓人萌生殺意，竟然還刺破輪胎，簡直畜生不如。

「抱歉，是我下令砸爛你的破車。」陸彩璃的表情毫無歉意，「舊成那樣的爛車停在荒郊野外，被人當成垃圾也是情有可原。喂，我替你做了件好事呢！設想，這種深山會有垃圾場嗎？沒有嘛！所以就由我們幫你處理囉！」

「真是滿嘴鬼話的婊子。」

「唉呀，真抱歉，我雖然『喜歡』婊子，卻不想當婊子。」

陸彩璃來到邱靜祈和童韻伶身邊，站在兩人腳尖最接近中間的位置，倘若由上往下俯視，以門口為午夜零時，三個女人恰好呈現九點整的樣態，化為奇妙的人體時鐘——真是不折不扣的「生理」時鐘。我果然是祟家的一員，唯有極端瘋狂的詛咒血脈，才能在最致命的危急時刻萌生這種玩笑。這不是逞強，而是發自內心的直觀思緒，毫無預警，難以抗拒。某層面言，我與二姊最為相似，面對任何困境都能冷靜自若，甚至笑顏以對——當然，二姊是神一般的存在，我不過是劣等的偽物罷了。

陸彩璃以腳下的紫紅色包頭鞋踢了邱靜祈的頭，起初小心翼翼地試踢兩腳，隨後便加強力道，接連踹出十多腳。她雙手抱胸，低聲沉吟，似乎對紋絲不動的目標深感不滿。

「真沒用，這麼快就不行了。」

她悶哼一聲，側過身子，以鞋頭輕輕頂著童韻伶的頭顱。不同於邱靜祈，童韻伶微蹙眉宇，發出蚊蚋般細微的呻吟，看來尚且存活，仍在呼吸，也有心跳。

陸彩璃揚起嘴角，牙齒乍顯而出，旋即又斂起笑靨，回歸肅穆。她細緻的表情轉變讓人驚詫，那一瞬間，她絕對笑了，面對頗有交情的四大家族子嗣，認知到她們苟延殘喘、一息尚存的事實，萌生莫可名狀的病態情感，誠實地反應於五官，漾起一抹微笑。我看不出陸彩璃對二人的死活有何想法，對於險些擊殺她們的我並無任何譴責，朝我開的那一槍，恐怕只是懲罰我提及禮杏時太過親暱的稱呼。

陸彩璃是九降禮杏的摯友——至少禮杏是這麼認為，陸彩璃有無將她視為閨密，不得而知。

「喂。」陸彩璃俯視著童韻伶，臉上的笑容越發燦爛，也越發嚇人。「你給我過來。」

「為什麼？」

她舉起手槍，「叫你來就來！」

受到致命的脅迫，也只能照辦。對方手中有槍，沒有受過訓練的我，根本不曉得該如何反擊。

「喂，」她朝我伸手，「把我的愛刀還來。」

我咂了咂嘴，「既然是愛刀，就別亂扔。」

她舉起手槍，槍口對準我的臉。「現在、立刻、馬上還來。」

真是個性有夠乖僻的傢伙。

儘管感到抗拒，我卻非常明白，這把蝴蝶刀本就是她的物品，對方手中甚至有槍，根本沒有選擇的餘地。選擇餘地，對於活在自由社會的我來說，是個稀鬆平常的事物，唯有自由遭人剝奪的此刻，才真正體會其可貴之處。自由是個縱使存在也只能「享有」的概念，無法感知、無法掌握、無法強求之物，根本不可能真正「擁有」，然而依然能夠剝奪。

此時的我，自由意志受到脅迫壓制，只能乖乖交出精緻的蝴蝶刀。

陸彩璃接過手後，唰的一聲旋轉刀子，帥氣地收入刀柄。

「喂！」這傢伙每次都用「喂」字喊我，真沒教養。「你剛才不是要殺她們嗎？」

我皺起眉頭，正猶豫著如何回答，她便咧嘴一笑。

「去殺吧。我准許你殺死她們。」

「抱歉，就算沒有妳的准許，我想殺的時候——」

陸彩璃的左輪槍柄擊上我的額頭，下意識想揮出撥火棒反擊，她卻立即舉槍對準我的眉心，讓我毫無反抗餘地，只能恨恨咬牙，放下手臂。她自始至終沒有叫我扔下撥火棒，如此奸詐、如此難纏的傢伙，絕不可能隨便放棄優勢，只能猜想另有安排，別有目的。

陸彩璃努努下巴，俯視躺於地板，因為痛苦而睜不開眼的童韻伶。

「敲她！」

果然另有安排！

遲疑的瞬間，她的槍托再次敲上我的額頭。同一個位置，同一種攻擊，疼痛程度指數上升，正欲張嘴大吼，槍口再次指向我的眉心。陸彩璃輕嘆口氣，飛快甩出蝴蝶刀。披著一頭長髮的她，左手持刀，右手握槍，平舉臂膀的帥氣姿態，像極了電影裡身材姣好的特務。

「再不聽話，我就切開你的喉嚨，讓你苟延殘喘幾分鐘，再開槍打爛你的下體，讓你在地獄般的劇痛中黯然死去。」

「順序錯了吧。」我聳聳左肩，撇撇嘴。「應該先打下體，放著讓我痛一陣子，再切開喉嚨，擺著等死。再怎麼說，喉嚨被切開後大概很難感受其他痛覺。」

「有道理，」陸彩璃搖晃槍口，「那就快動手吧。」

低頭望向平躺在地，痛得扭曲五官的童韻伶，腦海不禁浮現她在畫廊時的靦腆笑容，以及見我流淚而慌亂手腳的淘氣模樣。打從心底不想讓她死——這種說詞應該沒人相信，畢竟不久前才用撥火棒打她的臉。我的確沒有想殺她們的念頭，或許是沒辦法「想像」讓她們死去的景象，計畫藍圖自始至終只有拘束與監禁，換言之，絲毫沒有性侵、勒贖、凌虐或殘殺的想法，既不認為自己會做，也不認為該這麼做。

大姊曾說，犯罪者不一定得對無法預見或並未計畫的結果負責，我不記得附帶哪些條件，畢竟大姊總是以「法律並非處理問題的最佳工具」的說詞，拒絕詳述，只能自行領略。我粗淺的理解是，既然原訂計畫沒有殺害她們的打算，也沒預想她們可能會死的狀況，最終的裁判會認為我「不見得」該負這些責任。總覺得這種思維很危險，容易讓犯罪者逍遙法外。這些女孩遭受我的拘禁，身陷無法以自由意志控制風險的狀態，她們的死，無論如何也是我的責任。

說到底，就是我不願給她們最後一擊。

身為祟家成員，心底必定存有瘋狂的基因，我或許已展現出相應的行為表徵，只是主觀無法確認罷了。詛咒般的瘋狂將招致何種結局，無人知曉，唯獨明白一事，若在陸彩璃的脅迫下殺害童韻伶，便違背了身為祟家成員的尊嚴與底線。

依循自由意志的瘋狂，才是屬於我們的瘋狂；不該任由他人決定，必須出於己心，源於己意；這是二姊說的，她不只是祟家的真理核心，也曾是最接近瘋狂的人。我此刻的意志便是不下殺手，這道意念，將受子彈和刀刃的殘酷檢驗。

「我不要。」

「什麼？」陸彩璃瞪大雙眼，「你說不要？」

「沒錯。」

陸彩璃揮出蝴蝶刀，刀刃劃過我的右胸，傷口不大，仍淌出鮮血。我忍受痛楚，皺起眉頭，咬緊牙關，思考自己到底是哪根筋不對，居然寧可受傷也想袒護童韻伶。

「真是不聽話的傀儡。」陸彩璃搖搖頭，「虧我特別看好你呢，想不到竟然這麼沒用。」

她曲起拇指，扳動手槍擊錘，只待扣動扳機便能送我速死。槍械最大的好處就是痛快，準星對了，必定痛快。陸彩璃的槍口不偏不倚地瞄向我的眉心，無可奈何也無法抵抗，只好闔上雙眼，靜候即將到來的死亡。自古人類皆怕死，越有權勢就越怕死，越是非凡就越恐懼，能失去的東西太多，當然萬分恐懼；平凡之人如我，弱小、庸俗又無能，並未真正擁有什麼，也就沒有可以失去的東西，當然不畏死亡，甚至誠摯地歡迎美好的永眠。

不久前還以為自己將會死於狂風暴雨，拚命求生，現在卻無法理解數小時前為何活得如此辛苦，終究是殊途同歸，不如輕鬆、慵懶、散漫地死去。

兩名祟家成員正在享受著死亡的恩賜，她們卻無法與我分享死後的體驗。死亡便是虛無，空蕩蕩的什麼也沒有，正因空無一物，眼睛緊闔便能輕易想像死後應有的光景。那是一種幸福，永恆的沉眠與無盡的安息，不再心煩，不受苦痛，安安靜靜地享受恆久不絕的寧靜時間。我相信但丁的《神曲》，不只天堂，地獄也必定存在，而且確定自己將會墜落該處，受盡折磨，以償罪惡；但一如美麗的史詩，縱然落入地獄，歷經嚴酷的考驗後亦將越過煉獄，在今生摯愛的引領下抵達天堂。

美麗的故事常是空洞的幻想，正如我腦中想像的美好死亡，終究只是空想。現實中，我將死於陸彩璃之手，死於貫穿頭蓋骨的金屬子彈。

咚咚咚——咚咚——咚咚咚——

身旁的牆壁傳來清晰的敲擊聲。

陸彩璃挑起左眉，揚起嘴角，我則撇過臉去，無視她洋洋得意的表情。

「不管什麼時候，你總是她心中的第一名。」

陸彩璃咧開嘴笑，輕輕揮動手槍，要我朝著聲響的方向前進。她與我並肩而行，雖然沒有放下手槍，身段卻優雅得像準備跳交際舞的貴客。傳出聲響的那面牆壁，擺著一座沒有外門的木製衣櫃，裡頭除了我隨手扔在角落的帽子和大衣外，空空如也，就連理當存在的夾層或鐵桿，都消失得無影無蹤。

「你也真夠狡猾。」她摀著嘴竊笑，「狡猾，但很天真，天真到愚蠢的程度。」

她瞄向衣櫃內側的木板，哼出鼻息，抬起腿來猛力一踢，直接踹破那塊薄薄的木板，定睛一瞧，那是一扇藏於衣櫃的板形內門，此刻已然傾倒，通往密室的道路赫然開通。隱密的房間陰暗無光，僅能憑藉外頭映入的微弱明光，勉強看清裡頭之物。

映入眼簾的是高展雙臂，手腕牢牢綑綁於曬衣架上，披散長髮的消瘦少女。
懸在半空的少女身下，可以看見蹬出紫血的腳跟，想必突如其來的敲擊聲響，正是源自這雙美麗無瑕的腿。憔悴的女孩抬起頭，很慢，慢得宛如頂起千斤之重。她的眼眶含著淚水，微微瞇起的雙眼尚未適應光明，美麗晶亮的瞳孔沒有一絲怨懟。
這是我四十一天以來，首次迎上九降禮杏的眼眸。

※　※　※

第二十一天，地獄般的一日。
呆呆望著被我砸毀的電視螢幕和電冰箱，動也不動，兀自發愣。大腦當機，全身罷工，陷入狂躁的混亂，無法驅動任何神經元。
我在擬定計畫之後，便將桌上的文件紙揉成紙團，分批扔進馬桶沖掉。故作冷靜的態度在藍圖成形後，記憶中衝擊性的畫面無限重播，病態般地反覆侵襲。誰能忍受妹妹遭人侵犯的畫面，誰能忍受親人慘遭輪姦的記憶，越是重播，就越憤怒，感覺身體燙得堪比沸水，簡直要冒出白煙。我得拼盡全力才能阻止自己玉石俱焚地向仇人復仇，事實上，我根本沒想好如何接近那群高貴神祕的男子，遑論給予制裁。
此外，擬定的計畫並非針對犯罪者本人，因為我從梓涵的死，深刻體會到，間接感受的痛苦遠比直接加諸的苦難還殘酷。他們有責任與我共享這份椎心刺骨、難以言表的深淵沉痛。
喀搭一聲，鎖頭旋開的聲音中斷我雜亂的思緒。
「我回來囉。」

九降禮杏推開租屋處的門，左手提著大購物袋，「嘿咻」一聲呼出短促的喘息，進入室內。見我呆立中央，她歪著頭問：「怎麼了嗎，丞樹？」

我不知道該用何種語氣，該以何種態度面對眼前的她。地獄般的那幾天，仰賴她源源不絕的溫暖、無微不至的關愛與無窮無盡的照顧，才讓徘徊於絕望深淵的我，起死為生。九降禮杏的存在，讓我不至於被梓涵之死的現實拖入煉獄，但她卻是招致這份痛苦的幫兇。

九降禮杏的兄長九降易棠，正是侵犯梓涵的元兇之一。雖然因此將她列於計畫名單，我不認為自己足夠冷血，能在一夕之間將她視為罪人，殘忍地對付她。

我不是審判者，不具審判之權，無法定她的罪；她也絕非著手之人，只是與悲慘的結果有關，成為復仇計畫的客體。客體的意義，即是不被視為獨立的主體，在我眼裡，她已成為純粹的物。

禮杏眨眨眼，歪著頭，似乎對我怪異的反應感到不解。凝望那身搖曳的淺藍長裙，內心陷入兩難，意志搖擺不定。誰能體會深埋靈魂的苦惱，誰能理解內心掙扎的核心究竟為何，我需要諮商、需要對談，更需要告解，卻在下定決心將禮杏列為罪人的瞬間，失去最好的依靠。

看似簡單的抉擇，我拋棄的事物，遠比自己想像得多。心中專屬於梓涵的位置，在禮杏陪伴的日子裡悄悄萎縮，變得很小，小得讓人幾乎忘記她的面孔；而我，沒能見她最後一面。握緊雙拳，咬緊牙關，可供思考的時間所剩無幾，禮杏將在注意到電視機砸中電冰箱的荒誕場景，察覺我失去理智的瘋狂行徑。

她的步伐很輕，動作很緩，距離還剩八步，七步，六步……

禮杏，妳知道嗎，我發自內心地想報答這份恩情。先前妳問道，我有沒有喜歡妳，那時答不上來的理由，是不願表達曖昧模糊的情感。我不願有任何欺騙，想以最純粹的真心，向妳表白。

五步，四步……

而我終究辦不到了。

「丞樹，你還好嗎，臉色好難看哦，我——」

她的話語停在空中，柔軟的唇瓣則被我輕輕吻上。

我是愛著她的。不是近日，或許在更早之前，便已難以自拔地愛上總是伴在身邊，關懷、照料、支持我的禮杏，倘若時間得以倒轉，我想好好傾訴內心感受，與她共度一生。可惜時間不會倒轉，事實同樣無法消弭；蒼穹之下，萬物皆無回復的可能，每個行為終要迎接相應的後果。

禮杏被突如其來的吻嚇了一跳，僵直身子，呆愣數秒，才輕輕地環抱著我。她的動作很柔，很緩，一如數日來的輕撫，我闔上雙眼，全身神經仔細感受她的美好。

時間彷彿靜止，短短數秒，卻似永恆。

我用力掐住她的脖子，禮杏睜大雙眼，透過她晶亮的瞳孔，隱約能看見自己恐怖扭曲的面孔，或許連殺害野狗、分離腸肉之時，亦未如此猙獰。此時此刻，我根本性地否定她的存在，否定她的一切，否定自己曾經愛她的事實。

不知道接下來該做什麼，我就這麼勒住她的脖子，維持著讓她無法掙脫、無法扳開也無法叫喊的力道。想要吸進更多空氣的她，因過度施力而撐出眼眸中包圍黑珠的白環，露出極其罕見的畏懼神情。

這是我沒見過的禮杏。陌生的禮杏。我的腦袋一片空白，緩緩抬起右手，毫不猶豫地甩她一巴掌。禮杏發出一聲沉吟，擠皺五官，眼角泛淚。掌摑的響聲迴盪耳畔，原以為施加暴力便能擊退矛盾的思緒，一見到她悄聲啜泣的哀憐模樣，卻心疼得不能自已，懊悔與憤恨不斷堆疊心窩。再次甩出一掌，一掌接著一掌，不斷打上她的俏臉。自我譴責的內疚感與自我膨脹的厭世感逐漸平衡，心裡卻不感覺痛快，也不覺得俐落。幾分鐘後，她不再發出呻吟，凝視著我，靜默不語。

那雙迷濛的眼睛究竟望見怎樣的形影，思及至此，令我深感恐懼。究竟是什麼想法使我如此殘忍、狂暴地對待這麼一位讓人心動的少女，我不了解，也無法理解，唯一感受到的是掌心傳來的痛楚，猶如擊回己身的責罰，使紅腫發熱的手掌不住顫抖。

也許我是真正的狂徒，與強暴梓涵、將其殺害的男子相比，孰優孰劣，恐怕無從量化。立於神明的視角，我不過是滿缸污水的一滴油墨，與其他髒汙並無不同，同等骯髒，也同等漆黑。極度厭惡自我，卻也只能倚賴這樣的自己，畢竟，今後再也沒有能夠倚靠的人了。

禮杏凝望著我，痛苦地斂起眉目，肩頭雖仍微微打顫，卻瞇起雙眼，竭盡所能地揚起嘴角；微弱的弧度看不出一絲喜悅，那是一道比微笑更悲愴，比笑靨更黯淡，彷若利刃直刺人心的悲憐笑臉。

她抬起低垂的雙臂，很輕，很緩地，將掌心貼上我的背，力道很小，氣息也很微弱。我不曾見她如此疲弱，連日來的操勞和煩心恐怕已心力交瘁，無預警的暴行則摧毀她賴以支撐至今的精神防線。禮杏溫暖的笑容憔悴得像即將死去，美麗的臉孔彷彿隨時就會消散，彷彿掩上一層薄紗，越來越模糊。

原來是眼裡的淚水背叛了我。我不該覺得難過，是她們的錯，我才是這場悲劇的被害者，真正的主角。我是有權伸張正義、發起制裁的人，她們必須連帶為這無盡的悲痛負責，無論是母親、父親、兄弟姊妹，甚至其他親屬，都該受到譴責與制裁。

即使明白這點，仍然莫名其妙地感到難過。

「對不起……」禮杏的聲音細如蚊蚋，一不小心就會隨風飄散。「我突然不見，讓你傷心了嗎？」

她加重雙掌的力道，使勁按住我的背部，使我們緊貼的身體合得更密，充當擁抱。她的氣息、體力和意識每分每秒都在流失，卻用盡全力安慰施加暴行的我。

她搞錯了。全搞錯了。

「不對。」我咬著牙，「不是這樣子。」

「我知道，丞樹。我都知道。」

妳根本什麼也不知道……誰能明白藏在我腦裡的混亂和矛盾，誰又明白施加於外的暴行，究竟出於何種悲愴。她憑什麼說出這麼不負責任的話，她們竟然想以救世主之姿向我伸出援手。看似拯救，實則是想全面控制；我知道，她們想用壓倒性的地位和力量，操控我悲慘的平凡人生。

打從出生時起，埋藏體內的詛咒血脈便不斷提醒著我，無論怎麼努力，無論如何壓抑，終將面對招致瘋狂的門檻。失去梓涵的瞬間便已了然於胸，這回輪到我了。不曉得梓涵究竟有沒有跨過瘋狂的門檻，但我確定老媽、大哥和二姊敗給了詛咒的命運，或許他們正在門檻徘徊，或許已被門後的深淵吞噬。每個被血脈擊潰的人，不是消失無蹤，便是澈底發瘋，或者選擇死亡。

這回輪到我了。九降禮杏恐怕是第一道，也是最高的一道門檻。我不可能擊潰她，她的強悍源於絕對無敵的心靈，那顆純粹的心對我的包容和關愛近乎無限，完全沒有挑戰她純潔堅毅的神聖靈魂的方法。為什麼她能做到這種程度？為什麼她願意付出這種代價？好多問題得不到正解，妳願意回答我嗎，禮杏？

我開不了口。無論內心疑惑與自我意志多麼強烈，唇瓣文風不動，不願對外溝通，也不願向外求救。二人距離不到五公分，禮杏卻像位在極其遙遠的無垠之境，看得見，卻摸不著。多麼希望未曾結識這名女孩，多麼希望時間能夠倒轉，讓殘酷的世界變得簡單一點，天真一點，也溫柔一點。

「丞樹，我會一直陪著你，所以……」

禮杏每次開口都得吸入一大口氣，儘管吸入不少空氣，卻無法如往常般發出聲音，顫抖的語調總是哽咽，總是中斷，總是稍縱即逝。

「不要害怕，我在這裡——」

再也無法忍受不斷膨脹的矛盾情感，我使勁一推，她的後腦重重撞上木造牆板，發出巨大的聲響。無暇顧及偌大噪音，當下只想封住她的嘴，中斷那句將我拉離黑暗之域，溫柔至極卻猶如利刃，魔魅迷人的柔和話語。

她的臉上露出痛苦的表情，小腿一軟，雙膝跪地，向旁癱倒。我就這麼站在一旁，目睹她掙扎起身的模樣。不知花費多少力氣，她才好不容易撐起上半身，抬起頭來，旋即瞪大雙眼，注意到廚房內電視和電冰箱對撞的混亂景象。

「這是……」她眨了眨眼，轉頭凝望著我。「怎麼回事？」

答不上來。我找不到解釋的方法，也找不到能同時表達悲痛和憤恨的語句；發生在梓涵身上的慘劇，九降禮杏不可能毫不知情，九降世家比任何宗族都更緊密，她的兄長不可能隱瞞她。

她卻可能隱瞞我……思及至此，無法抑制的怒火漫上心頭。

「丞樹，為什麼突然——呀啊！等、等一下——」

我用力扯住她的瀏海，指尖恰好落於髮箍邊緣，施力點並不穩定，只能加強力道，使勁向後猛扯，將她整個人拉了起來。她一邊叫喊，一邊道歉，眼角淚水滾滾滑落。我不明白她為何道歉，或許發現我得知她兄長的暴行，因而深感愧疚；可惜此時的我，對她的想法毫無興趣，全然不願深究。

將她拖回房間，扔在衣櫥旁邊，著手翻找抽屜，裡頭堆滿各種電腦配件，滑鼠、鍵盤、顯卡、電源和延長線等，琳瑯滿目。胡亂翻找，終於在沉浸式虛擬空間連結裝置底下尋出塵封已久，剩下半包的束線帶。這是二姊的遺物，真不知道她用另外半包做了什麼。我對這項工具的理解來自二姊，她說，束線帶是世界上最便宜，也最易入手的束縛工具。我想，或許二姊曾用自己的方式，體驗過這句名言的真實性。

禮杏眼裡的關懷逐漸被恐懼籠罩，變得驚慌，變得黯淡。口口聲聲說要陪伴著我的傢伙，終究只有這種程度，稍微遇到一點挫折，就露出把人當成怪物的噁心表情。

我甩出一記巴掌，反手又用手背甩了一回。無法量化力道，只能從外觀可見的變化，判斷力量是否已足。兩記巴掌，撇除先前殘留的些許紅腫，她的右頰只遭手背揮打一回，便紅得像熟透的桃子，顯然手背能以較少的力量給予更大的痛楚——對施力者而言亦是如此，施加於人的痛苦，將不分輕重地反饋己身。

禮杏雙肩不住打顫，全身散發出無盡的恐懼，卻未移開視線，直直回望我的雙眼。她總是凝視我的眼眸，彷彿永遠在等，等待某種真偽不明的轉圜，說什麼也不願將我拋下。任憑決意凌駕情感，對她施以暴行，逐步邁向煉獄的我，早已無法回頭。

是我捨棄了她。

「手。」

禮杏眨了眨眼，低垂著頭，乖乖伸出雙手。我將她的手腕交疊於腰後，用束線帶緊緊繫住，過程中她始終靜默不語，悄悄地將鼻頭倚上我的肩膀。

束線帶的方便性正如二姊所說，毫不費力，簡單利落。

「為什麼要做這種事呢？」

面對禮杏的提問，我選擇移開視線，迴避那雙澄澈純粹的美麗眼眸。

我的暴行已經超越常人能忍的程度，為何她仍像個滿懷包容的母親，對我有所期待。或許禮杏無條件地相信我會恢復「正常」，可惜的是，此刻的我比任何時候都正常。

沒能看出這點，是她的誤判，與我無關。我是骯髒、瘋狂、無藥可救的，縱使深陷偏激的矛盾思維，我也明白體內醞釀著源於扭曲心靈的瘋狂意志，沒有愚蠢到刻意美化這一切。

為什麼做這種事？別再問了，我才是最想發問的那個人！

不知不覺間，目光停在禮杏纖瘦的軀體上，冷不防想起梓涵於盜錄影片中淫靡的場景，腦中浮現自己妹妹發出的嬌喘。我討厭如此噁心的自己，討厭因為想起妹妹的性交畫面有所反應的自己。

憑什麼梓涵得受那種對待？憑什麼梓涵得被陌生人輪姦強暴？憑什麼梓涵得因被人強暴發出嬌喘？

我揪住九降禮杏的肩膀，撕扯她的蕾絲滾邊上衣，紡織絲線斷裂時的聲響有如小型爆竹，霹哩啪啦，清脆刺耳。我扯下她的丁香紫胸罩，脫下淺藍長裙，褪下條紋淺紫內褲，將她身上的衣物剝得一乾二淨。

面對我突如其來的舉動，她雖不斷央求，卻未呼救叫喊，反而不斷嘗試安撫我。

「丞樹，不用這樣子的，我不會拒絕你，所以——」

她撫慰一切的溫柔話語，反而讓人萌生扭曲的念頭。

「等、等一下，不用這麼——呀啊！」

絲毫不顧她的叫喊，指尖執拗地搔弄她可愛粉嫩的乳頭，長達十分鐘的愛撫，此時卻像永無止盡的酷刑；雙手受縛的禮杏使勁掙扎，卻只能皺眉咬牙，不斷搖頭，怎麼也忍不住源自本能的喘息。

我一面回憶妹妹與人交媾的畫面，一面自虐地嘗試模仿，卻讓自己感到更加痛苦。粗魯地扳開她的雙腿時，感覺到腿部試圖緊合的力量，便向前挪，讓肩膀卡住她的膝蓋。她以極為羞恥的姿勢仰躺，嬌嫩的秘所毫無保留地映入眼簾，我不禁屏住氣息，嚥下唾沫。無法壓抑心中的慾望，我埋首於她的腿間，模仿影片中那群男人的動作，以舌頭舔舐她柔軟的花蕾。

「不、不要這樣，那裡很髒……啊……」

嬌弱的語氣實在不像抗拒，我的行為讓她本能地感到興奮，隱約發出輕微顫動，體溫也明顯上升。原本只想施加暴力，實踐復仇的意志，此時卻耽溺於她可口的肉體。

禮杏緊閉雙眼，眉頭深鎖，難以判斷究竟是感到厭惡，抑或興奮難耐。

我挺起腰身，毫無預警地進入她的體內。

禮杏高聲驚呼，嚇得全身顫抖，濕潤的秘所卻接納了我。她並未流出應當存在的破瓜之血，看來數日前的處女宣言只是騙局；儘管我也撒了同樣的謊，卻無法坦然接受她的謊言。

「呀啊！」

禮杏微啟唇瓣，似乎想說什麼，我卻猛力擺動腰部，中斷她的一切話語。不知為何，對於侵犯九降禮杏一事絲毫不覺愧疚，並未萌生該有的罪惡感，彷彿她生來只為侍奉我；倘若可行，真想將她一口嚥下，永遠獨佔這如幻似夢的美好。她的肉體與我完美契合，難以言喻的緊實密接帶來許久不曾體驗的強烈刺激，讓人腦袋一片空白，神思恍惚，不能自已。

察覺到活塞運動逐漸加快與增強的她，開始嘗試掙扎，扭動纖細的腰身，踢起無力的雙腿，一邊悄聲低吟，一邊哀聲央求。

此時的禮杏如同當時的梓涵，對著侵犯者央求某一件事，一件極其單純，卻只能企求自制的事。而我一如影片裡的男子，不僅沒有停止動作，反而越發激烈，在最強力的一次衝撞之後，將無盡慾望化作濃稠的精液，一滴不漏地注入九降禮杏體內。剎那間，我感到頭昏目眩，彷彿連日來積累的混沌情緒全被釋放，隨後緊緊抱住嬌聲喘息的她，始終不願放手。

我依循影片的流程完成四人份之犯行，不斷將無法消弭的憎恨、憤怒和悲痛融入慾望的精種，鐫刻於她脆弱甜美的軀體。一次又一次的玷污，不僅將她純粹潔淨的靈魂摧毀殆盡，也將自己推往萬劫不復的幽冥深淵，正式跨越無法脫身的瘋狂門檻。

九降禮杏失去靈魂的空洞雙眸，揭開了我通往毀滅之途的序幕。

第九回　定義純粹：不復甦醒的沉夢

陸彩璃以槍托敲擊我的太陽穴，使我眼前一白，雙腳無力，狼狽地跪倒在地，九降禮杏也被突如其來的狀況嚇得發出驚叫。

陸彩璃一腳將我踢開，慢悠悠地步向禮杏。雙手受縛的禮杏身上只有一件單薄的米白毛衣，那是我租屋處裡唯一的女性衣物，印象中是大姊留下來的備用服裝。當時，禮杏的洋裝已被我破壞得殘破不堪，儘管毫不在乎，微小的罪惡感卻不希望她因此著涼。由於我沒有其他女性衣物，監禁於此的數十天裡，禮杏只能裹著這件毛衣；這段期間，我完全沒有和她交談，連簡單的對視都沒有，無從確認是否足夠保暖。

我不記得載她前來此處的詳細過程，只知道自己沒往她嘴裡塞塑膠球，印象中，她在路上也沒說過任何一句話；又或者有，只是不敢與她交談的我，自行阻斷了那些機會。禮杏從未嘗試逃跑，乖乖讓我將她吊掛於漆黑無比的密室；而我，只有按時餵她喝水、進食，偶而替她鬆綁，以便如廁。

我畏懼著她不再閃爍喜悅神色的虛無眼眸。

「好久不見了，我的小杏。」

「小璃……」禮杏眨了眨眼，「妳怎麼——啊！好痛……」

陸彩璃的左手伸進禮杏衣間的空隙，擰住她的乳尖，親暱地磨蹭她的身體。

「一切如此順利，真是太好了呢。」

陸彩璃背對著我，說出一句令人費解的話。

「祟丞樹，如果每個人都像你一樣，這麼容易控制就好了。」

這傢伙在說什麼？我沒有被任何人控制！

「小璃？」禮杏似乎也一頭霧水，「這是什麼意思……？」

「我說，一切都很順利，而且這傢伙很好控制。」

「妳在胡說八道什麼？」我咬著牙，撐起身子。「差點就被我抓到這裡的傢伙，還說什麼風涼話。」

「差點？哈哈哈哈！這是我聽過最好笑——不，是最愚蠢的笑話了！」陸彩璃停止撫摸禮杏，撥弄瀏海，俐落地旋轉左輪手槍。「你不可能抓到我，懂嗎？先不提邱靜祈和童韻伶這兩個笨蛋，我本身就位處於你無法觸及的地位……你該不會以為這場拘禁遊戲，全是你的計畫吧？」

我擰緊眉宇，沉默不語。

「我的王母娘娘啊，你真的是……啊哈哈哈，太好笑了！」

「閉嘴！」腹部的傷讓我無法發出更憤怒的語氣。「這可不是遊戲！這是復仇，是我送給梓涵的禮物，也是即將降臨於妳們醜陋世家的偉大制裁！」

「哈哈哈哈！」

「不准笑！」

「叫人不准笑，可是這實在太好笑了，我忍不住呀！」

陸彩璃誇張地拍打大腿，摀住腹部揚聲大笑，手中的左輪槍卻牢牢對準我的胸口，毫無破綻。

這傢伙居然把我精心佈局的藍圖比作遊戲，這不只是侮辱，更是人格層面的污衊。我承認，整個計畫確實存在著漏洞，但始終源於我的決意，以監禁親人的方式間接懲罰四名罪人，將苦難降臨於四個罪惡叢生的豪門世族。即使計畫已然脫軌，卻無法否定我的意志。

「妳們全該為梓涵的死付出代價！」我揚聲吶喊：「我可沒有放棄拘禁妳四十一天的計畫！」

「這樣啊，我明白了。」

砰地一聲，陸彩璃扣下扳機。子彈打穿我的左掌，緊接而來的劇烈疼痛，震得我仰頭倒去。手心開了個突兀的孔洞，中指下方的掌骨消失一段，大量鮮血沿著彈孔的圓周汩汩流出。

「小璃，妳在做什麼！」禮杏的喊聲雖然沙啞，卻很尖銳。即使受到殘忍的對待，長期身處於惡劣的環境，禮杏仍是我所熟悉的禮杏。

「小杏啊小杏，我只是懲罰一下囉唆又失禮的傢伙。」

「為什麼要做這種事……」

「咦——？開槍打他沒什麼不妥吧？他可是強暴、毆打和監禁妳的傢伙，怎麼看都是壞人吧！」

「全都停止，好嗎？」禮杏低下頭，悄聲啜泣。「求求你們，停止這些可怕的行為……」

「小杏，妳知道自己在說什麼嗎？」陸彩璃皺起眉頭，似乎不敢相信自己的耳朵。「妳到底有沒有搞清楚我在做什麼？」

禮杏垂首流淚，沒有搭理。陸彩璃朝她接近，半蹲身子，由下而上仰望那雙低垂哭泣的眼眸，接著以握槍的右手揮打過去。力道看似不大，但純金屬製的左輪手槍，恐怕比石頭的敲擊更危險，僅此一擊，禮杏的嘴角便溢出些許血絲。

腦中頓時泛起數個難以理解的疑惑，倘若陸彩璃真是為了禮杏而來，為什麼出手加害？其次，她為何不在我拘禁禮杏的當下行動，非得等到現在？莫非她從頭到尾都不打算救任何人？

她沒必要冒險，只想拯救禮杏的話，藏於暗處等待時機，一槍殺死我即可，無須如此麻煩。

她阻止我給邱靜祈最後一擊。
她確認邱靜祈已瀕臨死亡。
她察覺童韻伶一息尚存。
她命令我殺死童韻伶。
她發現了九降禮杏。
她攻擊九降禮杏。
陸彩璃的種種行徑令人匪夷所思，假設她真的知曉我的計畫，為何容許我行動至今？
「瞧你那張臉，就算燒光腦細胞也理不出頭緒。」
陸彩璃哼笑一聲，伸手輕撫禮杏被她打腫的臉；禮杏偏頭閃躲，卻反被狠狠擰捏一把。陸彩璃似乎特別喜歡禮杏皺眉忍痛的模樣，不斷揉捏紅腫之處，享受著施虐的快感。
「稍微動點腦就知道，身為臺灣四大家族的我們，怎可能讓人摸透自家底細？」陸彩璃以俐落的手速甩動蝴蝶刀，咧開嘴笑。「母親、父親和兄弟姊妹之類的基本資料暫且不提，看見交友狀態和出入行蹤等資料，你都不覺得怪嗎？難不成你以為任何一份身家調查文件，都該含有這些細節？」
「妳到底在說什麼？」
「文件啊！牛皮紙袋的文件！」
「那是妳搞得鬼？」
「確實是我替你準備的。」她喀喀輕笑，「還附贈一片高畫質情慾光碟。」
「妳就是帽子先生？」
「啥？你在說什麼啊，什麼帽子先生？」

陸彩璃皺起眉頭，彷彿聽見什麼詭異的話。

禮杏面露困惑，身為局外人的她，當然無法理解我們一來一往的對話；然而，我卻慢慢拼回遭人隱藏，深埋於暗幕之下的原始構圖。

「整體而言，」陸彩璃甩動蝴蝶刀，「你是個表現很好的『幫手』，或者說……一個好『傀儡』。」

「妳這——」

「別亂動啊，千萬別亂動。」她同時搖晃左輪手槍和蝴蝶刀，露出燦爛的笑容。「我從小就有個毛病，若有什麼事情想完成，就得竭盡全力地逼迫別人替我完成——啊，這說不定是我之所以能成為一流演員的理由呢！沒想到居然會在這種場合，獲得嶄新的人生詮釋。」

陸彩璃停止把玩掌間的蝴蝶刀，瞇起雙眼，貓一般地直瞅著我。

「看來你是真不知道呢。」她咯咯嘻笑，「都什麼時代了，你居然蠢到毫不懷疑影片的真實性。」

這傢伙到底在鬼扯什麼，眼見為憑的事，是還要討論什麼真實性。

「你有確認過『影片本身』的真實性嗎？確認過影片中的男子就是四大家族的子嗣？確認過遭到強暴的被害者就是你妹妹？」

「這不是廢話嗎，光用看的——」

陸彩璃重重嘆了口氣，「用你悲哀的腦袋稍微回想一下，那部影片的拍攝角度為何？」

影片角度是類似監視器畫面的斜四十五度角，畫面很模糊，僅能勉強辨識人臉。

「其次，你確定畫面裡『出現』的人，就是你『看見』的人？」

「我很確定。」

陸彩璃滿意地點點頭，露齒竊笑，先將蝴蝶刀收入胸前口袋，再卸下腕環機，輕輕拋了過來。

「裡頭有幾段不錯的影片，你參考一下。」

我無法從她似笑非笑的面孔探明藏於心底的盤算，也許是想擾亂我的思緒，藉以達成摧毀計畫本質的潛在目標。凝視那支彷彿剛拆封的腕環機，好奇心急遽膨脹，抗拒不了求知的慾望，只得嘆一口氣，在陸彩璃的默許下慢慢地將手中的撥火棒放在腿邊，將腕環機掛到左腕上。啟動腕環機後，純黑的投影式主畫面映入眼簾，點選唯一的應用程式「相簿」，發現裡頭裝有數十個同樣時長的影像片段。

「這是什麼鬼東西？」

「別那麼膽小，點看看嘛。」

陸彩璃的槍口依然對準我的眉心，無可奈何之下，只得選擇一段影片播放。

影片開始，畫面與我看過的一樣，只見梓涵躺在豪華雙人床中央，被四名男人調戲，進而強暴。不同的是，男人的面孔與先前所見截然不同。

我皺起眉頭瞪著她，「這是怎麼回事？」

「再看一段。」陸彩璃笑得更開心了，「多看一點，你就會明白。」

點選另一段影片，同樣是梓涵遭人強暴的畫面，四名男人的臉卻與前一則影片不同；再點開另一個片段，四名施暴的男人全是我的臉；點下最後的片段，男人仍是我的模樣，床上的梓涵卻換上禮杏的臉。

「這是什麼東西？」我瞪著陸彩璃喊：「妳動了什麼手腳？這些影片與先前不一樣啊！」

「咦～不一樣嗎？」陸彩璃歪著頭，故作俏皮地吐舌頭。「你記憶裡的畫面是哪一個呢？對了，我最喜歡的版本是四個男人換成你的臉，床上女人改成小杏的版本！」

「誰理妳啊！難不成這些都是假的？莫非連梓涵的臉都是修改的？」

「這是商業機密唷。」

「妳這傢伙……」

「如此一來，我提出的問題就格外重要囉！你記憶中的影片到底存在多少真實性呢？」陸彩璃瞇起雙眼，「莫非，你憑藉真偽不明的假象，擅自決定了我、小杏、邱靜祈和童韻伶的生死？」

一時之間，我竟無法回答。腦中的記憶與此刻所見的一切，變得渾沌不明，曖昧不清。

帽子先生交給我的究竟是什麼影片？我默不作聲地將腕環機取下，軟弱的雙手無力握持這個擊碎認知的器械，輕巧的機體頓時重得使人難以承受。腦中不斷發出詭譎的噪音，混亂的思緒密集地相互交纏，誰也不讓誰，卻怎麼也無法證明記憶中的影像確屬真實。

客觀真實存在與否，恐怕只是形而上的抽象問題，虛無飄渺，無法認定。這個瞬間，賴以支持拘禁行動的至高意志已然不復存在，我不知道自己應該擁抱何種情緒，也不知道復仇的對象是誰，更弄不清楚是否仍有實施計畫的必要。在我像匹野獸，將無窮盡的慾望化為濃稠精液注入禮杏體內時，身為人，身為生物，身為生命體的價值和意義便已消失殆盡，完全背離人之所以為人的真理。

「既然如此……」我的喉嚨很乾，「為什麼故意讓我誤會連續水泥封屍事件的真兇？」

「連續水泥封屍事件？那是什麼？」陸彩璃皺起眉頭，似乎不能理解這個問題。「對我來說，把影像和文件交給你時，整個計畫便已完成播種，確實驅動了啊！一下扯什麼帽子先生，一下又說什麼水泥事件，我真的有聽沒有懂。——喂，你該不會有嗑藥吧？」

原先默不作聲的禮杏，抬起頭來，氣息微弱地說：「什麼事件？」

陸彩璃撇嘴聳肩，「不知道，聽都沒聽過。」

「胡說八道！」我的聲音大得連自己都嚇了一跳。

直到數十天前，窮兇惡極的連續水泥封屍事件仍是熱門新聞的頭條，甚至延燒政治與社會層面，所涉範圍極廣，是近年來少數能與機場捷運劫持事件比擬的重大事件，怎可能毫不知情。

「禮杏，妳一定記得吧？」我望向懸吊半空的禮杏，「梓涵就是那起事件的被害人啊！妳不正是因為知道這件事，才跑來我的住處嗎？」

「耶咦？被、被害人？」禮杏半開雙唇，眼神游移不定。「我知道梓涵不在了，但監禁事件……」

「妳一定明白的啊！」

伴隨我的大喊，腳底突然向下一沉，奇妙的震盪讓人措手不及；地面劇烈搖晃，整棟建築物發出詭異的喀吱聲響，耳中傳來禮杏的叫聲，眼前的陸彩璃也因重心不穩，左搖右晃地難以立定。想不到颱風天裡竟會出現這麼大的地震。

天搖地動，是天降的良機。我將身體重量施加於右腳，向前一撲，身形不穩的陸彩璃閃避不及，腹部被我左肩紮實地撞上，悶哼一聲仰倒在地。即便如此，她的手仍握得很緊，左輪槍並未落地。舉起撥火棒準備追擊時，她大喝一聲，以蝴蝶刀刺擊我的左腹。我痛得叫不出聲，連忙揮動左臂敲擊陸彩璃握刀的左腕，她吃痛驚呼，鬆開了手，蝴蝶刀就這麼插在我的腹部。

陸彩璃舉起手槍，卻被我以撥火棒架開，始終無法瞄準。用力將她推倒，我跨開雙腿，坐到她腹部上。左手因為槍傷而難以行動，右手則因壓制左輪而無暇應急，儘管佔據上風，卻身陷於難解的僵局。

「能夠壓在我身上，是你今生最大的榮幸了。」陸彩璃的視線中挾帶些許笑意。「這就是你一直以來盼望的結果嗎？」

「並不是。」

「是嗎？」她覷起雙眼，「難道說，你忘了我是誰？」

「妳是陸彩璃，九降禮杏認定的摯友——至少我是這麼理解的。」

「在這之前，你們不是這樣『理解』我的。」
「妳在瞎扯什麼？在這之前我根本不認識妳！」
「想不到你記性這麼差呢。此時此刻，是難能可貴的全員到齊呢！」
陸彩璃瞇起眼睛咧開嘴笑，這副笑容，讓我背脊一陣發麻。
「時至今日，你仍乖乖遵照我的每個指示呢，衰鬼。」
「什——」
她怎麼可能知道那個稱呼？疑問只在腦中停駐一秒，僅僅一秒，因為問題的答案再明顯不過了。這個瞬間，一如悲慘痛苦的過往，我再一次活在憑藉他人指令而活的煉獄，化作旁人要求扮演的虛偽角色，一廂情願的自由意志，不過是被人妥善誘導的虛偽決意。時至今日，我都未曾脫離她的魔掌，不管是飲用骯髒的廁所水，抑或侵犯素不相識的女孩，每項舉動都依循著她的決定、引導和安排；名為祟丞樹的我，如她所言，終究是個可悲的傀儡罷了。到頭來，不管是侵犯綁於樹幹的少女、殘殺攻擊妹妹的野狗、突破無情的狂風暴雨、擊倒掙脫的邱靜祈與童韻伶，每一項自以為能夠肯定自我存在的門檻，每一個自認重新定義自身的瞬間，都籠罩在她邪惡的陰影之下。對她的憎恨、抵抗和恐懼，才是驅使我改變的原動力。
這才恍然大悟，原來我仍是那個遭受霸凌的十三歲少年。
「多年不見，想我了嗎？」
陸彩璃咧開嘴來喀喀竊笑，扭曲的笑臉與記憶中另一道更為清晰的形象重合，剎那間，名為心靈，抑或魂魄，構築人性的初始元素已完全崩壞。我仰著頭，「哈」地一聲將累積於胸腔的不暢快感全部吐出來。數十天來，由於自己的行為實在太過瘋狂，每次打算停止時，思及此乃難能可貴的自我決意，總是毅然決然地死撐下來。真可笑，原來我始終像個小丑，在她的擺佈之下沾沾自喜。

九降禮杏的存在，是我脆弱心靈的最後防線。原以為跨越名為禮杏的高牆，便能成就非凡，化作獨一無二的存在，殊不知捨棄她的瞬間，我也就此邁向最黑暗也最無助的絕境。

「我果然恨著妳啊，」我咬緊牙關，恨恨地瞪著陸彩璃。「小黑。」

開口的同時，淚腺全盤潰堤，朦朧的視線裡，只見禮杏低垂眉宇，對我露出溫柔笑容。

她淺淺的笑靨，綻放著未曾逝去的無限包容。

「禮杏……我對不起妳……」

「我知道。」

禮杏憔悴的笑臉，有著與四十一天前完全相同，無窮無盡的溫暖救贖。

終於明白為何她的話語對我如此重要，同時了解陸彩璃口中的「全員到齊」是什麼意思；所謂的全員，當然包含禮杏在內。五年前，綁在西澄中學樹上，無助可憐的小學女孩，正是九降禮杏。那天，在小黑——陸彩璃的逼迫下，我對來自師呈國小的女孩發洩內心的憤怒情緒，將所有不滿與憤恨注入她的體內；五年後，我也背棄了禮杏的體貼關愛，將她充作洩慾客體，一次一次地踐踏其身為女性的尊嚴。

我自始至終都在傷害同一名女孩。

進入禮杏體內時發現的不自然感並非錯覺。她早在五年前便已遭我侵犯，怎可能是純潔的處女，數日前感受到的肉體契合度與無可言喻的合致性，亦是出於同一道理。

她沒撒謊。她確實沒有做過——沒跟「別人」做過。

「啊啊啊啊啊啊！」

仰頭狂吼，不知該朝何處傾訴，不知該向何人告解，深埋內心的沉重罪孽找不到可乘載的容器。無論出於何種理由，整個計畫在我決定將禮杏視為頭號目標的瞬間便已注定失敗，五年來我都仰賴她的溫柔，苟活於殘忍嚴峻的世界。即使在遭受霸凌的痛苦歲月，我仍倚靠那天的歡愉，從女孩的肉體得到救贖。

如今，究竟該以怎樣的姿態，面對總是不放棄我的女孩？

剎那間，竟然覺得被陸彩璃一槍打死，也是不錯的結局。思緒一閃，右手的力道稍微鬆懈，陸彩璃趁機掙脫束縛，使勁抵住我的撥火棒，猛力推開。

意識到突發狀況的瞬間，她的左輪槍口已然瞄向我的軀幹。

砰！胸口受到一股劇烈衝擊，無法確認中彈位置，太過突然的攻擊讓我身子一晃，向右跌去。倒地時不偏不倚地壓到右肩傷口，鮮血向外噴濺，莫大的痛楚伴隨電擊般的麻痺抽搐。

我的左腳碰巧向前踢中吊綁著禮杏的曬衣架，鐵架左右搖晃，在我倒地的同時，鏗鏘一聲傾倒於地。

腦袋一片空白，呼吸變得很慢，視野變得很窄，目中所見之物變得很淺，也很淡。二哥說過，人在死前會逐步率先喪失視覺，大腦漸趨混沌，體溫開始下降之後也將慢慢失去觸覺、嗅覺與味覺，最後消散的則是聽覺，也許此刻的感官反應正是死前的變化。

陸彩璃撐起身體，嘴裡喊疼，咂了咂嘴舉步走來。眼前的她，是我潛意識投映的心理陰影，是過去那個趾高氣昂的小黑，是我內心深處躲藏多年的邪靈，更是我賴以維繫身心，尋得自我意志的生命泉源。

現在，這道陰影即將奪我性命，而我打算張開雙臂迎接死亡的到來。

「衰鬼，看到你奮不顧身的反抗，讓我開心得不得了呢。」陸彩璃輕聲喘氣，來到我的身旁。「彷彿養育許久的寵物終於可以獨當一面的暢快感，你懂那種感覺嗎？不過，剛才的纏鬥實在太累人了，耗費心神的舉動很不像我。」

她舉起左輪手槍，對準我的心臟；不是眉心，不是軀幹，而是心臟。不知道她此時的心境變化為何，竟然願意讓我保持完整的五官赴死，令人頗感意外。

「我也不好意思讓風雨中待命的隨扈等太久，抱歉啊，這齣戲就演到這吧，對於把你捲進清理程序一事，我是真的感到非常抱歉。」

「妳才不會覺得抱歉。」

「確實不會。」她的微笑燦爛得像個調皮的孩子。「畢竟在場的各位都是本人兒時黑暗面的鐵證，留著總是禍害，不除不快。」

「可以理解。」

發現自己或多或少能夠肯定小黑的所作所為，便知道自己澈底沒救了。這種犧牲他人、成就自己的手段，與二姊諄諄教晦的思想背道而馳；然而，正義凜然的二姊終究敗給命運的門檻，在人生的道路上中途離開，或許代表二姊的想法並不全然正確。

這個假說，我已沒有足夠的時間驗證。屬於我的門檻，看來是跨不過了。

「無論如何，只能讓你先行退場了。」陸彩璃扳動左輪槍的擊錘。「我隨後也會過去，不用擔心。」

「可能相差數十年左右吧。」

「果然是明理人。」

望著她的笑臉，我搖頭輕笑，闔上雙眼。或許是覺悟，又或許是逃避，我不想睜著眼睛迎接死亡。

砰！不知是第幾次聽見響亮的槍聲，只是這回，響得震耳欲聾。曾經，我憧憬著死後的世界，那時我五歲；之後，我嚮往著生者的世界，那時我十八歲；現在，我渴望著虛無的世界，非生，亦非死，只想闔起雙眼好好歇息，讓刻於靈魂的詛咒，澈底遠離自己所愛的一切。

無論怎麼等，永無止盡的幽冥黑暗始終沒有降臨。

試探性地睜開雙眼，只見張開臂膀的九降禮杏，撐起顫抖的雙腿，直挺挺地立於我和陸彩璃中間，就這麼擋下了那枚子彈。

「啊……啊啊啊啊啊！」

陸彩璃瞪直雙眼，尖聲嘶吼，她的左輪已然擊發，子彈已然穿過禮杏胸口，米白色的毛衣暈開一抹血紅。這個瞬間，禮杏變得比誰都更神聖；我曾以為祟家成員個個都是與神並肩的存在，今日才真正明白，屬於我的守護神靈從來不是別人，正是這名始終陪伴身旁的女孩。

禮杏令人敬畏的昂首姿態僅僅維持數妙，身子一晃，雙膝跪地，臂膀無力地垂於身旁，透過她光芒逐漸消散的迷離瞳孔，清楚看見自己狼狽的面貌和溢滿淚水的雙眼。

禮杏依然帶著那道淺淺的微笑，全身顫抖的我，無法確切組織出適當的話語。

這算什麼……這到底算什麼！緊緊狠咬下唇，力道之大，把嘴肉都啃破了。我以剩餘的力量站起身子，舉起右手，甩動沉重的黑鐵撥火棒，揮向雙眼無神、呆若木雞、動也不動的陸彩璃。或許對她而言，打在禮杏身上的子彈，更像打在自己身上也說不定。生鏽的撥火棒直接擊中陸彩璃的側腦，她毫無抵抗，也毫不閃躲，就這麼承受這記猛擊。僅此一擊，便讓她全身癱軟，倒臥在地；曾經掌控一切、傲視萬物、強悍無比的她，再也無法動彈。

我大口喘氣，舉步維艱地走向隱藏密室通道的衣櫃，取出置於角落的防水風衣，攤開於地面。陸彩璃的雙眼半開半闔，胸口隱約起伏，嘴裡虛弱的呻吟聽來像是悔恨的悲鳴。

將她放上攤開的風衣，拾起左輪手槍塞入後腰褲頭，轉身拉住充作地墊的風衣，將雙眼空洞的陸彩璃拖往位於隔壁的拘禁房。邱靜祈與童韻伶依然仰躺在地，動也不動，讓人以為均已死亡。我對她們不再抱持任何情緒，不仇恨、不憤怒，也不在乎，此時此刻，身於這棟建物的人們全是遭到過去陰影綁架的被害者。每個人仍舊困在過去，無論是始作俑者的「小黑」陸彩璃、小黑的左右手邱靜祈和童韻伶、承受性暴力的被害者九降禮杏，以及遭到霸凌的受害傀儡，即我本人，十多年來終究無法逃離往昔的夢魘。

惡夢必須結束。必須由我劃下句點。

「小黑，其實我不恨妳。」開口時，喉嚨異常地沙啞，不知究竟想對誰傾訴。「沒有妳，就沒有擁抱黑暗才能苟活的我；沒有妳，就沒有得以結識，甚至一度擁有禮杏的我；沒有妳，就沒有今日得以了斷一切的我。我們全被詛咒了，全被名為過去的悲劇困住了。妳也很痛苦吧？這些年來，我們的存在或多或少給妳帶來困擾了吧？坦白說，我對於被人霸凌這事，真的不恨。」

來到裝有清水的充氣游泳池旁，蹲下身子，以公主抱的姿勢將陸彩璃抱了起來，攬於懷中。

「禮杏必定和我相同，對妳不抱一絲恨意，否則她怎可能真的忘記，妳就是當年性霸凌的主使者？」

陸彩璃迷濛的雙眼變得有點混濁，眼角流下細絲般的淚水。

由衷希望，在這最後的時刻，加害者和被害者都能得到救贖——至少我認為禮杏是如此期盼的，而我，願意成就她所期望的一切。

步入泳池，彎下腰，慢慢鬆手。陸彩璃的身軀逐漸浸入清水，五官完全沉沒之前，雙眸便已失神渙散，失去最後的光彩。我將微啟的眼眸闔上，這一刻，誠摯地盼望她能獲得屬於自己的安寧。離開水池的我不禁渾身發寒，打起冷顫。我套上散落於地的風衣，卻仍不覺得暖。我一跛一跛地走回密室，頓時覺得頭寒腦冷，戴起落於腳邊的帽子，嘗試遮掩不知從何而來的凜冽冷風，以及包覆周身的異樣寒氣。

禮杏依然跪倒在地，雙眼低垂、全身癱軟、文風不動的模樣，讓人心疼不已。希望能在離開這個殘酷的世界時，與她相伴而去，才不會留她一人孤零零的，無依無靠；我也不願她晶瑩透亮的雙眸中，最後的景致是如此空洞，如此虛無的黑暗。

回到禮杏面前，勉強舉起尚能施力的左臂，撐住她的下巴，抬高小巧精緻的俏顏。禮杏美麗的雙眸與我相接，臉上笑容雖然黯淡，卻從未消失。

子彈打在她的右胸，儘管避開心臟，卻不是能輕易救治的傷勢。此刻，出血的傷口和生存的機率，皆已毫無意義，一切的一切必須在此終結。

我咬緊牙關，使盡全力舉起左輪手槍，槍口抵於她的眉心。

禮杏依然帶著微笑，彷彿順應我的想法，緩緩張開臂膀，宛如展開羽翼的天使，以無限的包容擁抱無可救藥的我。即使察覺淚水已然潰堤，我卻不敢回應她的愛與善意，沒有再次振作的信心，我們的肉體與靈魂皆已支離破碎，面對冷酷無情的世界，除了退場之外別無其他選擇。

我們已無法離開這棟罪惡的黑暗建築，也無法逃離這個殘酷的悲慘世界。視線漸趨模糊，朦朧的視野無法映出近在眼前，我生命中最重要的那名女孩。張開嘴來亟欲發聲，卻連一絲沉吟都沒成形；最後的最後，只想訴說過去未能坦誠以告，最真摯的心裡話。

謝謝妳，伴我走完最後的時刻。我喜歡妳，發自內心的喜歡妳。禮杏，我愛妳。

臉上掛著兩行淚水的她緩緩動起唇瓣，讀懂唇語的我，再也按捺不住深埋心底的無盡悲痛。

扳下擊鍾時，禮杏的指尖輕輕碰觸我的雙頰，長達數年的愛戀化作淚珠，漫出我的眼眶。

扣下扳機。砰！伴隨清脆俐落的短促槍響，陰森晦暗的不祥建物驀然劇烈搖晃，鋼筋斷裂的聲音格外刺耳，天搖地動的震盪撕扯腳下的地面，眨眼間便急速崩毀。

緊緊相擁的我們，連同殘破陳舊的混凝地板，墜落幽冥的深淵。

沒事的，丞樹，我在這裡。

※　※　※

恍惚之間，我被劇烈的搖動驚醒。

「哥，大姊在叫我們了！」

揉揉眼睛，確認腕環機顯示的時間。真是的，才上午十點而已嘛。身在荒郊野外，我也不願捨棄睡到自然醒的天賦人權。

梓涵不斷搖晃我的身軀，「哥——起床了——」

「好啦、好啦，我知道了。妳先過去，我隨後就到。」

支開梓涵，我坐起身子，伸了個懶腰。

昨晚大哥搬來幾張不太完整的床板，搭配二哥找到的破棉被，外加大姊和二姊的簡單修補，竟能打造出如此舒適的睡眠空間，令我再次欽佩崇家的哥哥姊姊們。

準備下床時，才發現另一張單人床上，躺著一名不屬於崇家的成員。

我輕輕抛起枕頭，隨即掄起右拳，用力將枕頭打過去。

「嗚呀！」對方發出一聲可愛的驚呼。

「妳在這裡做什麼！」

「耶咦……？一大早就說這麼過分的話……」

「昨晚明明只有崇家成員同車共遊，為何妳今天會出現在此？」我瞇起雙眼，牢牢盯住對方。「莫非，妳九降禮杏大小姐學會瞬間移動的靈術了？」

「我們家哪有這種術式——呀！」

我大腳一開跨向那張床鋪，一隻膝蓋跪在她臀部上，雙手扣住纖瘦的腰身，利用她掙扎時產生的空隙，伸手擰捏腋邊的柔軟側乳，卻意外握到整個乳房，赫然想起女孩子睡覺時多半是不戴胸罩的。

「咿呀——變態！」

「這、這是拷問啦！」

「哪有這種拷問！不可以這樣偷摸……呀啊！」

正想繼續「拷問」，一記強力的攻擊將我撞到床下。

二姊的飛踢果然名不虛傳。

「崇——丞——樹——」

「二姊，妳冷靜點，這只是好朋友間的小打小鬧……」

「竟敢欺負我特地Call人送來的禮杏妹妹，是活膩了嗎！」

Call來？顯然二姊又去麻煩九降家的二哥了。

嘆一口氣，搓揉痛到發麻的側腹，百般不願地走向門外。外頭春風和煦，豔陽高照，頃刻竟有置身仙境的夢幻錯覺。大姊和梓涵在臉盆邊埋頭處理食材，大哥則將幾串肉塊竹串放上直立式烤肉架，一邊刷上調好的醬料，一邊哼著歌旋轉肉串。

二哥坐在枯得不剩一葉的樹下，手裡捧書、靜默不語、遠離眾人。

「哥，你在看什麼？」

「書。」

「我當然知道是書，問的是作者和書名。」

「藤井誠二，《17歲殺人犯》（17歳の殺人者）。」

「好看嗎？」

二哥沒有抬頭，「也許某天，這樣的事也會在臺灣上演吧。到時，便有需要這本書的人了。」

「上演什麼？」

「很多時候，特別的事是為了讓特別的人釋懷，例如喪禮，並非為了死者，而是為了生者而存在。」

思忖半晌，仍然不懂二哥想要表達的內容。正欲追問，卻聽見大姊高聲一呼：「崇家集合囉！」

一聲令下，包含禮杏在內，所有成員飛也似地來到烤肉架前。以大姊為中心，大哥、二哥、二姊、梓涵、禮杏與我，全部望著悠娜姊愉悅歡快的俏麗笑靨。

儘管並未信仰宗教，悠娜姊依然禱告似地合十雙手。

「在這個春意盎然的日子，感謝送禮杏過來卻無法在場的易棠，感謝至高無上的玄靈神明，讓我們一家人平安地團聚，享受美好的陽光與美味的食物，感受、體會並融入神聖的大千世界，讓我們成為更好、更善良，也更優秀的人！」

「阿們。」大哥露齒竊笑。

「阿們！」、「阿們——」、「阿們？」、「阿們……」、「阿們。」、「阿們～♥」

「是在阿們什麼啦！」二姊皺起眉頭跺著腳。「更糟糕的是，我居然也喊了阿們！」

二姊的吐嘈逗得眾人一陣爆笑。

那時，梓涵勾住我的手臂，禮杏輕揪我的衣角，兩人笑得無比自然，也無比燦爛。

我偷偷張開雙臂，極輕、極柔地搭上兩名甜美女孩的肩。掌心各自傳來她們略有差異，卻同樣暖和的體溫。好想永遠將她們攬在懷裡。

永遠相伴，永不分離，至死不渝。

最終回　純粹理論：虛實相生的終點

肩膀、脖子、背部、腰椎和坐骨，無一例外，痠痛不已。

轉起手中那支頻繁使用而有著刮痕的萬寶龍 Luciano Pavarotti 紀念鋼筆，望著空無一物的桌面，百無聊賴地數起右手邊寫了些什麼的紙張，思緒宛如拍打棉被時的飛絮，毫無目標，胡亂飄散。喀地一聲，鋼筆因食指動作不協調而掉落桌邊，我嘆了口氣，兩手一伸，臉面朝下，半個身體趴在辦公桌上。

叩叩，咖啦。門突然被打開了。

「學姊。」

「我還沒說請進——」維持著趴桌姿勢的我，打呵欠似地拉起長音。

「對不起，妳在忙嗎？」

「當然囉，沒看到我正忙著看開庭筆錄嗎？」

「我只看見卷證和函文全被扔在地上而已。」

全院唯一不會被我唬弄的學弟，擅自整理著地板上一團又一團，各以繩子牢牢綁住，活像一塊塊東坡肉的卷證資料。

「真懷疑學姊這樣亂丟，到底要怎麼找出資料……慢著，這份是配這疊的嗎？」見我點頭，他嘆了口氣直搖頭。「妳真的有夠扯。」

「卷宗不過是狀子、證物和函文之類的東西，哪有那麼嚴重。——喂，不要趁我耍廢時偷偷嗆我。」

「學姊不是自稱在忙，怎麼又變成耍廢了？再者，我沒有『偷偷嗆』，我是光明正大地嗆。」

「真不愧是恐龍一族，特別擅長辯解。」

「學姊也不遑多讓。」

我將身子向右轉，拉拉右肩的筋。天啊也太痠了吧，這幾天的工作量暴增到令人想死。

「妳就是太自我中心才被丟在這裡的。」

「個人空間超讚。」

「……這叫做發配邊疆。再者，這裡原本是檔案室，請妳趕緊處理好人際關係，把空間還給人家。」

真囉唆，明明是個後輩卻老愛講些有的沒的。雖然這種時候獨自沉思才是正途，我卻不否認他在此陪我（或說吵我）的確有助於振作，畢竟那場意外之後，我始終無法專心於較需腦力的工作。

真是法官失格。

學弟瞄了我一眼，說：「學姊是不是該請個假，回家休息一陣子啊？」

「為什麼突然這樣講？」

「沒人能在親人遭逢意外後，還有辦法好好工作的啦！」他很體貼地將發生在我們家的事件稱作「意外」——儘管全世界都知道那不是意外。「況且，我聽說學姊打從結訓之後就沒請過假，是真的嗎？」

「我請過喪假。」

「抱歉，我不知道……」他慌張的表情似乎真的對提及此事感到愧疚。「學姊是不是該回家一趟呢？老躲在辦公室也不是辦法，至少出去走走吧。」

「我可不是單純躲在辦公室。」

「不然妳在這裡做什麼？」

「寫判決……吧？」

「為什麼是疑問語氣？而且妳一大票案件都積在底線了好嗎！」

「明明是個後輩卻老是這麼囉唆。」我刻意壓低聲音。

「什麼？我聽不清楚。」

「我說，你真是個善解人意的好人。」

「騙人，妳明明是說我很囉唆！」

「你都聽見了，居然謊稱聽不清楚，真是不誠實的小鬼。」

我隨手翻起擺在桌面的厚重卷證，放任目光發散失焦。短短幾分鐘內，學弟已將散落一地的文件資料全數安置疊妥，貼心的舉動卻讓我想起堆積成山的工作，以及連日來未曾消化的可怕案件數。

好不容易萌生的微小感謝，立刻被巨大的煩躁感擠出大腦。

「話說回來，」學弟雙手叉腰，「學姊果然在追那個案件吧？」

我撇過頭去，默不作聲。

「別裝傻，妳知道我在問什麼！那不是妳能介入的案件，記得嗎？」不知不覺間，學弟竟然操起了檢察官的口吻。「別再擅自調查了，士林的劉檢甚至還打電話來關切，別逼他老闆去跟院長告狀！」

「哦……」

「妳若真想知道什麼，我會幫妳問問看，無論如何別再接觸這個案件了。地檢署不敢找妳溝通，就一定會來煩我，我也很為難的。」

「好啦、好啦。」

學弟後退兩步打算離開，卻沒走向門口，反倒輕手輕腳地靠近我擺在桌子前方的卷宗，我在他伸手的同時大掌一拍，彷彿玩起撲克牌的心臟病遊戲，重重擊打他的手背。

「痛、痛痛、痛痛痛死啦！」

「活該。」我快速地將那疊卷宗往自己腳下拖。

「如果妳真的不會再介入案件，就把卷宗還回去！」

「她們知道東西在我這裡？」

「暫時還不知道。」他揉捏著被我打紅的手背，「但所有承辦『三芝水泥封屍事件』的人，或多或少都懷疑著學姊就是了。」

「那倒無妨。」

「有妨啦，怎麼會無妨！別阻礙偵查啊，學姊！妳自己也明白後果——」

「學弟，」我趴在桌上，輕聲說道：「我真的累了。」

「好啦、好啦……我知道了，學姊自己多保重身體。」

他站在原地望著我，似乎想說什麼，最後卻什麼也沒說，轉身推開厚重的門，離開屬於我的狹小空間。「累了」是我的訊號，不是代表肉體上的疲憊，而是精神面的疲倦。儘管學弟囉唆至極，倒是相當體貼，至少聽得懂我的言外之意。

三芝水泥封屍事件是「世界之島」電視台起頭創造的案件名稱，在此之後，包含《元週刊》和《八門報》在內，各大媒體無不加以採用，成為網路關鍵字熱搜排行榜冠軍。這個名稱直接改自日本著名的女高中生水泥埋屍事件（女子高生コンクリート詰め殺人事件），然而，毫無道理地將客觀情況截然不同的兩起事件相互連結，實在非常過分。

時至今日，除了被害人遺體外，沒有其他真正可靠的證據。目前媒體一面倒地認為崇家三男，亦即我的弟弟崇丞樹，是整起事件的唯一真兇；換成我們法律人的語言，即是唯一且絕對，無庸質疑的正犯。

儘管同在臺北，這一年來，我卻不曾見過小樹，萬萬沒想到會以這種方式「再會」。

七月十二日，正值暑假的九降禮杏，向位於新北市新莊區凌祈里的九降本院報備後，獨自前往崇丞樹位於新莊區福德二街的租屋處。

七月二十八日，九降禮杏上午返回九降本院，正午前往崇丞樹之租屋處後，失去聯繫。

七月十二日至七月二十八日間，共計十七日，九降禮杏均有確實與家人報平安，不只留有通聯紀錄，更有超級市場等購物中心的影像證據。期間調閱崇丞樹租屋處附近的公共監視器畫面，除九降禮杏外，並無其他人進出，同時亦未直接拍到崇丞樹搬運或移動九降禮杏的畫面。檢方推斷，可能存在第二出入口。

八月二十日，邱靜祈在男性友人接送返家後失聯。鄰居供稱，邱靜祈生活作息混亂，平時出入狀況並不固定。邱靜祈住家附近，林口區公共道路的監視器曾捕捉到崇丞樹自用黑色轎車的蹤跡。

九月五日，童韻伶在自由畫展空間與崇丞樹接觸，現場至少有三名人證，一致供稱崇丞樹身穿全套西裝，頭戴眼鏡。同日下午，畫展活動結束之後，童韻伶失聯。當日北部地區因強烈颱風侵襲，各地監視器畫面均不清晰，難以判斷崇丞樹是否與童韻伶有第二次接觸，也未能確認其自用黑色轎車行經該處。

九月六日清晨二時，三芝二坪頂一帶，因暴雨和地震發生小幅走山，已停業的「巖仙居旅社」因山坡崩陷而沒入土石之中，由在場原因不明的政治世家後代陸彩璃貼身隨扈通知搜救隊與警消單位協助救援。筆錄並未記載隨扈當時供稱之在場理由，職此，陸彩璃出現該地的理由有深入調查之必要。同日上午，因風雨過大，搜救行動暫時中止。

九月七日清晨，搜救行動重啟，救難隊與消防隊在建物殘跡中尋獲疑似崇丞樹所使用，嚴重破損的黑色風衣和黑禮帽。上午，暴風圈逐漸遠離臺灣，搜救隊挖掘出一柄曾經擊發、已無子彈之史密斯威森M625左輪手槍，槍上採集到崇丞樹的完整指紋，和數枚無法辨識的相異指紋。

九月八日，旅社地下挖掘出兩組明顯可以辨別、相對完整的遺體，或說屍塊，以及多副年代久遠的殘破骨骸。兩組遺體遭到坍塌的混凝土包覆，因浸泡於簡易泳池，呈現近似於水泥裹屍的形態，意外地將遺體保存得相當完整——這就是媒體將本案稱為「水泥封屍」的原因。此外，尋獲的遺體各處，並未發現左輪手槍的子彈。

本起命案最大的疑點在於，坍塌廢墟中的屍骸，不分年代，全為女性；倘若小樹為正犯，應該也掩埋於崩塌的旅社底下，卻始終沒被尋獲。由於並未發現主要嫌疑人的遺體，士林地檢署只能假定小樹尚未死亡，保持高密度的偵查規模。承辦三芝水泥封屍事件的劉檢察官，雖然沒有明說，每一項調查行動都指向崇家的成員，或許在他的眼中，我們家的兄弟姊妹或多或少參與了這起犯罪，視情況甚至能將我論以精神幫助，甚至教唆等罪。真是糟透了。

我將與本案相關的關鍵卷證收進因壓力過大而盲目購入的香奈兒提包，抓起萬寶龍紀念鋼筆，在記事本上寫下斗大的「我回家了」，甩頭將辦公室拋諸腦後，踏上歸途。

美其名為歸途，實則是前往萬華區鄰近華江橋的某間診所。

毫無裝潢美感的灰暗小診所，把擁有者無視一切之脫俗心態表露無遺，不透光的霧面電動門，讓人不禁覺得只有勇者才敢出入——而且是打倒無數頭目、手持王者之劍的最強勇者。櫃臺後方那位被瀏海遮住半張臉的護理師，以無神的雙眼打量著我，朝後方的診所深處伸出食指。陳舊的診所內部相當寬廣，獨立的診間雖有四個，卻只有一名醫師。診所深處有扇巨大拉門，向兩側拉開，身穿純白長袍的男子映入眼簾，他的右手握著一顆紫紅色的心臟，瞇起眼睛仔細端詳。

崇家次男崇穹宇，不僅曾是亞洲地區最受矚目的外科手術天才，更是世界衛生組織認定的最偉大外科醫師之一——但我常常搞不懂他在做什麼。

「呃，哈囉？」他手中的心臟讓我有點不舒服。「小宇在做什麼呢？」

「看就明白了。」

「不，我看了還是不明白。」

「這樣啊。」小宇點了點頭，不知是對眼前的心臟感到滿意，還是充分理解我的話語。「我在想，是否能從肉體外觀讀出人心，參透人性的本質。」

「……抱歉，我沒聽懂。」

「我想藉由心臟的外觀，構築一套剖析心靈健全程度的類型化體系。」他以對待易碎物的姿態慢慢放下心臟，「然而，需要的素材太多，人的肉體又太貧乏。」

身為外科醫生的他說出這番言論，實在有點可怕，但我早就習慣了。小宇始終對人體先天的不足感到困惑，彷彿對智人種賴以生存的一切，深感失望。

「悠娜大姊不是來談這個的吧？」

「當然。」我可不具備談論人體機能的豐沛知識。

「姊，我很自責。」

「咦？」

「我以為編織一個明顯至極的善意謊言，能使受盡折磨的人感到釋懷。」他面無表情地直望向我，「姊，我錯了。對我來說沒什麼大不了的小事，竟能被曲解成那樣。」

「只能說，小樹比我們想像的……更加殘破吧？」

「或許，殘破不堪的人，不只有他。」

到頭來，崇家的每位成員都得背負晦暗詭譎的罪惡，烏煙瘴氣地苟活於世。我曾以為經歷過小夜的事件之後，小宇、小樹和小涵等弟妹們能脫離詛咒的螺旋，事實證明，我不只錯了，還錯得離譜。或許哥才是對的，不妥協於現狀，獨自一人挺身挑戰無盡的宿命。

為了不讓小樹的心靈崩潰，小宇編織了一齣完全虛構的戲碼——連續水泥封屍事件，取代了真正存在的事實。知道小宇曾經和小樹提及這個事件名稱時，不禁心頭一震，對於太過巧合的情況感到無比恐懼。倘若小宇所言屬實，小樹知悉了「連續」、「監禁」、「水泥封屍」各項元素間的連結，主觀留下此種異常犯行的「實施意識」，而且客觀上確實發生複數被害人、長期監禁和崩塌導致之水泥封屍現場，幾乎已能推定小樹的罪——這是身為審判者的我，最不應該閃過大腦的滑坡式論證。

恐怖的契合度，讓我對事實真相感到畏懼，也對後續的發展一頭霧水。

「姊，妳們查出死者的身分了嗎？」

「還沒。你呢？」

小宇診所中的醫療檢驗資源不只堪比研究機構，甚至凌駕於中央政府下轄，包含未知防制與特殊容留察核司在內的任何國家機關，必定有助於法醫檢驗與司法偵查，卻只為我一人服務，不對國家負責。

他取出一疊厚重的文件，放上桌面。

「悠娜大姊，簡易泳池裡那具被混凝土嚴密包覆的遺體，比對DNA後確認為邱靜祈與陸彩璃，但卻存在著難以解釋的疑點——陸彩璃的死亡日期推測為九月六日清晨，詳細時間雖不明確，但能確定早於建物崩塌之前。」

「證據呢？」

「陸彩璃身上有明顯的土石穿刺傷，根據出血狀況和凝血分布判斷，穿刺時應已死亡超過十分鐘。」小宇取下手套，扔進一旁的黑塑膠袋，拉了張椅子示意我坐下，遵照入座後，他也坐到問診用的辦公椅上。「疑點在於，邱靜祈的死亡時間推測應在崩塌之後，因為她的穿刺傷狀況恰好與陸彩璃相反。」

「換句話說，陸彩璃死亡時，邱靜祈還活著？」

「從遺體的狀況判斷，應是這樣沒錯。當然，這只是我個人的判斷。」

「我相信你的判斷。」

畢竟小宇是我身邊最可靠的外科醫生，不相信他，還能信誰。他面無表情地眨了眨眼，點點頭，落落大方地收下我拐彎抹角的褒揚。

「根據遺體外觀研判，陸彩璃於建物崩塌時應已身於泳池之中，四肢並無不自然彎曲，亦無嚴重毀損；反之，邱靜祈的遺體則有明顯的彎折。換言之，後者是在山區坍方之後才被浸入泳池，試圖佯裝與陸彩璃同時死亡的假象——不過，我不認為能在泳池的水與坍崩後的混凝土混合之前，辦到這件事情。」

我皺起眉頭，對這異常的鑑定結果感到困惑。「童韻伶、小禮杏和小樹呢？」

「沒發現他們的身體組織。」小宇的語氣非常平淡，「坍塌的廢墟中有他們的血跡，但各處都沒發現任何可見的肉體組織。」

這代表事發當時，小樹、小禮杏與童韻伶確實身在旅社之中，但無法證明小樹真的殺害這四名女孩，並將其中二人浸入簡易泳池的事實。

「目前尋獲的身體組織，有幾副對不上年代的骨骸，雖沒詳細鑑定，但我認為至少已有數十年的歷史，是很久以前死去的女性。」

「太可怕了吧……」我打了個寒顫，「你說『幾副』，具體而言是多少副？」

「粗估至少十九副。」

十九、九副，比想像中多太多了！雖然早已知曉巖仙居旅社是戒嚴時代著名的養妾勝地，還曾經發生真相不明的死亡命案，卻沒想到有這麼多具陳年骨骸，真是貨真價實的猛鬼旅社。

「如我所說，大批已確認的人類蹤跡裡，雖沒找到丞樹三弟、九降禮杏和童韻伶的身體組織，卻有屬於他們的血跡。」

「代表他們確實在場。」

「是的，但也同時衍生出新的疑點。」小宇眨了一下眼睛，「我驗出一副不屬於陸彩璃、邱靜祈、童韻伶、九降禮杏和丞樹三弟的血跡。」

「未知第三人？」

「是的。根據個別的血液檢測報告，再與其他現場血跡交互檢驗，可以斷定不明的第三人，是旅社崩塌之後才抵達的。」

「間隔多久？」

「不久。以丞樹三弟的血液進行交叉比對，判定該人大約在旅社坍塌後的十分鐘內現身。」

「要不是與她們一同死去，要不就是……」

「正是如此。」

有時很難判斷小宇的表情究竟飽含何種情緒，他總是靜靜凝望某個定點，深邃烏亮的眼珠動也不動，眉毛幾乎沒有反應，整套五官彷彿按下暫停鍵般完全靜止。

「小宇認為，未知第三人的身分是……」

「悠娜大姊呢？」

「不可以用問題回答問題。」

「姊剛才沒有提出問題。至少經過我的主觀判定，那不是個問題。」

「確實不算提問。」我輕嘆口氣，凝視小宇的雙眸。「全世界能辦到此事的人微乎其微，撇開小櫻和小美等超級英雄，最有可能的恐怕只有一位。」

「但那是不可能的。」

「是啊。」

我和小宇的矛頭同時指向某人。

祟家固有的詛咒會在不同時間，以不同的樣態降臨於每位成員身上。詛咒降臨的時刻，被小夜稱作「門檻」，撇除小夜、小涵與小樹，我和小宇的「門檻」似乎尚未到來，哥的部分不太清楚，其餘成員目前尚且平安。我與哥面對門檻的態度大不相同；我決心付出生命守護這些孩子，他卻選擇挺身對抗，向令人難以忍受的殘酷世界宣戰。外面的世界尊稱他為「地球最強」，不只是主觀的褒揚，更是客觀的評價。若說有什麼人能成功在旅館崩塌之後、救援抵達之前平安帶走小樹等人，必定擁有與哥同等的強悍實力——當然更可能的情況是，小樹與其他未被發現的人們，此刻正掩埋於崩毀的建物底下，等待挖掘。

我不相信奇蹟，那是欺騙人類的話術。人類與生俱來的集體潛意識和女人專屬的第六感雙管齊下，不斷提醒著我，小樹和禮杏已經不在了，如同小夜那般，前往吾人遙不可及的世界。而這個卑劣的世界卻將小樹列為頭號公敵。他的確是最核心的犯罪嫌疑人，極有可能必須為監禁並殺害四名少女的重大罪刑負責；儘管證據支離破碎，難以重建完整的犯罪流程，但血跡、遺體和凶器樣樣具備，縱使因為嫌疑人死亡以致無法起訴，祟家仍須承擔惡名。

我無所謂，但弟妹們該如何是好？假如小樹真是犯人，不知道在他實施犯行之前，是否想過這些問題。倘若給我一個機會，真想親自與他進行一次公平、公正、公開的詰問；我想知道他的想法，這個期盼甚至超越對於真相的渴求。以我的身分而言，這種想法並不妥當，但事實的真相根本不重要，或者說世間萬物的真相均屬主觀，沒有客觀量化的可能。作為中立的審判者，只能憑藉極為有限、相對客觀的證據，搭配荒謬混亂的主觀供述，嘗試組織唯有神明才能窺探的真相。

我只是一介凡人，無法暫代神明，更無此等願望。我只想守護家人，保護自己重視的一切，這是我成為司法者的終極目的，亦是作為審判者的至高宗旨。身在沒有正義與真理的世界，必須仰賴超越一切的善意，懇求殘酷無情的宇宙大發慈悲，饒了我們，原諒毫無價值的平凡之人，進而消弭罪惡，摒除邪念，成就一個更美好的世界。

此刻的我，只想以崇家成員的身分，向「那個人」尋求幫助。

「悠娜大姊。」

「咦？嗯？怎麼了？」

「妳的表情，不太像妳。」

「是嗎？」我的表情恐怕怪得堪比青面獠牙。「我想……打一通電話。」

我抿抿嘴，頭也不回地朝診所外走。對我來說，證據並不完全，發展也不合理，雖不代表小樹必定清白，也不代表小樹依然存活，卻表示他不一定是整起命案的真正兇手。

這起命案本就詭譎荒誕，複雜難解。若從小禮杏失聯當日起算，總共遭到監禁四十一天，恰好符合日本女高中生水泥埋屍事件的總天數；換言之，若以較為特殊的方式計算，小樹確實能被視為該等案件的模仿犯，這種單線邏輯終將淪為地方小報的八卦推論，搬不上檯面。其次，唯一可被稱作是凶器的是那把沾有小樹指紋的左輪手槍，但槍支卻是走私入境，來源不明，無法完成小樹購入並使用的條件因果。再者，邱靜祈和陸彩璃的遺體並無槍傷，連遭受槍托重擊的痕跡都沒有，檢驗結果雖有遭到棍型鈍器攻擊的跡象，現場卻無尋獲類似的凶器。此外，最初的被害者小禮杏，並未留下任何身體組織，遑論判斷傷害程度，但廢墟內留有大量屬於她的血跡，雖不一定生還，但也未必死去。

倘若小樹依然活著，可能會帶著小禮杏離開，可惜的是，山岳坍方的數百公尺範圍內並無任何蹤跡，加上狂風暴雨的肆虐，周遭環境非但不便行走，更是難以露宿，假使真能逃出崩毀的建物，也不太可能成功生還。但小宇提到的未知第三人血跡實在令人匪夷所思，假設真有什麼人在崩塌之後抵達旅社，又是為何受傷，進而留下血跡？難道是小宇的誤判，只是搜救人員意外受傷留下的血跡？

太多空白，太多疑點，太多讓人頭疼的邏輯破綻。我果然不適合推理，所幸當年沒有選擇檢察官一職。長長地嘆了口氣，啟動腕環機，點開通訊錄，掃視畫面中的數百個號碼與暱稱。

花了點時間才想起自己為他設定的名稱：香蕉魚。

不禁噗嗤一笑。真不知道當時在想什麼，沉迷於沙林傑也該有個限度。

按下撥號鍵，來電答鈴持續九秒，噗嗞一聲，接通了。

我闔上雙眼，以最平靜的語調開口。

「哥。」

※　※　※

剛跨出桃園機場第一航廈的門，便看見悠娜姊高挑豐滿的成熟身影。

悠娜姊實在美得亂七八糟，要我說，崇家最美之人必定是她；話雖如此，我可不會輕易放棄最可愛者的名號。姊最強的武器便是人畜無害的臉蛋和洞察人心的目光，我最強的武器就是青春無敵的稚嫩面孔和靈活輕巧的嬌小身材——當然，希望幾年之後別再這麼嬌小就是了。

大姊漾起溫柔的微笑，拉起我的大行李箱，自顧自地拖了起來。說實話，幸虧大姊有來，否則我一個人真不知道該如何拖這箱行李回去。

「飛得好嗎，小涵？」

「挺好的，很舒適！」

大姊的問法相當美式，大概是問飛行過程舒不舒適，總不可能是問機長開得好不好或空姐長得美不美。

「好乖，好乖。」大姊摸摸我的頭，「在溫哥華沒被人欺負吧？」

「才不會，我又沒有被人霸凌的體質。」

聽到這句話，大姊瞇起雙眼，露出有點寂寞的笑容。

「抱歉呢，讓妳趕著回來。」

「沒辦法，畢竟發生那種事……」

某程度上，哥會出事真的得怪我。雖然自認處理方式並無瑕疵，深愛著我的哥，依舊無法坦然承受。

「我送妳回去。」

「直接回家？」

「當然囉。」大姊眨了眨眼，「妳有想去的地方嗎？」

一時之間不知該如何回答。我的確有想去的地方，但不確定時機是否恰當。大姊微瞇雙眼凝視著我，這是她試圖洞悉人心的小動作，雖然深知無法逃過那雙能讓一切無所遁形的銳利目光，我仍慌忙掃除心中罣礙，盡可能展現出毫無雜念的心。

「想先看看小樹的房間嗎？」

「唔……」

說真的，我好怕大姊，並非源於真實意義的恐怖，而是那番無法閃躲的內心解讀。在她面前，誰都無法鬆懈，雖是最為親近的家人，卻始終沒能適應她精準無比的心靈剖析。

若說大姊有個天職，恐怕就是法官。當年，聽說大姊終於上榜時，打從心底為司法體系重返榮光預先慶祝了一番，畢竟世上不存在能欺瞞大姊雙眼的罪犯，也沒有能撐過她犀利質問的謊言。雖然因為特立獨行的天然個性與超脫規範的審判風格，遭到前輩的排擠和同事的攻訐，卻不影響她精準無暇的裁判。由她經手的案件，折服率高得驚奇，明明只是地方法院的法官，她所作的判決卻被不少人視為終局裁判。

雖然不懂其中奧妙，但大姊確實擁有受人尊敬的崇高地位，身為平凡之人的我，自然逃不過這雙銳利的法眼；正因如此，與其隱匿，不如坦白。

「是的，我想去看哥的房間。」

「我打幾通電話，沒意外的話應該能繞去一趟。」

大姊真的是我心中最美的天使。綜觀祟家成員，我最愛的是三哥，其次便是大姊。一直以來，大姊代替母職，細心照料留在宅院的弟妹；對我來說，最敬愛的對象既非父親，亦非母親，而是大姊，這點或許每位兄弟姊妹都有同感。

同樣肩負重任的大哥，失蹤前也常以父親之姿照顧我們。祟家曾經是完整的。曾經。

不知大姊究竟打給誰，總之得到了OK的答案。她開著鮮紅色的ＢＭＷ轎車，雖不知道型號，光憑外觀也能推測必是昂貴至極的車種。不得不說，裡頭的座椅還真舒服。大姊開出停車場，在國道二號奔馳一陣子，接回國道三號，似乎打算從土城交流道前往新莊。話說回來，特二高架斷橋事件之後，從國道三號往新北市新莊區的方法，似乎變得很混亂。

大姊打了方向燈，切下交流道後，問道：「身體還好嗎？」

「還好。」

「心情平穩嗎？」

「還行。」

「那就好。」

大姊當然知道發生在我身上的那件事。

今年五月十五日，我在北上拜訪三哥的途中遭人劫持，監禁數個小時，期間發生諸多不願憶起之事。總之，我被四個來路不明的男人強暴了，回想起來還真可怕，下面痛得像被刀具扯開一樣，不斷流血的樣子彷彿月經來潮，當下甚至以為自己會死。

時至今日，仍不清楚當時下手的犯人究竟是誰。之後，我逃入了三哥的懷抱，試圖尋求他的慰撫。儘管後續發展事與願違，在我心中，最愛的人始終是三哥。無論發生什麼事，無論度過多少年，我都願意為他付出一切——當然，這種想法會被大姊和二哥罵到臭頭。

抵達福德二街，大姊將汽車停入路邊的停車格，領我走上無比熟諳的道路。

我是崇家成員中最常北上拜訪三哥的人，除了在臺北地院工作數年的大姊、就讀臺大的二姊和曾在臺大醫院服務的二哥之外，我恐怕是最常遊蕩於大臺北地區的人。三哥的租屋處附近少了些鄰居，或許因為該地「可能」住著犯罪嫌疑人，能搬早就搬走了，整棟樓房空蕩蕩的，長廊布滿塵埃。

大姊拿出不知打哪兒來的鑰匙，開啟那扇老舊不已的鐵門。門一開，濃濃的霉味撲鼻而來，霎時以為自己進入什麼百年廢墟，內部灰塵遍布，四處飄揚著清晰可見的棉絮。每扇窗戶都被掩上，透入的陽光像裝了濾鏡一般黃澄澄的，毫無上午應有的明亮之感。

我立刻注意到廚房裡的混亂景象，顯然有什麼家電和冰箱撞在一起了。從客廳裡缺少電視機和影片播放器的狀況判斷，撞上冰箱的恐怕就是這兩位仁兄，當然，家電不會突然飛起來打架，想必是三哥基於某種情緒，搬起電視機與播放器朝冰箱砸。

冰箱的門已被撞凹，所幸裡頭沒有食物，否則此刻鐵定臭氣薰天。

搞不清楚如何稱呼那團混亂，暫且定名為「廢棄物」吧。呆呆望著視覺衝擊性極高的廢棄物，腦中不禁勾勒出哥的溫柔身影，以及我未曾目睹的瘋狂行徑。

「這堆東西……」我的食指在空中畫了個圈，將混亂的廢棄物框入虛擬的標示中。「姊知道三哥是什麼時候摔的嗎？」

「不知道。」大姊搖搖頭，「畢竟只是單純的情況性物證，若無其他證據，無法斷定確切的發生時間。不過，從積存的灰塵厚度和室內的空氣流動推斷，大概發生在小禮杏失聯的那天吧。」

哥出了什麼事才發這麼大的脾氣？若能知道這點……不，就算知道也改變不了什麼。

「哥為什麼會綁架那四個人？甚至連禮杏姊都……」

「這個問題還真難回答。」大姊歪著頭，指尖抵在嘴角邊。「坦白說，目前連士林地檢署的檢察官都無法弄清楚犯罪動機——不對，正確來說連小樹是不是犯罪行為人都無法確定，現有的證據太破碎，連最重要的基礎事實都拼湊不了。」

「沒辦法起訴？」

「目前是不可能起訴的，眼下最有力的犯罪嫌疑人是小樹，唯一可能的被告只有他一人，倘若偵查結束之後，檢察官憑藉客觀證據認定小樹為正犯，也因為犯罪行為人已經死亡，只能作成不起訴處分。」

「唔……太難了，我聽不懂。」
大姊輕笑一聲，摸了摸我的頭。
「小樹無論如何都不可能有罪。」大姊低垂雙眸，表情黯淡不少。「人都不在了，還定什麼罪。」
我知道，大姊最疼、最寵、最愛的就是三哥。三哥的外貌，或許只以極小幅度略輸超級亮眼的二哥，但卻擁有更親切的表情與談吐。禮杏姊說過，哥在校內似乎頗受歡迎，是討人喜歡的悶騷類型。如此完美的三哥總是被我拖累，總是被我耽擱；兄妹間不應存在的情感在我們之間悄悄萌芽，再多的偽裝與否認都瞞不過彼此的心，只能坦然擁抱扭曲至極的異常愛戀。我從未隱瞞涉足禁忌的念頭，大姊、二姊與二哥，任何一位心思敏銳的崇家成員都能輕易察覺這個不被允許的愛戀，他們也無一例外地表示反對。
我不怕他人閒話，只怕被三哥推開，而三哥直到最後一刻都沒把我推開。
「話說回來，那是怎麼弄傷的？」
陷入沉思的我，被大姊突如其來的發言嚇了一跳。
「姊指的是這個？」抬起右臂，上頭包著類似袖套的純白繃帶。「這是打網球時不小心跌倒受的傷，說真的，我根本不適合陽光型的戶外運動。」
「才沒那種事。」大姊輕聲笑了。
不久，她像突然想起什麼似地問道：「妳有聽小樹提過陸彩璃、邱靜祈和童韻伶這三個名字嗎？」
我不禁皺起眉頭，「姊怎麼知道那些傢伙的名字？」
「小樹什麼時候提過的？」大姊微瞇雙眼。
「很久以前。」
三哥曾說，自己國中時被人霸凌整整三年。似乎是事後回想才覺得是霸凌，當下他只認為是種生存方式——屈服於他人的淫威，換取安穩的校園生活。哥的想法並沒有錯，正義、卑鄙、惡劣、良善、跟風或膽怯，每種方法、每種態度、每種身分都對應著特定的生存方式，唯一的差別在於當下究竟該選擇何種方式，作為安身立命的手段。

陸彩璃在三哥就讀的西澄中學被人稱作小黑，這個綽號並非指稱她的外觀，而是殘忍的處事手段，以及對任何事物、任何生命毫不在乎的黑暗性格。

邱靜祈和童韻伶是她的閨密，更正確言，是聽命行事的親信嘍囉。

我曾問他：「哥為什麼不反抗呢？」

「不能反抗。」哥回答時的表情，慘白得像活見了鬼。

「哥是男生，不該被女生欺負！」

「她們不是女生……她們是一群惡魔。」

哥的心中，那三個人從來都不是人類，而是罪惡無邊的魔鬼；哥並非不想反抗，而是明白反抗之後滑坡般的不良發展，將會使自身處境變得更加險惡。校園霸凌之所以令人髮指，原因是立基於群體效應的可怕規制力，讓加害者與被害者無法脫身，只能繼續完成攻擊與被攻擊的無限循環。

哥一度瀕臨崩潰，心靈破碎得連我都無法靠近——即便如此，彼此的身體距離卻變得異常親近。哥升上國中之後，開始以截然不同的視線看我，對於他終於將我視為女性而非妹妹看待，一方面感到喜悅，一方面又略感恐懼。

我們極為親密，一起運動、一起淋浴、一起逛街，也一起入睡。這種關係，在他國二時產生極大的轉變。哥對我的身體非常好奇，這是無可避免的，畢竟他是一名正常的雄性，自然會被身為異性的我吸引。

然而，我本能地認為，三哥眼中看見的「人」並不是我。

莫可名狀的疑惑總是縈繞心頭，直到哥升上高一，我認識了禮杏姊之後，才豁然開朗。他們雖然早已熟識，年齡卻不相同，歷經數年歲月，禮杏姊變得非常成熟，也特別漂亮。我想，哥恐怕根本認不出來，眼前那名女孩正是過去親密不已的兒時玩伴。就在那時，我對他們之間的關係感到好奇，並非源於嫉妒，而是明顯注意到禮杏姊對哥懷抱著超越愛戀的特殊情感。

我不明白那是什麼，只知道她投向哥的關愛目光，特別異常。

順著禮杏姊的個人資訊深入調查，不僅得知陸彩璃等人的存在，更知曉哥在國二那年到底發生了什麼事。依據當時的傳言，似乎有人目擊某位國二學生，在無人的校園角落侵犯綁在樹上的師呈國小女生；儘管毫無證據，傳言內容卻相當符合我的推論。

比起得知事實的衝擊，凌駕我內心的是，察覺他人傷害了哥的憤恨情緒。

復仇的首要目標，是罪魁禍首陸彩璃。決心向她報復的我，著手整理對她不利的黑暗過往，龐大的資料被我分裝成數個牛皮文件夾，總共四十一份。我以一周一份的頻率，共計三年多的時間，將陸彩璃求學時期的惡形惡狀逐一送往她的住家，更將副本送到她父親的辦公室；按照原訂計畫，之後還會送往她曾就讀的每一間學校，甚至轉往各縣市的教育局。

她大概怎麼也想不到，萬惡的過往竟會被人挖掘出來。我以極慢的方式，折磨、侵蝕、啃噬陸彩璃的一切。她當然想成為父親的接班人，進入議會為民喉舌，抑或擔任中央政府重要官職——如此美好的未來藍圖，怎能讓她如願。

她毀了我的世界，毀了哥。禮杏姊在哥心中無可取代的特別地位，於陸彩璃的霸凌行為下完全固化，最終深埋靈魂，化為哥和禮杏姊之間無法抹滅的神聖羈絆。我終究是瘋了，對於哥的愛戀，讓我成為一個真正的崇家人。既然要瘋，就為哥而瘋。可惜最終換得最糟糕的結果，機關算盡，所指之意必也如此。

回到車上，大姊盯我瞧，輕皺眉頭，發出細小的低吟。

「小涵，有件事情我不明白。」

「大姊，」我打了個寒顫，「被妳這麼盯著，全身的毛都豎起來了。」

「妳又不是受審的被告，有什麼好怕。」大姊搗起嘴來咯咯輕笑，「也不是什麼大不了的事。我只是在想，距離妳發生『那件事』——」

「被人強暴？」

「呃……嗯，就是那件事。」

大姊對我毫無節操的發言略感詫異，微紅雙頰，眼神游移，羞澀不已。大姊實在太清純了，說不定此刻的我，比她還像個女人。

「在那之後，也過了一年多……」

「哦。」我明白大姊想問什麼了。

「假設當時不小心『有了』，應該也已經生了，或掉了吧？」

「嗯。」

「那麼……」大姊的視線緩緩移向我的腹部。「妳肚子裡的孩子，是誰的？」

我揚起嘴角，輕輕撫摸微幅鼓脹的下腹，腦中浮現一段甜蜜純真的美好記憶。

這是專屬於我，絕無僅有，獨一無二，最美好也最珍貴的禮物。

迎上大姊的目光，我瞇起雙眼，輕輕地笑。

「祕密。」

—— 全書完 ——

書末彩蛋　鏡像循環：滑坡謬誤的補遺

距離明年一月的學科能力測驗還剩兩週左右，比起各個考科的內容，我更在意未來選填志願時，究竟該不該選北部地區的大學。

不知道為什麼，突然猶豫起這個早有定論的決定。

緊鄰身旁的九降禮杏正在批改我的數學模擬試卷，就讀國中的她非但具備大學生等級的知識水準，還深受大姊和二哥的肯定，去年九月之後便基於不知從何而來的「九降暨祟家協定」，成為我高三的升學家教。

與她數年不見，再次重逢竟是如此局面，思及至此忍不住嘆了口氣。

「耶咦？」禮杏被我這聲嘆息嚇了一跳。「丞樹這次的測驗沒有考很差唷。」

「我不是在想考卷的事情啦。」望著她的眼眸，再次嘆一口氣。「感覺跟禮杏討論也沒什麼用。」

「啊～丞樹把我當笨蛋！」

「畢竟禮杏是個不會綁鞋帶的千金大小姐。」

「我、我只是不會綁蝴蝶結而已。」

「是嗎？」我從抽屜裡抽出一條事務用短繩，「那妳綁個結給我看看。」

禮杏雙頰微紅，遲遲不肯接過繩子。

「丞樹都欺負我……」

「抱歉，笑妳不會綁鞋帶確實有點過分，但妳連內褲都會穿反呢。」

「你——」她脹紅了臉，下意識壓住裙襬。「你怎麼可能知道！」

只能說，禮杏有個愛講弟弟妹妹八卦的二姊，但即使沒有這項資訊，小時候我也曾經在她熟睡時，意外看見完全穿反的兒童內褲。由此可知，禮杏自那時起就是不會把衣物翻到正面的傻孩子。

我清清喉嚨，回歸正題。

「其實我在想，到底該不該念北部的大學。」

禮杏眨了眨眼，「丞樹不是一直以東明大學為目標嗎？」

「是這樣沒錯。」我搔抓前額，一時想不到更明確的表達方式。「說不上為什麼，總覺得考不上臺灣大學的話，似乎沒必要特別北上唸書。」

「之前你不是說，北部的資源遠比中南部多，就算是錄取分數很低、註冊費用很貴的後段私立學校，也很有就讀的價值嗎？」

「我現在還是這麼認為啊。以客觀環境判斷，臺北市與新北市擁有最方便的交通系統、最龐大的就業市場和最密集的教育機構，即便什麼也不做，單純在那裡生活，就能充分吸到名為『成功』的空氣。」我轉起手中的原子筆，視線從桌上的考卷挪向禮杏纖細的手指，最終停在她白皙的臂膀上。「可惜的是，九成以上的資源掌握在不到一成的極少數人手中，對我這種『北漂』族群來說，光要適應北部地區快速的生活步調就得花費不少時間，遑論與生俱來的邊緣人性格，根本無法認識什麼人脈，也不會有什麼成就。」

「要是被悠娜姊聽到這麼消極的發言，真的會出事唷。」

「這可不是消極，是我對於自己100％的理解與剖析後得出的結論。」

「剛才那是結論嗎？」
「難道不是嗎？」我面露苦笑，「我很努力地解釋了為什麼不該北上。」
「我聽得出來丞樹突然對北上就讀這個選擇有所遲疑，但……總覺得你沒說出真正的理由。」
不愧是禮杏，真是個敏銳的女孩。有時，禮杏溫暖柔和的視線，比大姊彷若魔女的透析之眼更難抵禦。
「假如真的北上唸書，禮杏就得千里迢迢地跑來見我了呢。」
「為、為什麼我非得北上見丞樹不可？」
「沒有為什麼，我就是『知道』妳會這麼做。——難道不是嗎？」
「是這樣沒錯啦……」
「除此之外，離妳太遠的話，就沒辦法審查那些向妳告白的蠢蛋了。」
禮杏以食指輕輕推了我肩膀，「不可以隨便罵別人蠢蛋。」
「假設我不在臺中了，妳怎麼辦？」
「耶咦？丞樹不在的話……」禮杏吞吞吐吐地，似乎不知該怎麼回答。
「那麼，」我直望她的眼眸。「假設妳不在身邊，我該怎麼辦？」
禮杏聽見我突如其來的話語，呆愣半晌，才眨了眨眼，輕輕地捧住我的手。
「沒事的，丞樹，我在這裡。」
這一句話，彷彿開啟心靈的咒語，將我封閉許久的情緒全盤釋放。我想，這恐怕是任何科學理論都無法解釋的未知現象，望著她晶瑩澄澈的美麗明眸，依稀感知到受困於另一個世界的她，溫柔慈藹卻傷痕累累的笑臉；那個殘酷的世界充滿了淚水，埋藏著無窮無盡的悲傷和難以逃脫的殘酷命運。唯一不變的是，名為九降禮杏的女孩，永遠沒有放棄殘破不堪的我。

眼眶逐漸發熱，視線漸趨模糊，兩行淚水悄悄沿著雙頰滑下。

「丞、丞樹？」禮杏慌了手腳，抽出數張面紙。「對不起，我說錯什麼了嗎？不哭了，好嗎？我向你道歉，對不起……」

緊緊握住她正準備為我擦拭淚水的手，粗魯地將她擁入懷中，力道大得像要將其占有，容不下二人之間存在任何一點距離。起初雖然嚇了一跳，禮杏很快地冷靜下來，臂膀慢慢挪到我的背後，一邊說著「沒事了」，一邊溫柔地摸我的頭。

這一瞬間我便明白，自己永遠避開了萬劫不復的無底深淵。

只要有她陪伴，我就不可能走向通往毀滅末日的道路。

叩叩，飛快的敲門聲才剛入耳，門就打開了。

「哥，大姊叫我把這個……」手裡捧著一盤草莓的梓涵踏進門內，突然圓睜雙眼，倒抽一大口氣。

「哥你怎麼了！發生什麼事了嗎？為什麼會……禮杏姊，就算哥是笨蛋，妳也不能用斯巴達式教法啊！」

「耶咦，我什麼也沒做，丞樹突然就哭了呀。」

「哥太笨了，面對這麼艱困的考試一定很挫敗，禮杏姊要多體諒他，別弄碎他脆弱的——好痛！」

收回敲在梓涵頭上的手刀，我清清喉嚨，說：「如同禮杏所言，什麼事也沒發生，我只是想起以前的事才不小心流淚的。」

「什麼事情讓哥光想起來就會流淚？」梓涵搓著頭說：「真令人好奇。」

門外突然傳來另一個聲音：「依我看，要不是兩年前在大哥的荒唐提議下跑到三芝區廢棄旅社烤肉的回憶，就是去年九月與多年不見的禮杏重逢時的感動。」

「穹宇哥，不要開我玩笑啦！」禮杏羞得滿臉通紅。

「禮杏，」二哥面無表情地望著她。「妳覺得哪個比較有可能？」
「人、人家不知道啦……」
「猜一下。」
我立刻摀住禮杏的嘴，「不准猜！」
「聽說三弟哭了？」房間在三樓的二姊也跑來湊熱鬧。「我得把這難能可貴的畫面好好拍下來——」
「拍下來做什麼？」二哥語氣平淡地問。
「這還用問，當然是逼他穿女裝給我看啊！」
「哇啊啊啊二姊妳給我走開！」
「別那麼害羞嘛，遭人脅迫只有一次和無數次，」二姊露出不懷好意的笑容，「女裝也是。」
這起騷動甚至吵醒睡在一樓房間的四妹、么弟和么妹，才剛洗好碗盤，準備整理廚房的大姊也放下家務，抱著看好戲的心態來到我的房前，加入二哥、二姊和梓涵的搗亂陣營。
「聽說小樹哭了？」大姊捧著雙頰，「真是太～可愛了。」
「大姊給我走開！」
「嗚嗚嗚，小樹兇我……」
「丞樹三弟居然敢這樣和悠娜大姊說話。」
「吐嘈是不講輩份和武德的！」
不知何時站在二姊身後的大哥突然舉起手來，高呼一聲：「去露營吧！」
「怎麼又是露營？」二姊回頭瞪他。
「去夜遊吧！」

「到底是露營還是夜遊——慢著，這番對話以前就出現過啦！」

在場眾人全被大哥與二姊的雙人相聲逗得捧腹大笑。歡騰熱鬧的氣氛掃除了腦中宛如幽冥深淵的詭譎意象，家人與朋友的愛填滿我空洞的心靈，將污濁晦暗的負面思想全數摒除。歡笑之間，我悄悄握住禮杏的手，她眨了眨眼，帶著些許疑惑望著我。

趁著大家注意力全在二姊身上時，我湊上臉去，輕輕吻了禮杏的唇。

眼角餘光偶然瞥見，站在門邊的大哥偷偷朝我拋了媚眼，漾起一道溫柔的微笑。

他無聲地動著雙唇，向我傳達一句飽富情感，意味深長的話。

歡迎回來，三弟。

——書末彩蛋　鏡像循環：滑坡謬誤的補遺　完——

後記　煉獄業火的真心

大家好，我是秀弘，感謝各位拿起這本書——慢著，如果是未滿12歲的孩子，請乖乖地將本書放回架上，這本有點黑暗的小說暫時還不適合妳唷！

歷經數年波折，「崇家軼事錄系列」打頭陣的《純粹理論：狂狷丞樹的滑坡實證》（下稱《純粹理論》），終於以「一字未刪」之姿出版了實體書。先前讀過我其他作品的話，或許會對這本過於黑暗、殘暴和冷血的非線性敘事小說感到訝異，但哥德式的黑暗懸疑和獵奇鬱美始終是我特別鍾愛的類型，尤其是隱藏在純粹惡意之下的真摯愛戀，更是令我難以自拔，希望大家也會喜歡。

話說回來，「鬱美」這個由我獨創的詞，真的非常適合拿來形容哥德式小說呢！（自己講）

按照慣例，必須完成最重要的感謝環節。

本書得以順利出版，老樣子得感謝長年支持我寫作的父母——尤其是費心協助校對的母親、細心閱讀原稿、逐字校對並撰寫推薦短語的「愛波」業珩、撥空專文推薦的老同學啟瑞和秉寰、強力推薦且熱心宣傳的「招財貓」尹崇恩會計師、最早讀過原稿的堂弟、協助校對內文的雪茄、按讚支持「秀弘今天依舊寫不出來」粉絲專頁的各位與讀過《玄靈的天平：白虎宿主與御儀靈姬》（下稱《天平Ⅰ》）和《玄靈的天平Ⅱ：蛛絲、冰晶與熾燄的大地》（下稱《天平Ⅱ》）的眾多讀者。

沒有你們，就沒有這本新書，真的非常感謝！

※※※　以下文字保證會劇透，請務必先讀完本書　※※※

《純粹理論》與二〇一五年完成的《天平I》不同，是相對近期的新原稿，初稿作業期間為二〇一九年九月二十日至二〇一九年十一月十日，除了筆觸較為厚實之外，論述內容也更「法律人」一些，探討的問題不再稀釋，偷偷隱藏許多值得大家思考的社會議題、心理學爭議和哲學理論。

本書虛實不明的命案，並未參考任何臺灣「真正發生」的案件，但確實有借鑑並援引其他國家（如日本和美國）曾經發生的事件。話雖如此，我特意安排的詭計卻意外地與二〇二〇年後出現的「深偽技術」（Deepfake）有所呼應——請容我再次強調，本書寫作期間為二〇一九年，深偽危機根本還沒開始，臺灣也尚未發生某網紅的色情深偽換臉事件，純粹是個令人驚訝的巧合。坦白說，想到書裡使用的詭計已能「實踐」，冷不防對突飛猛進的現代科技感到恐懼。

照慣例，說些冷知識吧。首先，依據本書最初的設定，崇丞樹的租屋處在新北市板橋區浮洲一帶，之所以改到新莊區，純粹是交通配置和未來發展的考量；附帶一提，廢棄旅社始終設定於三芝區，但最初並未設計旅館的名稱。其次是個說了必定出事的彩蛋（笑），過去的原稿中，四大家族公子的名字，最後一個字組合起來碰巧是某個不討人喜歡的政治人物。第三，最初的原稿其實沒有書末彩蛋，故事在梓涵的一句話收尾，留下虛無飄渺的結局，雖然是個很讚的懸念，但我最終還是給丞樹和禮杏一個「真偽不明」的世界，同時呼應本書的開頭：「你有沒有做過明知虛假，卻真實得難以忘懷的夢？」。第四，崇穹宇閱讀的《17歲殺人犯》確有其書，裡面記載著著名案件「女高中生水泥埋屍事件」（女子高生コンクリート詰め殺人事件）的詳盡調查。第五，本書尾聲的颱風與地震，分別暗示著二〇〇一年的「納莉颱風」和一九九九年的「九二一集集大地震」，雖然現在的孩子可能已經不知道這些發生在臺灣的重大災害，請容我利用後記的篇幅提醒大家，「人定勝天」的想法有多麼傲慢。

突然想和各位聊聊「敘述性詭計」（敘述トリック）。

這是一種利用文章結構、文字技巧或中性用語，刻意隱瞞或誤導某些事實，藉以控制讀者的思維模式或創造思考的盲點，直到故事的最後一刻才揭露真相，讓讀者恍然大悟的寫作技巧。不少作家如阿嘉莎・克莉絲蒂（Agatha Christie）、江戶川亂步、綾辻行人和米澤穗信，以及劇本作家如新海誠、龍騎士〇七、打越鋼太郎和奈須蘑菇等眾多老師都是敘述性詭計的愛好者。

敘述性詭計最核心的效果便是「情節逆轉」（plot twist／どんでん返し），無論隱藏的訊息或事實為何，倘若無法成功使讀者感到意外，就是失敗。敘述性詭計有個格外有趣的形式：「不可靠的敘事者」（Unreliable Narrator），誠如各位所知，任何小說都有主要的敘事者，即便是第三人稱視角的作品也不例外，總有一個牽著讀者的手，帶領各位朝向結局前進的關鍵角色。

萬一這名角色並不可靠呢？

以本書為例，幾乎所有敘述性瑕疵都源於「崇丞樹」這位不可靠的敘事者，他會美化自己的犯案動機、弱化自己的行為惡性，更會嘗試隱瞞整起事件的核心關鍵——崇梓涵死亡前後的真相，以及侵害並拘禁九降禮杏的犯行。他常在敘述中打亂事實發生的時間，亦曾利用過去回憶強化己身動機，更有甚者，讀者根本無法確定回憶的真實性，只能單方面接受他的灌輸與洗腦，慢慢與他一同仇恨那群「無法確定」的加害者。正因為丞樹是不可靠的敘事者，事件發生的正確流程直到崇家大姊——崇悠娜法官出場之前，連個可信的排序都沒有；然而，悠娜登場之後，檢警調查的時間順序與遺體訊息依然無法釐清事實，即使詳加對照丞樹的敘述，也找不出正確的流程。

撇開時間點問題，他連「小黑」的性別都藏到最後一刻。小黑出場時的形象太男性化，要不是陸彩璃在旅館廢墟中親自挑明真相，丞樹恐怕永遠不會向各位坦承霸凌自己的人，是女孩子。基於他對過往的恐懼和對己身的自卑，敘述的真實性受到嚴苛的考驗，就算利用悠娜和梓涵的第一人稱視角進行推論，也絕不可能獲得100％正確的事實。

因為打一開始，丞樹就沒說過任何可靠的話。

另一個必須特別說明的是，本書絕非著重描寫犯罪者的養成，而是藉由不可饒恕的犯行，傳達「反霸凌」、「加害者創傷」與「客觀事實的複雜性」等主題。以本書為例，崇丞樹生於人數眾多的崇家，哥哥姊姊一個比一個優秀，即使他在外人眼中擁有亮眼的外表和獨特的個性，卻始終認為自己低人一等，自認僅是平凡之人，殊不知人各有長處，沒有真正意義的平凡；他自卑的心理狀態，加上長期遭到陸彩璃霸凌的經歷，變本加厲地認定自己就是輸家，思維模式逐漸轉往正常社會無法接受的偏差方向。遭人霸凌的過往，使他認為強者有權支配一切，因此凡事都想以「力量」突破，才會接連犯下侵害女童、侵犯妹妹、殺害店員，甚至實施慘絕人寰的三芝水泥封屍事件。

說到這裡，同時導出另一個核心主題：加害者創傷。

丞樹是整起犯罪的加害者，對九降禮杏、邱靜祈和童韻伶等人施加天理難容的拘束、監禁和暴行，更為了完成計畫傷害（？）無辜的店員（由於他清除了監視器畫面，悠娜和檢警「目前」尚未將兩起事件歸為同一人所為，此外，文本亦未說明丞樹如何「讓計畫回到正軌」），然而，若將他的行為與動機界分開來，應能明確發現「倘若沒有陸彩璃的誘導」，就不會有後續的犯行。當然，即使沒有陸彩璃的誘導，基於丞樹對妹妹的愛和扭曲的思維，難保不會循線找到其他目標，實施更為殘忍的復仇。

無論如何，前面所述皆為客觀事實的潛在條件因果，不涉及加害者主觀的行為動機。丞樹為什麼會實施「不針對復仇對象」的犯罪？為什麼不直接制裁影片中的四名男子，反而盯上他們的妹妹？理由很簡單，從小不斷遭到霸凌的他，最終撐了下來，不只安然度過高中歲月，甚至考上北部大學；這樣的他，在得知梓涵真正的死因後瞬間崩潰，一蹶不振；此時，過往經驗和自卑的心理狀態告訴他：「直接傷害尚且能忍，間接傷害才能真正毀滅。」這不見得是真理，卻是丞樹用來維繫心靈，嘗試自我修復的手段。

只不過，這種反於常理的手段，在我們的社會稱作「犯罪」。

「可憐之人必有可恨之處，可恨之人必有可悲之苦。」

本人無異傳達反於常規的思想，只希望給各位全新的觀點，能以更寬廣的視角和更理性的思維審視自己對「犯罪者」的想法。我不認為犯罪者100％是環境塑造的，卻也不認為他們應該負擔100％的個人責任，如同我們明白「弱勢族群之所以弱勢並非他們不努力」那般，任何事情都該考量各種變因，才能接近那個恐怕根本不存在的「真相」。

請大家以更寬容的心和更嚴謹的論理，剖析和理解這個冷酷無情的世界。

除了具有一點（真的只有一點點）警世意義的主題外，本書最核心的故事聚焦於「犯罪」，是不折不扣的犯罪小說（Crime Fiction）。犯罪小說主要描述犯罪實施、偵查過程與犯罪動機，並特別關注犯罪者的人格特性；這類作品常與懸疑小說、推理小說或恐怖小說混為一談，個人認為，犯罪小說的醍醐味在於「犯罪者、犯罪行為與犯罪動機」，比起推理小說重視的破案過程，更關注犯罪的成因與塑造，是很適合打造哥德式反英雄人物的小說類型。

在此，必須稍微說明我暗中進行、悄悄推廣的「哥德式復興運動」。

我得坦承，「哥德式」（Gothic）文學已被恐怖小說取代，今日幾乎沒人認為自己的作品會是哥德式小說。然而，哥德式元素陰魂不散，甚至在某些領域獨占鼇頭，只是沒被「辨識」出來罷了，例如某些著重於描述病態心理與獵奇行為的犯罪小說，以及述說崩潰之心理狀態和難以理解之事實的克蘇魯神話作品，都大量使用著哥德式元素，卻不為讀者所知，實在非常可惜。

過去對於哥德式小說的認定元素，看在現代或許有點不合時宜（例如對於古堡與中世紀的憧憬，或對於墮落基督文化的描述，在臺灣是做不到的），經過我自己的研究、分析與轉化，考量現代化的典範移轉，希望大家以「落難的受害者」、「反英雄人物」、「對於往昔的著迷」、「極不穩定的病態心理」、「令人不安的詭異地點」和「無法解釋的超自然現象」等指標性元素進行識別。當然，我並非科班出身，這些元素充其量只是「秀弘的哥德式指標性元素」罷了，不具學術意義。

若以哥德式小說的指標性元素對本書進行剖析，九降禮杏和崇梓涵的遭遇為「落難的受害者」，深愛禮杏卻對她施加暴力、監禁甚至性侵害的丞樹則是標準的「反英雄人物」，崇丞樹不斷回憶過去並以曾經嚮往的回憶之地作為犯罪地點屬於「對於往昔的著迷」，各個人物的偏差思維是「極不穩定的病態心理」，廢棄旅社的靈異故事和不明低語歸屬「令人不安的詭異地點」，強烈颱風造成的暴雨、突如其來的強震和赫然出現的犬屍則是「無法解釋的超自然現象」——有沒有大概瞭解識別的方法了呢？

發起「哥德式復興運動」的原因是，現代仍有不少作品沒辦法直接歸類為恐怖、驚悚或推理小說，卻有意或無意地使用著哥德式元素；因此，我誠摯地邀請各位一起「再發現」哥德式小說的魅力，讓擁有指標性元素的作品得到更細緻的分類，或許能稍微緩解「恐怖小說但卻不太恐怖」之類的灰色地帶。

或許，妳正在書寫的故事，就是一本合格的哥德式小說呢。

※　※　※　以下文字沒有劇透風險，請安心閱讀　※　※　※

接下來是眾所矚目（？）的道歉環節。

首先必須向繪製本書封面、設計「祟家軼事錄系列」人物立繪的由風老師道歉！封面早在二〇二一年十月五日便已完成，卻等了整整一年才重見天日（？），真的非常對不起由風老師！

話說《存在虛無》的封面也已經……（以下略）

總之就是非常抱歉！未來的書也請您多多指教了！（喂）

這回必須向逐字討論、細心校稿的「愛波」業珩道歉，本書原稿品質雖然稍微好些，卻因太過複雜的故事結構，使校對過程變得更加艱辛。萬分感謝，下一本書也麻煩妳了！（喂喂）

當然，本書也不例外地麻煩母親大人協助校稿，但因同時間另有一本實體書原稿，只好在您讀到一半時「調節人力」，讓您優先處理其他書稿，實在非常抱歉，下次也麻煩妳了！（喂喂喂）

另外得向被迫（？）幫我試閱和寫序的啟瑞和秉寰道歉，本書風格特別黑暗，敘事手法又特別混亂，外加恐怖獵奇的反社會心理描寫，讀起來鐵定很辛苦吧？真的萬分抱歉！但修復心靈的成本，不能算在我身上哦！（喂喂喂喂）

最後得向明明姓九降卻無法獲得幸福的禮杏道歉，沒有讓美麗強悍的姊姊救妳，真的非常抱歉！至少最後補上書末彩蛋讓妳們在一起了嘛，就別恨我啦～（喂）

已有追蹤粉絲專頁的讀者應該知道，《純粹理論》雖是「祟家軼事錄系列」打頭陣的作品，卻不是最早亮相的一本。與「聖眷的候鳥系列」相同，「祟家系列」這個口味獨特且獵奇美麗（？）的宇宙，未來也會逐步將連載完的作品化作實體，送到各位手中。

感謝大家的購買與閱讀，我是秀弘，期盼有緣再見！

國家圖書館出版品預行編目

純粹理論：狂狷丞樹的滑坡實證/秀弘著. --
新北市：秀弘, 2022.11
面； 公分
ISBN 978-626-01-0719-2(平裝)

863.57 111018243

純粹理論：

狂狷丞樹的滑坡實證

作　　者／秀弘
繪　　者／由風
出　　版／秀弘
製作銷售／秀威資訊科技股份有限公司
114 台北市內湖區瑞光路76巷69號2樓
電話：+886-2-2796-3638
傳真：+886-2-2796-1377
網路訂購／秀威書店：https://store.showwe.tw
博客來網路書店：https://www.books.com.tw
三民網路書店：https://www.m.sanmin.com.tw
讀冊生活：https://www.taaze.tw

出版日期／2022年11月
定　　價／360元